68
100
22
ENSOR
1890

Bettina Baltschev

Am Rande der Glückseligkeit

Über den Strand

BERENBERG

»Öffnete man die Menschen, fände man Landschaften.
Öffnete man mich, fände man Strände.«
Agnès Varda

»I must down to the seas again, for the call of the running tide
Is a wild call and a clear call that may not be denied;
And all I ask is a windy day with the white clouds flying,
And the flung spray and the blown spume, and the sea-gulls crying.«
John Masefield

Prolog

»So weit das Auge reicht.« Diese Redewendung muss hier erfunden worden sein. Kein Hindernis hält meinen Blick auf, kein Haus, keine Hütte und kein Boot, kein Strandkorb, kein Schild und kein Pfahl. Dass trotz dieser Aussicht nur wenige Menschen an den Balg im äußersten Osten von Schiermonnikoog finden, liegt daran, dass er fernab des einzigen Dorfes liegt. Zwar ruckelt dreimal am Tag ein Traktor über den großen Strand der Nordseeinsel hierher, einen kantigen Kasten mit zwei Dutzend Leuten hinter sich her ziehend, aber die bleiben nur eine halbe Stunde, dann bläst der Fahrer zur Rückkehr. Ich bin zu Fuß gekommen, und je weiter ich lief, desto ruhiger wurde mein Atem, obwohl der Seewind mir ordentlich ins Gesicht blies und sich die Salzluft tief in meine Lungen setzte. Bald war außer Wind und Wellenschlag nichts mehr zu hören, es schien, als hätten selbst die Möwen aufgegeben. Ein Sanderling war mein letzter Begleiter.

Er verließ mich, lange bevor ich über den schwarz-weißen Turnschuh stolperte, der halb vergraben im Sand lag, das Leder von einem rosa schimmernden Algenfilm überzogen.

Die Soldaten müssen ihn übersehen haben. In Kompaniestärke waren sie angerückt, um den Strand aufzuräumen, der einer

Müllhalde glich, nachdem ein Orkantief – vom Finnischen Meerbusen kommend – sich in einem Hoch über Großbritannien verfing. Die Nordsee hatte so gewütet, dass haushohe Wellen hartnäckig gegen den eisernen Koloss geknallt waren und er bald zu schwanken begann. Erst leicht, dann stärker, bis sich die ersten Container über die Reling des Schiffes schoben, das der Reeder drei Jahre und fünf Monate zuvor nach seiner vierjährigen Enkelin Zoe benannt hatte. (Nach der Schiffstaufe im Hamburger Hafen war sie fröhlich mit einem Plüschtier den Kai entlanggerannt.) Als die Container schließlich aufbrachen und ihre Fracht dem Meer übergaben, wurde sie im Rhythmus der Gezeiten an die Strände der friesischen Inseln gespült. Es ist nur ein Turnschuh, denke ich und bin doch irritiert, weil ich an diesem Ort nicht mit zivilisatorischen Spuren gerechnet habe und mehr noch, weil der Schuh mich daran erinnert, dass auch dieser Strand seine Unschuld längst verloren hat.

Nun hocke ich im nassen Sand, ganz nah am Wasser, dessen milchiges Blau in der Ferne zu Himmel wird, und wünschte, ich könnte dem Weltenlauf Einhalt gebieten, alle Havarien, die der *MSC Zoe* genauso wie meine eigenen, für einen Moment vergessen. Dazu kommt man doch an den Strand, nicht wahr? Um *uit te waaien*, wie die Niederländer das nennen, sich vom Seewind durchpusten zu lassen, den Kater vom Vorabend im Meer zu versenken und alle schweren Gedanken und schlechten Stimmungen gleich mit. Und wenn man Glück hat, weht einem derselbe Wind frische Ideen zu, Zuversicht und Gottvertrauen. Mir gelingt es an diesem Ort immerhin, die Strände meines Lebens zu sortieren. In blassen Farben zeichnen sie sich am Horizont meiner Erinnerungen ab. Binz, Zandvoort, Varengeville-sur-Mer, Cadiz,

Sperlonga, Heraklion … Mein Europa besteht nicht zuletzt aus Stränden.

Wobei ich bald bemerke, dass die Erinnerung mir ein Schnippchen schlägt und keinen Unterschied macht zwischen realen und fiktiven Gestaden. Mehr noch, manche der erfundenen sind sogar gegenwärtiger, vielleicht weil ich sie besuchen kann, ohne aufbrechen zu müssen, ein Griff ins Bücherregal genügt. Schon blitzen Szenen von zwei Stränden auf, die gegensätzlicher nicht sein können. Einer liegt an der Côte d'Azur, wo die siebzehnjährige Cécile mit ihrem Vater und dessen junger Geliebten Elsa den Sommer verbringt und dabei keinen einzigen Gedanken an den Ernst des Lebens verschwendet. Herrlich! Als ich *Bonjour Tristesse* von Françoise Sagan zum ersten Mal las, war ich fast genauso alt wie Cécile, das Mittelmeer für mich unerreichbar und würde es auch bleiben, wenn ich nicht plante, das Land für immer zu verlassen. Aber dafür war ich noch zu jung, in den 1980er Jahren in der DDR. Umso sehnsüchtiger träumte ich mich nach Südfrankreich, inhalierte jede Zeile dieses kleinen frivolen Romans, während es im Erfurter Neubauviertel nicht weniger sommerlich heiß war als an der Côte d'Azur. Auch der Himmel war nicht weniger blau über der Moskauer Straße, aber es fehlte das Meer, der Wind, der Sand, der Duft der Pinien, es fehlte an so vielem, was den süßen Sommer Céciles ausmacht: »Ich war vom frühen Morgen an im Wasser; es war frisch und durchsichtig, und ich grub mich hinein und tobte mich aus. Ich wollte mich von allen Schatten und allem Schmutz der Stadt reinigen. Dann streckte ich mich im Sand aus, ergriff eine Handvoll und ließ ihn in einem weichen, gelblichen Strahl durch meine Finger rinnen. Er verrinnt wie die Zeit, sagte ich mir – was für ein einfacher Gedanke, und wie angenehm es war, einfache Gedanken zu haben! Es war Sommer.« Und Sommer ist es auch am Strand von Travemünde, der mir seinerzeit zwar geografisch näher, aber gleichfalls so unerreichbar war, dass mir nur blieb, mit Thomas Manns *Buddenbrooks* zu reisen und gemeinsam mit Morten Schwarzkopf, Sohn des Lotsenkommandeurs, und Tony, Tochter des Konsuls, selige Stunden am Ostseestrand zu verbringen. Wie Cécile ist auch Tony an diesem Ort im Glück. »Es ist merkwürdig, daß man sich an der See nicht langweilen kann, Morten. Liegen Sie einmal an einem anderen Orte drei oder vier Stunden lang auf dem Rücken, ohne etwas zu tun, ohne auch nur einem Gedanken nachzuhängen …« Dass Morten, ihre erste und vermutlich einzige wahre Liebe, aus Standesgründen nicht ihr Ehemann werden darf und sie stattdessen zwei windige Kaufmänner heiraten wird, die arme Tony ahnt es in diesem Moment noch nicht.

Ich gebe zu, was die amourösen Verwicklungen angeht, so war ich mir im Alter von Cécile und Tony noch längst nicht im Klaren darüber, welche Variante – die tragisch-ernsthafte oder die heiter-verspielte – ich bevorzugen würde. Unbedingt aber wollte ich wie die beiden ans Meer, wollte einfachen oder gar keinen Gedanken nachhängen und – natürlich – der Liebe begegnen. Wie prosaisch wirken dagegen die Erinnerungen an meine ersten realen Strände, keine Liebe weit und breit, stattdessen Wind und Doppelstockbett. In den Familienferien auf Usedom wehte uns in einem großen Haus mit weißen Bodenfliesen der Strand ins Zimmer und in die Kleider. Der Gang hinunter ans Meer wurde vom Sturm verleidet. Im Ferienlager auf Rügen war der Ausflug an den Strand ein Großmanöver, das mit dem hoffnungslosen Versuch begann, hunderte Kinder in Reih und Glied aufzustellen. Dennoch erreichten wir früher oder später das Meer und schlugen uns in abgezählten Gruppen hinein, während die Betreuer beteten, dass wir vollzählig und lebendig zurückkehren würden. Doch dauerte es nach diesem Sommer nicht mehr lang und mir standen Céciles und Tonys Strände offen, die ich seltsamerweise nie besuchen sollte, vielleicht um der Enttäuschung zu entgehen, dass die Wirklichkeit der Fiktion nicht selten unterliegt. Stattdessen zog ich in das Land, das sich am Strand erfunden haben muss, so viel Land haben die Niederländer dem Meer abgerungen. Ich wanderte über die Strände zwischen Domburg und Texel und wurde süchtig nach der großen blassen Weite, die mir – nur so kann ich es mir erklären – in den ersten Jahren meines Lebens offensichtlich gefehlt hatte. Warum sonst kehre ich bis heute immer wieder zurück, zu jeder Jahreszeit, bei Wind und Wetter, mehr noch seit ich am Strand von Bergen aan Zee tatsächlich der Liebe begegnet bin (heiter-verspielt)?

Diesmal also der Strand von Schiermonnikoog, einer der größten auf dem Kontinent, der zudem noch immer wächst, weil die vor der Insel liegenden Sandbänke sich langsam, aber stetig an Land schieben. Ich bin mittlerweile nicht mehr allein auf dem Balg, der Traktor aus dem Dorf ist gekommen, dem kantigen Kasten entsteigen Leute in bunten Jacken und schweren Schuhen. In alle Richtungen schwärmen sie aus, fotografieren die Landschaft und sich darin, während der Fahrer eine Zigarette raucht. Man sieht ihm an, dass er sich fragt, was es hier schon zu sehen gibt außer Wasser, Sand und einem großen Nichts. Und er hat ja recht, so ein Strand macht für sich selbst genommen herzlich wenig her. Nichts ist öder als eine endlose Fläche grauen, weißen oder gelben Sediments, auf das farblose Wellen schlagen, unaufhörlich und immerzu. Aber nichts ist eben auch verführerischer, nichts lässt mehr Raum für Visionen und Sehnsüchte als gerade dieser Ort, dieses fluide Grenzgebiet zwischen den Elementen, in dem wir sehen, was wir sehen wollen. Ein Strand ist für uns ein Gefüge aus Erinnerungen, Erfahrungen und Erwartungen. Wir sehen, um mit Michel Foucault zu sprechen, einen »anderen Raum«, eine realisierte Utopie, und unser Staunen über den großen leeren Balg ist auch deshalb so groß, weil wir eine Art Urstrand erleben. Hier fehlt es an allem, was anderswo zur Norm geworden ist, an Zeichen kultureller Aneignung, an Überresten von Geschichte, die sich unübersehbar über die Strände geschoben und sie zu Schauplätzen moderner Zivilisation gemacht haben.

Der Traktorist hat aufgeraucht und ruft seine Leute zusammen, einige wollen bleiben und später zu Fuß zurück ins Dorf. Ob sie es sich gut überlegt haben, fragt er, aber das haben sie. Auch ich mache mich auf den Rückweg, bin *uitgewaaid* genug, um einen Plan zu fassen. Von Schiermonnikoog, dieser »Insel der grauen Mönche«, werde ich an Strände reisen, die mehr als andere zu Geschichtsorten geworden sind. Ich will verstehen, wie es der Mensch vermochte, sich die öden Landschaften an den Rändern Europas zu erobern, Spuren im Sand zu hinterlassen, die auch das stärkste Orkantief nicht verweht.

1
Scheveningen
»Aber ansonsten war es ein tobendes Stürmchen«

Ein Junge sitzt in leuchtend blauer Badehose am Strand. Selbstvergessen greift er in den Sand und lässt ihn auf den spitz zulaufenden Hügel vor sich rieseln. Es ist eine unscheinbare Geste, die man bei Menschen am Strand immer wieder sieht, ein Ausdruck wohliger Trägheit, wenn Hände nichts anderes zu tun haben, als sich zu Sanduhren zu formen. Der Sand in Scheveningen eignet sich dafür besonders gut, er ist fein und ganz hell, im trockenen Zustand bildet er eine weißgraue, sanft hügelige Fläche, die in der Sonne glitzert und in der man tief versinkt. Wird sie nass, von Flut oder Regen, ist der Sand braun, schwer und vorn am Wasser von ungleich langen und tiefen Gräben durchzogen, in die das Meer rhythmisch einfährt, mit jeder Welle aufs Neue. Dort, wo der kleine Junge sitzt, ist der Sand trocken, er schaut nicht auf seine Hände, sondern guckt mal aufs Meer, mal um sich her und ist ganz still, ganz bei sich. Niemand stört ihn, niemand ruft ihn. Irgendwo zwischen dem bunten Badevolk, das etwas entfernt von ihm unter Sonnenschirmen hockt, werden wohl seine Eltern sein, nur ab und zu den Blick hebend, ob der Junge noch da ist. Aber keine Sorge, das ist er.

Wie überall an der holländischen Küste lehnt sich der Strand von Scheveningen breit und flach gegen die Promenade, auch bei Flut lässt er genug Raum für Besucher aller Art, denen, die am Meeressaum entlangwandern, genauso wie denen, die kommen, weil sie gerade nicht mehr wandern wollen. Junge Leute sitzen auf Handtüchern, ältere auf mitgebrachten Klappstühlen, in Familie, einzeln oder zu zweit, immer der Nordsee zugewandt, die in graugrünen Wogen friedlich ans Ufer schwappt. Ganz vorn gräbt eine Kindergartengruppe sehr konzentriert einen halbrunden Kanal, alle tragen leuchtende Westen und Mützen, damit kein Kind abhandenkommt. Die meisten Leute haben sich unweit vom Kurhaus und von De Pier niedergelassen, der zweistöckigen Seebrücke, die sich als Food Court präsentiert und an deren Ende sich ein Riesenrad dreht. Auch die Strandlokale sind hier nicht weit, die um den Titel des angesagtesten Beachclubs wetteifern, mit exotischen Namen, viel Holz, Metall und weichen Polstern, in deren Ritzen sich der Sand sammelt. Die bunten Drinks, die hier serviert werden, funkeln in der Sonne, es riecht nach Gras, Barbecue und *patat*, holländischen Pommes. Den kleinen Jungen aber scheint das alles nicht zu interessieren, sein Sandhügel wächst stetig, und ich wüsste zu gern, was er gerade denkt. Ganz sicher stellt er sich keine großen Fragen, die ihn aus seiner Selbstvergessenheit herausholen könnten. Werde ich mich später an diesen Tag am Meer erinnern? Warum sitze ich so sorglos am Strand? Was ist eigentlich ein Strand?

Schon die Antwort auf diese letzte Frage ist einfach und kompliziert zugleich. Einfach, wenn man sie einem Geologen stellt, der nüchtern erläutern wird, dass ein Strand nicht mehr ist als ein flaches Gelände zwischen Festland und Meer (und kurz darauf zu einem detaillierteren Vortrag anhebt, der eigene Bände füllt). Komplizierter wird es, legt man die Frage einem Anthropologen vor, denn wie überall ist auch am Strand der Mensch das Problem. Weil er ihn eben nicht nur körperlich durchwandert oder sich mit Handtuch und Sonnenschirm im Sand postiert, sondern weil er seine psychische und emotionale Verfasstheit mitbringt, seine komplexen und egozentrischen Ideen über die Welt. Mit ihnen wird der Strand, wie der französische Kultursoziologe Jean-Didier Urbain schreibt, zu einem privilegierten Ort, »wo sich die Gesellschaft zur Schau stellt, mit ihren Riten und Symbolen, ihren festlichen Bräuchen und Konventionen, ihren Sehnsüchten und Normen, ihren Regeln und deren Überschreitungen, ihren Strategien der Koexistenz und den Codes des Sich-Niederlassens, mit ihrer Organisationslogik und schließlich ihrem Gefühlsspektrum«.

Ich lasse mich Richtung Süden wehen, zum Fischerdorf, das Scheveningen lange war. In Gedanken schiebe ich das Wort hin und her, Strand, Strand, Strand, Strand. Man muss es nur oft genug aussprechen, dann bekommt es einen seltsam fremden Klang und man beginnt sich zu fragen, was das eigentlich für ein Wort ist, bei dem man schon am Anfang über drei Konsonanten stolpert und das, wenn wir ehrlich sind, nicht zu den schönsten deutschen Wörtern gehört. Es ist jedenfalls kein Zufall, dass es in fast allen germanischen Sprachen gleich geschrieben, aber überall ein bisschen anders ausgesprochen wird. Denn während wir Deutschen Sch-trand sagen, sprechen es beispielsweise die Niederländer und Schweden so aus, wie es dasteht: s-trand (in Island geht man übrigens an den *s-trönd*). Und einmal gedanklich im hohen Norden angekommen, liegt man, was die Herkunft des Wortes betrifft, schon vollkommen richtig, denn Matrosen bringen es im 13. Jahrhundert von ihren Reisen nach Skandinavien mit. Hierzulande spricht man seinerzeit eher von Gestade oder Ufer, doch macht der Strand die Runde und taucht kurze Zeit später auch schriftlich auf. In der preußischen Landeschronik des Nikolaus von Jeroschin heißt es Anfang des 14. Jahrhunderts im schönsten Ostmitteldeutsch: »bi einem wazzirvlize na / daz ist genant di Treidera, / uf des meris strande« (an einem Fluss namens Treidera, am Meeresstrand). Die romanischen und slawischen Sprachen leiten ihre Bezeichnungen für den Strand dagegen von *plaga* ab, dem lateinischen Wort für Raum oder Gegend, das im Französischen zu *plage*, im Spanischen zu *playa*, im Italienischen zu *spiaggia* und im Russischen zu *pljasch* wird. Und schließlich ist da noch das englische *beach*, das sich längst in allen Sprachen der Welt eingenistet hat. *Beach* verweist ursprünglich weniger auf das feste Ufer als auf das nasse Davor, denn es lässt sich auf das altenglische *bece* zurückführen, das einen Strom bezeichnet und mit dem deutschen *Bach* oder dem niederländischen *beek* verwandt ist. Im Englischen gibt es zwar auch das Wort *strand*, doch nur in Irland wird es für den sandigen Streifen am Meer verwendet. Engländer denken bei Strand vermutlich zuerst an eine Straße in London, die im Mittelalter die City of London mit der City of Westminster verbindet und am Ufer der noch nicht in Kaimauern gezwängten Themse liegt. Und auch dieser Strand hat sich in die Literaturgeschichte eingeschrieben, weil hier im 19. Jahrhundert Dutzende Buchhändler und Verlage zu finden sind, die die literarische Prominenz anziehen. Unter ihnen George Eliot, die hier wohnt, und Virginia Woolf, die hier flaniert. Und als Benjamin Bass, ein litauischer Immigrant, 1927 im New Yorker East Village eine Buchhandlung eröffnet, nennt er sie nach eben jener legendären Straße in London: Strand Bookstore. Ein Laden, der mit den längsten Bücherregalen der Stadt mittlerweile selbst zur Legende geworden ist.

Auf der anderen Seite des Atlantik, knapp sechstausend Kilometer nordöstlich von New York, werden, je südlicher ich komme, die Häuser am Boulevard von Scheveningen nach und nach kleiner, kantige Betonbauten werden von Seevillen der Gründerzeit abgelöst und irgendwann taucht das alte Scheveningen auf. Unterwegs erinnern auf der Promenade, die hier schlicht Strandweg heißt, alle paar hundert Meter große Tafeln mit historischen Bildern daran, wie sich das Fischerdorf zum Seebad ausgewachsen hat. *Feest aan Zee. 200 jaar badplaats Scheveningen Den Haag* heißt es da, doch die Tafeln sind nicht mehr ganz neu. Gezählt werden die Jahre nach 1818, als hier das erste Badehaus eröffnet wurde, genau an der Stelle, wo heute das Kurhaus steht, ein rot-weißer Palast, letzter Zeuge einer mondänen Vergangenheit. Man feiert die Geschichte des Seebades, doch die Geschichte des Strandes, will sagen die, in der der Mensch sich in der Landschaft zeigt, ist wie überall viel älter. Da sind zuerst die Fischer aus dem Dorf, für die der sandige Streifen am Meer ihr täglicher Arbeitsplatz ist. Wie ihre Vorväter auch holen sie aus der Nordsee, was sich verspeisen lässt, und weil es keinen Hafen gibt, sind es hier zumeist *boomschuiten*, für diese Gegend typische Segelschiffe mit besonders flachem Boden, die die Fischer, wenn sie vom Meer zurückgekehrt sind, an den Strand ziehen, um gleich vor Ort ihren Fang zu verkaufen. Doch es kommen auch Abenteurer an diesen Strand, die ihn weniger der Nähe zum Meer als der weiten leeren Fläche und des Windes wegen schätzen. So erlebt Scheveningen bereits über zweihundert Jahre vor Errichtung des ersten Badehauses eine Art Vorspiel auf dem Strande und wird zur Kulisse eines Aufsehen erregenden Spektakels, das den anwesenden Zuschauern eine Ahnung von der Zukunft gibt.

Auf einem Segelwagen lassen sich im Jahr 1602 drei Dutzend Männer mit der für das beginnende 17. Jahrhundert höllisch anmutenden Geschwindigkeit von vierzig Stundenkilometern über den Strand blasen, um zwei Stunden später Petten zu erreichen, ein Dorf rund neunzig Kilometer nördlich von Scheveningen. Gebaut hat diesen Segelwagen der Flame Simon Stevin, Naturwissenschaftler, Ingenieur und Erfinder in einer Person. Dass er sein avantgardistisches Fahrzeug gerade in Scheveningen ausprobieren darf, verdankt er seinem Freund, dem Statthalter Fürst Moritz von Oranien, in den Niederlanden besser bekannt als Maurits van Oranje. Dessen Vertrauen in Simon Stevin ist groß genug, um bei der Jungfernfahrt den Segelwagen selbst zu besteigen, begleitet von einigen unerschrockenen europäischen Diplomaten und dem Philosophen und Völkerrechtler Hugo Grotius. Der ist zu diesem Zeitpunkt zwar erst neunzehn Jahre alt, hat sich aber schon einen Ruf als Wunderkind erworben, das mit elf an der Universität von Leiden studiert und nur wenig später elegante lateinische Verse dichtet. Man stelle sich also vor, wie ein bis dahin nie gesehenes Gefährt voller nobler Herren an Netze knüpfenden Fischern und ihren Kunden am holländischen Strand entlangrast. Es werden wohl einige Kreuze geschlagen und Stoßgebete ausgerufen worden sein. *God zij met ons!* Doch wider Erwarten kommen die Segler tatsächlich heil in Petten an. Der Segeltörn zu Lande wird zum Triumph, die Nachricht davon verbreitet sich weit über die Landesgrenzen hinaus und hält sich, vielleicht auch, weil es einmal eine gute Nachricht ist, lange im kollektiven Gedächtnis. Noch 1760 lässt Laurence Sterne in seinem *Tristram Shandy* Onkel Toby die Sprache auf Simon Stevin bringen und darüber diskutieren, ob es nicht praktisch wäre, auch in England solche Wagen zu bauen, »denn es würde nicht nur bei Eilvisiten, wie sie beim weiblichen Geschlecht nun eben in der Regel einmal anfallen, ungemein förderlich sein, – vorausgesetzt, der Wind zeigte sich gefällig, – sondern es wäre auch von famoser Wirtschaftlichkeit, lieber die Winde einzuspannen, welche nichts kosten und nichts fressen, als Pferde, welche (hol sie der Teufel) ein Erkleckliches kosten und fressen.« Weit kommt Onkel Toby mit seinem Vorschlag jedoch nicht, Tristrams Vater widerspricht seinem Bruder vehement, schließlich würden doch gerade die »Konsumption« und die »Manufaktur« den Handel ankurbeln. Der Plan, Pferde durch Segelwagen abzulösen, so das abschließende Urteil, tauge rein gar nichts. In Holland dagegen ist man stolz auf die Erfindung. Willem Isaacsz. van Swanenburg hält sie in einem prächtigen Kupferstich fest, den er mit einem langen Gedicht des jungen Hugo Grotius umrahmt: *aen den doorluchtichste Vorst Maurits van Nassauwen* (an den durchlauchtigsten Fürst Moritz von Nassau). Und Hugo Grotius belässt es nicht bei einem Gedicht, sondern greift das Thema immer wieder auf, in unzähligen Reimen, deren Quintessenz sich in vier Zeilen findet, in denen er sich wünscht, auf solch einem Wagen einmal um den Erdball getragen zu werden.

Door de winden voortgedragen
langs de golven, op den grond,
Geef my enkel zulk een wagen,
En ik vaer den aerdbol rond.

Die imposante Ausfahrt des Stevin'schen Segelwagens ist so erfolgreich, dass er in den folgenden zwei Jahrhunderten immer wieder eingesetzt wird. Beim Betrachten des Bildes auf den Archivseiten des Amsterdamer Rijksmuseums frage ich mich, wie weit die Fantasie des Simon Stevin wohl gereicht haben mag. Ob er sich seinerzeit vorstellen kann, wie vierhundert Jahre nach seinem Abenteuer tausende Strandsegler über den holländischen Sand jagen, mit Geschwindigkeiten, bei denen selbst dem furchtlosen Ingenieur schwindlig werden würde?

Stevins jüngster Passagier lässt sich derweil nicht nur von technischen Wundern inspirieren, sondern auch von den Wundern der Natur. So erwähnt Hugo Grotius in einem seiner Segelwagen-Gedichte einen *walvis*, einen Wal, der eines Tages am Strand von Katwijk angespült wird und »so groß wie der ganze Strand« gewesen sein soll. Bereits zuvor, im Jahr 1598, hatte Grotius die Strandung eines Pottwals erlebt und dabei bemerkt, dass dies dem gewöhnlichen Volk wohl ein Zeichen für Unheil sein müsse. Inwieweit das seine eigene Interpretation ist, mit der er sich von seinen Zeitgenossen nur abzusetzen sucht, sei dahingestellt, doch natürlich verfehlt der Anblick solch eines riesigen Tieres seine Wirkung nicht. Auf einem Kupferstich von Jacob Matham scheint allerdings die Neugier der Menschen weit größer zu sein als die Ehrfurcht. Männer mit Hut und Maßband besteigen den Wal, einer untersucht die riesigen Zähne, rundherum drängeln sich Zuschauer, darunter viele Frauen und Kinder, es herrscht eine wahre Volksfeststimmung. Schließlich kann ein Wal dem Gläubigen nur gefährlich werden, wenn er lebendig und in der Lage ist, den Menschen zu verschlingen, gerade so wie Jonas, der seine Untreue gegenüber Gott mit drei angstvollen Tagen im Bauch eines »großen Fisches« bezahlen muss.

Was Hugo Grotius betrifft, so ist es eine traurige Volte des Schicksals, dass ausgerechnet der Mann, der sich auf Simon Stevins Segelwagen wagt, Wale bedichtet und sich in seinen weit bedeutenderen Schriften zum Völkerrecht unter anderem Gedanken darüber macht, wem nach einem Schiffbruch an den Strand gespülte Fracht gehört, an den Folgen just solch eines Unglücks stirbt. Auf dem Weg von Schweden nach Frankreich gerät sein Schiff im August 1645 auf der Ostsee in einen schweren Sturm und strandet vor der Küste Pommerns. Obwohl Besatzung und Passagiere gerettet werden können, fährt der Schock dem bereits von Krankheit gezeichneten Grotius so sehr in die Glieder, dass er zwar seine Reise fortsetzt, aber am 28. August 1645 in Rostock an Herzversagen stirbt. So bleibt ihm auch die Gelegenheit verwehrt, den von ihm befahrenen und bewanderten Strand auf den Leinwänden seiner Landsleute zu betrachten.

Denn nur wenige Jahre nach Grotius' Tod entdecken die holländischen Maler des Goldenen Zeitalters den Strand als lohnendes Motiv. Sie stellen ihre Staffeleien schon zwischen den Dünen auf, als diese Landschaft jenseits der Fischerei kaum von menschlichem, geschweige denn von künstlerischem Interesse ist. So idyllisch uns heute die Gemälde von Jan van Goyen, Adriaen van de Velde oder Jacob van Ruisdael erscheinen, so revolutionär müssen sie ihren zeitgenössischen Betrachtern vorgekommen sein. Waren denen doch bisher vor allem Seestücke präsentiert worden, stürmische Wogen, Schiffbrüche, das Pathos der Elemente. Nun also große ruhige Landschaften, Flüsse und Bäume, Sand und sanfte Meereswellen, reinste Kontemplation.

Jan van Goyen malt den Strand von Scheveningen gleich mehrfach, von Den Haag aus, wo er lebt, hat er den kürzesten Weg. Seine Strandansichten sind auffallend lebendig, es wimmelt von Fischern und Händlern, Pferden und Hunden, Wagen und Booten. Ob es Morgen oder Abend ist, lässt sich am Licht erkennen, das die Landschaft mal grau, mal golden färbt. Adriaen van de Velde kommt 1658 aus Amsterdam nach Scheveningen und hält eine sommerliche Strandlandschaft unter lichten Wolkenfeldern fest, Frauen und Kinder stehen barfuß bei Fischern, *boomschuiten* liegen im Sand, ein Reiter galoppiert von links ins Bild, rechts steht ein einzelner Herr und blickt übers Meer. Es ist eine behagliche Szenerie, die sich aber erst wirklich erschließt, denkt man die politischen Zeitläufte mit. Hatte doch nur zehn Jahre vor der Entstehung dieses Gemäldes der Westfälische Frieden auch den Achtzigjährigen Krieg und mit ihm die spanische Fremdherrschaft der Niederlande beendet. Nach Jahrzehnten kriegerischer Auseinandersetzungen und ständiger Gefahr eines Angriffs über See kann die *Republiek der Zeven Verenigde Nederlanden*, die Republik der Sieben Vereinigten Provinzen, aufatmen und sich auf ihre nationalen Eigenheiten besinnen. Die flache holländische Strandlandschaft, der weite Blick übers Land und übers Meer gehören unbedingt dazu und weisen im übertragenen Sinne auf das Selbstbild einer toleranten Gesellschaft, in denen alle Stände gleich viel wert sind. »Strand, Himmel, Sonne und prächtige Wolkenbilder rücken in den Fokus der Malerei. Das Strandbild übernimmt die Aufgabe, das niederländische Ideal einer miteinander in Freiheit, Gleichheit und Harmonie lebenden Gesellschaft darzustellen und zugleich die Schönheit des Landes zu feiern«, schreibt die Kunsthistorikerin Susan Müller-Wusterwitz. Die holländischen Landschaftsmaler des 17. Jahrhunderts widmen sich so detailliert dem weiten Himmel und seinen Wolkenformationen, dass Potsdamer Geoforscher vierhundert Jahre später meinen, darin die Wetterkapriolen der Kleinen Eiszeit erkennen zu können. Vor allem Jacob van Ruisdael gilt ihnen als Virtuose der wirklichkeitsgetreuen Darstellung meteorologischer Erscheinungen. In der Tat ist das graublaue Wolkengebirge auf van Ruisdaels Gemälde *Strand bij Scheveningen* besonders imposant. Vielleicht ist es ein Herbsttag, die See ist bewegt, die Menschen am Strand tragen warme Kleider. Sie stehen beieinander, schauen aufs Meer, wo ein Segelboot schaukelt. Eine ruhige schöne Szene, die abseits politischer und meteorologischer Deutungen auch eine voller Gottvertrauen ist, das seinerzeit auf diesem immer noch recht unberechenbaren Sandstreifen durchaus nicht selbstverständlich ist, verläuft hier eben nicht nur eine geografische und geologische Grenze, sondern auch eine theologische, denn ein Leben ohne Gott ist im Goldenen Zeitalter nicht vorgesehen.

Doch auch wenn die Menschen in Nord-und Südholland sich früh an ihre flachen, breiten, leicht zugänglichen Strände wagen, überwiegen andernorts Furcht und Respekt vor dem Niemandsland, in dem eigene Gesetze herrschen, zum Beispiel am friesischen Wattenmeer. »Noch um 1600 wurden die Leichen von Zauberkundigen, Ketzern oder ehrlosen Soldaten in Wasserläufe geworfen, im Watt oder in Deichen begraben, vermutlich ebenfalls um die Rückkehr ihrer verirrten Seelen unter die Lebenden zu verhindern. Böse Geister, die in die Gemeinschaft der Lebenden eingedrungen waren, wurden verbannt, indem man sie auf das Deichvorland oder an den Meeresrand trieb«, schreibt der niederländische Historiker Otto S. Knottnerus. Dabei unterscheiden die Küstenbewohner kaum zwischen natürlichen und übernatürlichen Gefahren, ist die Angst vor Krankheiten, Stürmen und Überschwemmungen doch genauso groß wie die vor Meeresungeheuern und göttlicher Bestrafung. Zudem ist die schon erwähnte Geschichte von Jonas im Bauch des »großen Fisches« jedem Christenmenschen so gegenwärtig wie die der Sintflut, mit dem entscheidenden Unterschied, dass die tatsächlich jeden Menschen treffen kann: »Denn siehe, ich will eine Sintflut mit Wasser kommen lassen auf Erden, zu verderben alles Fleisch, darin ein lebendiger Odem ist, unter dem Himmel. Alles, was auf Erden ist, soll untergehen.« Wie leicht sich auf diese zwei Sätzen ein Angstgebäude errichten lässt, das über Jahrhunderte auf stabilem Fundament steht, beweisen Luthers *Tischreden*, in denen von einem »Meerwunder« berichtet wird, das einst zum Papst gebracht wurde. Als das Wesen weder essen noch trinken wollte, ließ der Papst es zurück ins Wasser werfen. Auf den Jubel des Papstes, wie »wunderbarlich« Gott »unter den Kreaturen auf Erden« sei, antwortet das Wesen: »Viel wunderbarlicher in dem Wasser!« Der Kommentar Martin Luthers lässt keine Zweifel zu: »Das ist der Teufel gewesen, denn er wohnet in den Wassern und großen Wäldern. Der Meerwunder hat man mehr gesehen, und es sind gewißlich Teufel.« Gehen wir ruhig davon aus, dass Luther zeitlebens keinen Fuß an irgendeinen Meeresstrand gesetzt hat. Was allerdings auch niemand von ihm erwartet, da er dreihundert Kilometer von der Küste entfernt zur Welt gekommen ist und damit keinen Grund hat, sich freiwillig teuflischen Gefahren auszusetzen. Die armen Menschen, die es qua Geburt an die Nordsee verschlagen hat, bekommen dagegen oft genug eine Ahnung, wie sich eine teuflische, pardon, eine göttliche Sintflut anfühlt. Vergeht doch im 17. und 18. Jahrhundert fast kein Jahrzehnt, in dem der »Blanke Hans« sich nicht wie ein Derwisch austobt. Allein die sogenannte Weihnachtsflut in der Nacht vom 24. auf den 25. Dezember 1717 lässt die Deiche entlang der gesamten Nordseeküste brechen, von Dänemark bis in die nördlichen Niederlande, und gilt als größte Flutkatastrophe der europäischen Neuzeit. Über elftausend Menschen sterben, bei den Überlebenden sorgt der Tod zahlloser Rinder, Pferde, Schweine und Schafe für eine Hungersnot. Als der friesische Geistliche Conrad Joachim Ummen 1718 über die Ereignisse berichtet, spricht schon der Titel seines Büchleins Bände: *Die Mit Thränen verknüpffte Weynachts-Freude Jeverlandes. Oder Eine ausführliche Nachricht der hohen Wasser-Fluht*. Es folgen lange klagende Verse voller Fassungslosigkeit.

Und ach daß Jeverland auch solche Noht erlebet!
 Ach daß der Wellen Macht durch unsre Dämme bricht!
Wovon das ganze Land mit großer Furcht erbebet.
 Ach daß ein stummer Feind durch unser Herze sticht!
Die Wohlfahrt ist dahin, verborgen alle Wonne!
Man siehet nun nicht mehr die helle Glückes-Sonne!

Doch so tief der Schmerz bei Ummen auch sitzt, es gibt Hoffnung, Trost und einen Hinweis darauf, wie man sich mit dem Feind aussöhnen könnte. Nur vier Jahre nach der verheerenden Weihnachtsflut erscheint der erste Teil von Barthold Heinrich Brockes' mehr als 5500 Seiten umfassender Gedichtsammlung *Irdisches Vergnügen in Gott*, einem Mammutwerk, einer groß angelegten Mission der Erweiterung des, um mit Jean-Didier Urbain zu sprechen, menschlichen Gefühlspektrums gegenüber dem christlichen Schöpfer. Denn der, so die Idee, begegnet uns eben nicht nur in Sturmfluten, sondern in allen natürlichen Dingen, weshalb wir ihm nicht ängstlich, sondern ehrfurchtsvoll entgegentreten dürfen und sollen. Allein das Gedicht *Gottes Größe in den Wassern* klingt bereits viel freundlicher und optimistischer als die Zeilen des leidgeplagten Conrad Joachim Ummen.

Ach Gott! unendlichs All, Du Brunnquell aller Dinge,
Gib, daß ich noch einmahl, was Dir gefällig, singe
Vom feuchten Element! Es sey, o Gott, das Meer
Ein Spiegel abermahl von Deiner Größ' und Ehr!

Es folgen unzählige Verse, die das Meer zunächst auch als Ort des Grauens voller »Wunder-Thier'« und »Wallfisch-Heere« beschreiben. Doch ein paar Gedichte später hält der kluge Dichter inne und fragt sich, ob da nicht doch ein Wesen wäre, das größer und mächtiger als jedes Meeresungeheuer ist, das uns nicht nur des Meeres Brausen, Heulen, Brüllen beschert, sondern eben auch seinen spiegelglatten, im Sonnenlicht ruhenden Glanz. Ein Glanz, der sich auf das Davor des Meeres überträgt, wo Brockes endlich auch am Strand göttliche Spuren entdeckt.

Die Sandes-Körner selbst und Theilchen unsrer Erden,
Sind ebenfalls ja wirklich Creaturen,
Worinn, wenn wir den Geist mit unserm Blick verbinden,
Wir mancherley Vergnügen finden, (…)
Es kommet jeder Sand-Korn mir
Als wie ein kleines Glied
Der allgemeinen Mutter für.

Nun, so mag sich manch Küstenbewohner bald denken, wenn der liebe Gott sich auch in einem Sandkorn findet, warum soll ich mich dann nicht an den Strand wagen und einmal ein paar der abermillionen Körnchen durch meine Finger rieseln lassen? Der Junge mit der blauen Badehose, der in Scheveningen am Strand sitzt, ahnt in seiner Unschuld gar nicht, welche historische Errungenschaft seine kleine Geste bedeutet und welche geistigen Anstrengungen seiner Vorfahren es brauchte, um sie ihn überhaupt ausführen zu lassen.

Als ich vom Dorf Scheveningen zurückkehre, ist das Kind tatsächlich noch da. Seine Mutter hat sich zu ihm gesetzt. Sie schickt den Jungen mit einem Becher zum Meer, um Wasser zu holen, damit sie seine kleinen Hügel in eine Sandburg verwandeln können. Vorsichtig formen sie die Festungsmauern, zeichnen Fenster hinein und heben den Burggraben aus.

Ich dagegen breite unweit von ihnen mein Handtuch aus und frage mich, wie viele Gemälde holländischer Meister man wohl betrachtet haben muss, bevor man selbst so weit ist, sich frisch und frei den meteorologischen Erscheinungen auszusetzen? Die Niederländer sind fraglos frühe Vögel, doch nach und nach beginnen auch Menschen aus meeresferneren Gebieten ihrer eigenen Anschauung zu vertrauen und sich ihres Verstandes zu bedienen, wie es Immanuel Kant als Leitmotiv der Aufklärung ausgibt. Ein Mann, der die Anschauung zu seinem Lebensprinzip erklärt hat, ist Georg Forster. Er kommt nach Scheveningen bereits einige Jahre bevor es offiziell zum Seebad erklärt wird, übrigens begleitet von einem jungen Mann namens Alexander von Humboldt. Statt der fernen Länder, die sie schon bereisten und noch bereisen werden, wollen die Herren die Auswirkungen der Französischen Revolution auf den Heimatkontinent besichtigen. Von Mainz, wo Georg Forster zu diesem Zeitpunkt lebt, geht es über Lille und Antwerpen nach Den Haag, das, so zitiert der Autor ein populäres zeitgenössisches Bild, »schönste Dorf Europas«. Entlang einer »schönen schnurgeraden Allee von großen schattigen Linden und Eichen« fährt Forster auch ans Meer, wo es vor allem die Ruhe ist, die ihm augenfällig wird und die er bereits von den Bildern der holländischen Meister kennen könnte. Und obwohl der Naturkundler Forster am Strand von Scheveningen nichts findet, was ihm wert wäre aufzuheben, erfasst er mit geschultem Blick sofort die geologischen und botanischen Gegebenheiten: »Das Meer, welches in Holland überhaupt nichts mehr ansetzt, hat im Gegentheil hier einen Theil vom Strande weggenommen, und die Kirche, die sonst mitten im Dorfe lag, liegt itzt außerhalb desselben unweit des Meeres. Die vier Reihen von Dünen, etwa eine halbe Viertelmeile weit hinter einander, die man hier deutlich bemerkt, unterscheiden sich durch verschiedene Grade der Vegetation, welche sich in dem Maaße ihrer Entfernung vom Meere und des verringerten Einflusses der Seeluft vermehrt.« Nachzulesen sind diese Zeilen in den *Ansichten vom Niederrhein, von Brabant,*

Flandern, Holland, England und Frankreich im April, Mai und Juni 1790, das zehn Jahre später auch auf Französisch erscheint, was sein Autor allerdings nicht mehr erlebt. Sechs Jahre zuvor ist Georg Forster im revolutionären Paris einer Lungenentzündung erlegen. Aber vielleicht fühlen sich seine französischen Leser ja von der Lektüre inspiriert, ihr Gefühlsspektrum dem Strand gegenüber zu überdenken, das sich zwischen zögerlich bis verweigernd zu bewegen scheint, obwohl sie in drei Himmelsrichtungen über unendliche Kilometer eigenen Strand verfügen. Doch anders als in den Niederlanden ist das französische Festland offensichtlich groß genug, um die Meeressäume ein Leben lang zu meiden. Wer einen weiten Blick sucht, könnte ebenso einen der zahlreichen Hügel und Berge besteigen, wo man zumindest festen Boden unter den Füßen hat. Warum sich die Franzosen von den Gestaden lieber fernhalten, erklärt sich der französische Historiker Alain Corbin in seinem Prachtband *Meereslust. Das Abendland und die Entdeckung der Küste* so: »Das Gefühl der hier entstandenen Übereinstimmung zwischen Gott und dem Menschen genügt nicht, um den Gedanken an eine dauernde Bedrohung durch das Wasser aus dem Bewußtsein zu vertreiben. Insbesondere die Franzosen, die wenig Verständnis für die technischen Fertigkeiten der Holländer und die in Kauf genommenen Risiken zeigen, fürchten sich oft schon bei der bloßen Vorstellung, auf diesem ›Überschwemmungsboden‹ zu verweilen.« Regelrecht erstaunt nimmt man in Frankreich zur Kenntnis, dass man auf solch labilem Grund durchaus nicht die Ruhe verlieren muss. So steht zum Beispiel Denis Diderot, als er in den Jahren 1773 und 1774 die Niederlande erkundet, in Scheveningen tatsächlich das erste Mal in seinem Leben am Meer und schreibt darüber in seinem Bericht *Voyage en Hollande*: »Scheveningen war zu allen Jahreszeiten der Ort, an dem ich am liebsten spazieren ging.« Ihn rühren vor allem die Fischer und deren Frauen, von denen er annimmt, ihre Liebe sei »so rein wie zu Zeiten Evas«, allein weil sie einander so herzlich umarmen, sobald die Boote an Land gezogen sind. Mehr noch aber ist Diderot von der republikanischen Wirklichkeit Hollands angetan, von Religionsfreiheit und Handelsgeist, so sehr, dass für ihn selbst die meisterhafteste Malerei nicht mithalten kann. »Sollte der Handelsgeist diese fantastischen Künstler in ihrer Entwicklung behindert haben? Wie talentiert sie auch sein mögen, ihre Gemälde zeugen selten von einem Sinn für Geschmack, erhabenen Ideen oder Originalität.«

Die Niederländer beeindruckt solche Mäkelei kaum, sie hofieren ihre Meister, die Künstler wie die Ingenieure, die hunderte Quadratkilometer Überschwemmungsboden trockenlegen, das Meer zähmen und ihm mehr und mehr Land abtrotzen. Gemäß der Devise »Gott schuf die Erde, aber die Niederländer schufen die Niederlande« lassen sie sich den Schlaf höchstens von brechenden Deichen rauben und erkennen die göttliche Grenzziehung zwischen menschenfreundlichem Festland und menschenfeindlichem Meer schlicht nicht an, wie Alain Corbin schreibt: »Die Reise nach Holland sorgt im Abendland für eine zunehmende Bereitschaft, das Schauspiel des Meeres mit Bewunderung zu betrachten und Küstenspaziergänge zu unternehmen. Der ›Tourist‹ des klassischen Zeitalters identifiziert die Niederlande mit dem Meer. (…) Tatsächlich hat der Holländer es gewagt, dem Meer Grenzen zu setzen. Dabei hat er das Werk des Schöpfers nicht beeinträchtigt, sondern es mit Gottes Segen vollendet.« Jawohl, mit Gottes Segen und noch mehr technischem

Verstand, der seinen Ausdruck nicht nur in rasanten Segelwagen findet, sondern auch und vor allem im Wasserbau. Dessen Entwicklung hängt selbstredend eng mit den topografischen Gegebenheiten zusammen, die zugleich dafür sorgen, dass der holländische Strand sowohl im wörtlichen als auch im übertragenen Sinne leichter zugänglich ist als anderswo. Die Gemälde der holländischen Meister deuten es mit ihren weiten Himmeln bereits an, anders als in einer bergigen oder felsigen Landschaft, hinter der die See unvermittelt auftaucht, wird der Besucher der niederländischen Küste nicht plötzlich überwältigt, sondern kann sich dem erhabenen, dem schaurig-schönen Anblick allmählich nähern. Denn auch wenn das Land klein ist, hinter den Stränden lässt es der Natur ihren Raum. Zwar hat sich Den Haag immer dichter an den Strand gebaut, und die Tram aus der Stadt hält heute gleich hinterm Kurhaus, doch an großen Abschnitten der holländischen Strände durchstreift man auf dem Weg zum Meer vor allem breite Dünenlandschaften. Dicht bewachsen von Flechten, Moosen und niedrigen Buschwäldern, bilden sie die natürliche Vorbühne des Strandes, wo die Luft mit jedem Meter salziger wird, wo einem allmählich der Geruch der Nordsee in die Nase und das Rauschen in die Ohren dringt. Wenn schließlich alle Sinne in Habachtstellung sind, hebt sich hinter dem letzten hohen Hügel der Vorhang zum prächtigen Naturschauspiel. Das Meer ist da und das Herz schlägt ruhig.

Je auf ihre Weise tragen Naturkunde, Glaube, Malerei und Philosophie also dazu bei, auch bei den Menschen, die keine Fischer sind und das Meer nur vom Erzählen kennen, die gefährlichsten Meereswogen ihrer Vorstellungen zu glätten, die stürmischsten

Winde ihrer Fantasien einzufangen und ihnen eine Einladung ans Meer ins Ohr zu flüstern, die an die vielzitierte Zeile Friedrich Hölderlins erinnert: »Komm! Ins Offene, Freund!« Und ja, langsam folgen noch die Strandfernsten dieser Aufforderung, kommen erst vereinzelt, dann immer zahlreicher ins Offene, ins Weite und Frische. Als 1818 in Scheveningen das erste Badehaus eröffnet wird und damit der erste *badplaats* in den Niederlanden entsteht, hinken die Holländer damit anderen Ländern sogar einige Jahre, ja Jahrzehnte hinterher. Angesichts ihrer Geschichte ist das durchaus erstaunlich, liegt aber wohl gerade an der Selbstverständlichkeit, mit der sie bereits angekommen sind, wohin andere erst aufbrechen müssen. Wer braucht schon ein exklusives Seebad, um Menschen ans Meer zu locken, die längst schon da sind? Anderswo in Nordeuropa ist man vor der Wende zum 19. Jahrhundert dabei, den Strand vom gefährlichen Niemands- in berückendes Jedermannsland umzuwidmen. Als Avantgardisten dürfen sich in diesem Falle die Engländer fühlen, die den Reiz ihrer eigenen Küsten entdecken, verschlafene Fischerdörfer zu *seaside resorts* ausbauen und öde Orte in Vergnügungsoasen verwandeln. In Deutschland braucht es dagegen erst einen prominenten Fürsprecher dieser neuen Form der Freizeitgestaltung, der sich in Georg Christoph Lichtenberg auch findet. Der Naturwissenschaftler und Schriftsteller aus dem meerfernen Darmstadt hatte England bereits mehrfach bereist, als er 1793 einen Aufsatz mit der Frage *Warum hat Deutschland noch kein großes öffentliches Seebad?* überschreibt und darin ausführt: »Allein wo sind die Orte, die, wie etwa Brighthelmstone, Margate und andere in England, in den Sommermonathen an Frequenz selbst unsere berühmtesten einländischen Bäder und Brunnenplätze übertreffen? Ich weiß von keinem. Ist dieses nicht sonderbar?« Um seine Leserschaft zu überzeugen, zieht Lichtenberg alle Register: »Der Anblick der Meereswogen, ihr Leuchten und das Rollen ihres Donners, der sich auch in den Sommermonathen zuweilen hören läßt, gegen welchen der hochgepriesene Rheinfall wohl bloßer Waschbecken-Tumult ist; die großen Phänomene der Ebbe und Fluth, deren Beobachtung immer beschäftigt ohne zu ermüden; die Betrachtung, daß die Welle, die jetzt hier meinen Fuß benetzt, ununterbrochen mit der zusammenhängt, die Otaheite [heute Tahiti] und China bespühlt, und die große Heerstraße um die Welt ausmachen hilft; und der Gedanke, dieses sind die Gewässer, denen unsre bewohnte Erdkruste ihre Form zu danken hat, nunmehr von der Vorsehung in diese Grenzen zurück gerufen, – alles dieses, sage ich, wirkt auf den gefühlvollen Menschen mit einer Macht, mit der sich nichts in der Natur vergleichen läßt, als etwa der Anblick des gestirnten Himmels in einer heitern Winternacht. Man muß kommen und sehen und hören.« Obwohl Cuxhaven an der Nordsee Lichtenberg geeignet scheint, es den Engländern nachzutun, zögert man dort so lange, bis die Konkurrenz an der Ostsee schneller ist. Seit 1793 trägt Heiligendamm den Titel »erstes deutsches Seebad«, weil ein fixer Arzt, Samuel Vogel, seinen Herzog, Friedrich Franz I. von Mecklenburg, vor allen anderen von der modernen Idee überzeugt. Dem ist zwar an der Gesundheit der Badegäste weniger gelegen als an deren Geldbeutel, aber am Ende kommen beide zu ihrem Recht, und wer nach Doberan an den Heiligen Damm reist, findet dort fortan sowohl das kräftigende Bad am Morgen als auch die Spielbank am Abend. Und Samuel Vogels 1817 formulierte *Allgemeinen Baderegeln zum Gebrauche für Badelustige überhaupt und diejenigen insbesondere, welche sich des Seebades in Doberan bedienen*, sind durchaus nicht gealtert. So lautet seine Regel Nummer 1: »Die beste Zeit zum kalten Bade ist des Vormittags in einer früheren oder späteren Stunde, wie sie dem Badegaste am angenehmsten und bequemsten ist, nüchtern oder nach einem leichten Frühstücke, und nach erfolgter natürlicher Leibesöffnung.« Es folgen Hinweise, man möge nicht überhitzt, schwindlig oder krank ins kalte Wasser steigen, sich nach dem Bade gehend oder reitend bewegen und es möglichst täglich wiederholen, bis schließlich die jahrhundertelange Annäherung des Menschen an den Überschwemmungsboden, das Niemandsland, das Grenzgebiet Strand in Regel Nummer 5 kulminiert: »Mit je mehr Frohsinn, Heiterkeit, Vertrauen und Hoffnung man sich dem Neptun in die Arme wirft, desto glücklicher geht, bey sonst gleichen Umständen, das Baden von Statten.« Mittlerweile haben sich übrigens auch die Franzosen ihres Zögerns und Zweifelns entledigt, die ersten *stations balnéaires* eröffnen an der normannischen Atlantikküste. Obwohl die Hafenstadt Dieppe für sich den Titel »erstes französisches Seebad« in Anspruch nimmt, sind es bald Trouville-sur-Mer und Deauville, die ihr den Rang ablaufen, weil dort die *haute société* der Hauptstadt »kleine Fluchten« in Form von luxuriösen Hotels mit eigenem Strandzugang erwarten.

Am Strand von Scheveningen wird heutzutage niemandem der Weg versperrt und selten dreht sich überhaupt einer nach dem andern um. Ein paar Surfer zerren neongrüne Bretter ins Meer. Ein mittelalter Mann massiert den Rücken seiner nackten Frau. Technobässe aus einer Boombox, die vier Jungs vor ihren nackten Füßen in den Sand gestellt haben, verfangen sich im Wind und kommen gegen das große Meerrauschen nicht an.

Mit den Niederländern als Vorhut und Nachzüglern zugleich wird also in der zweiten Hälfte des 18. Jahrhunderts an den nordeuropäischen Küsten ein neues Kapitel aufgeschlagen, das Alain Corbin als die »Erfindung des Strandes« beschreibt. Denn mit Eröffnung der Seebäder ist der Strand nicht mehr nur das schmale sandige Grenzgebiet des Kontinents, sondern rückt mehr und mehr ins Zentrum der Aufmerksamkeit derer, die ihn bisher schlicht ignorierten und / oder denen die ungezähmte Natur an sich suspekt war. Denn ist nicht der Mensch vor allem deswegen die Krönung der Schöpfung, weil er sich über sie erhebt? Doch je mehr sich Stadt und Land(schaft) auseinanderentwickeln, desto mehr wird die Natur in all ihrer Vielfalt zur eigenen Sehnsuchtskategorie, und gerade am Meeresufer, so Alain Corbin, »angesichts der Leere des Ozeans und der Verfügbarkeit des Strandes, kann das moderne Subjekt sich selbst entdecken, seine eigenen Grenzen erfahren«. Wobei dieses Subjekt selbstredend das adlige und großbürgerliche meint, denn alle anderen sind leider zu beschäftigt, um sich selbst zu entdecken. Wer jedoch Zeit und Muße hat, kann nun am Strand in kindliches Verhalten zurückfallen, kann beim Muschelnsammeln und Sandburgenbauen eingeübte starre Etikette ablegen und ganz nebenbei sein Gefühlsspektrum ausloten. Mit fester Hand werden die Strände auf den Landkarten der Städter eingezeichnet und ihre Vorzüge notiert, die Weite, das Licht, die kühle Brise.

Illustriert werden diese Karten einmal mehr von zeitgenössischen Malern, deren Strandansichten nun, Ende des 19. Jahrhunderts, nicht mehr nur vom vermeintlichen Idyll des Fischhandels und der gefahrlosen Weite der See zeugen, sondern eben auch von jenem neuen Müßiggang am Meer. So reiten auf *Ezeltje rijden langs het strand* von Isaac Israëls drei kleine Mädchen auf Eseln über den Strand von Scheveningen, ihre hellen Kleidchen und roten Hütchen lassen darauf schließen, dass es höhere Töchter sind, die einen vergnüglichen Nachmittag verbringen. Auch auf den Bildern Max Liebermanns, der zwischen 1870 und 1910 fast jedes Jahr einige Sommermonate an der niederländischen Küste verbringt, spielen Kinder sorglos im flachen Wasser, gut gekleidete Männer reiten auf Pferden, zart gebaute Frauen flanieren in langen Kleidern über den Strand. Manchmal sind sie in das milde Licht eines heißen Sommertags gehüllt, manchmal türmen sich herbstliche Wolken über den Spaziergängern. Obwohl es einige Bilder von Liebermann aus Scheveningen gibt, war sein liebster Strand wohl der von Katwijk, gut zwanzig Kilometer nördlich. Wo sich im 17. Jahrhundert die Leute noch um einen angespülten Wal versammelten, findet sich zweihundert Jahre später eine kleine Künstlerkolonie zusammen, zu der neben Max Liebermann die Niederländer Bernard Blommers, Jan Toorop und einige Vertreter der Düsseldorfer Malerschule gehören.

Doch das im wahrsten Sinne des Wortes größte Strandgemälde aller Zeiten stammt von Hendrik Willem Mesdag. Vierzehn Meter hoch und hundertzwanzig Meter breit, kann man sich davon regelrecht umhüllen lassen, hat es doch die Form eines – im 19. Jahrhundert besonders populären – Panoramas. Zu finden ist es in der Den Haager Zeestraat. Einst Ausfallstraße zum Meer, liegt sie heute mitten in der Stadt, und eine schmale Holztreppe führt im Rondell des *Panorama Mesdag* hinauf auf die kleine Plattform, die einem Strandpavillon auf einer hohen Düne nachgebildet ist. Um den Pavillon herum ist echter Sand aufgeschüttet, Büschel unechten Sandhafers ragen heraus, hier und da liegt angespültes Strandgut herum, alte Kisten und Taue. Mit ein bisschen Fantasie und leicht zusammengekniffenen Augen bekommt man so tatsächlich das Gefühl, sich im Scheveningen des ausgehenden 19. Jahrhunderts zu befinden. An einem sommerlichen Strand wartet ein Dutzend Fischerboote auf die Flut, im Wasser liegen immer noch und immer wieder *boomschuiten*, die Kavallerie ist zu einer Übung angerückt. Eine Fischersfrau schaut einer malenden Dame über die Schulter, die sich mit einem weißen Schirm vor der Sonne schützt und in der Hendrik Willem Mesdag seine Frau Sientje verewigt haben soll.

Als das Panorama am 1. August 1881 eröffnet wird, ist unter den Besuchern ein junger Mann, dessen Ruhm den von Mesdag und aller anderen Maler von Scheveningen eines Tages noch einmal überstrahlen wird: Vincent van Gogh. Der berichtet seinem Bruder Theo in einem Brief: »Dann habe ich mit ihm [Théophile de Bock] zusammen das Panorama von Mesdag gesehen, ein Werk vor dem man allen Respekt haben muss. Ich dachte dabei an einen Satz, ich glaube von Bürger oder Thoré, über die *Leçon d'anatomie* von Rembrandt: Le seul défaut de ce tableau est de ne pas avoir de défaut.« Der einzige Fehler dieses Werkes ist, dass es keinen Fehler aufweist – ein Satz, der Vincent van Gogh möglicherweise Ansporn ist, denn nur ein Jahr später steht er selbst malend am Meer. *Strand van Scheveningen bij kalm weer* misst gerade 35,5 mal 49,5 Zentimeter und zeigt drei vertäute Boote, vor denen vier Menschen stehen, links zwei Frauen mit weißen Kopftüchern, rechts zwei Männer. Es ist Ebbe, die grau-gelben Farben des Strandes gehen in die Farben des Meeres über, die wiederum in die Farben des Himmels. 1882 ist Vincent van Gogh neunundzwanzig Jahre alt und wird noch acht Jahre leben, in denen all seine Meisterwerke entstehen. Gerade ist er wieder zu seinen Eltern nach Etten in Brabant gezogen, aber in Den Haag wohnt seine Cousine Ariëtte (Jet) Carbentus, deren Mann Anton Mauve ebenfalls Maler ist, van Gogh ermutigt und ihm Unterricht gibt. Am 19. August 1882 schreibt van Gogh an seinen Bruder, wie er Wind, Sturm und Regen beobachtet. Auch mit Worten kann der Mann, der als Maler alle Vorstellungen seiner Zeit sprengt, die aufgewühlte See präzise erfassen. »Es war doch so schön in Scheveningen dieser Tage. Das Meer war vor dem Sturm selbst noch imposanter als in dem Moment, als es tatsächlich stürmte. Während des Sturmes sah man die Wellen viel weniger und gab es weniger den Effekt von Furchen in einem gepflügten Feld. Die Wellen folgten einander so schnell, dass die eine die andere verdrängte und durch den Aufprall der Wassermassen eine Art flugsandiger Schaum entstand, der die ersten Meter des Meeres in eine Art Dunst hüllte. Aber ansonsten war es ein tobendes Stürmchen, um so tobender und, wenn man länger zusah, um so eindrucksvoller, weil es so wenig Lärm machte. Das Meer hatte die Farbe von schmutzigem Seifenwasser. Da war an der Stelle eine kleine Pinke, die letzte in einer Reihe, die einzige dunkle Gestalt.« Vincent van Gogh ist davon überzeugt, dass die Kunst, die Malerei, weit über das Gesagte hinausgeht. »Im Malen ist etwas Unendliches, ich kann es Ihnen nicht so gut erklären, aber gerade für den Ausdruck von Stimmungen ist es herrlich.«

Fast dreihundert Jahre liegen zwischen dem rasenden Segelwagen von Simon Stevin und diesen Zeilen von Vincent van Gogh. Ob die beiden Männer sich wohl etwas zu sagen hätten, würden sie einander in einem zeitlosen Raum begegnen? Könnten sie einander erklären, was sie sehen, was sie empfinden, am Strand von Scheveningen? Wo der Sturm, der die Segel von Simon Stevins futuristischem Wagen antreibt und Vincent van Gogh den Sand auf die Leinwand bläst, Anfang des 17. Jahrhunderts aus derselben Richtung weht wie Ende des 19. Jahrhunderts und auch der Blick zum Horizont der gleiche ist. Doch so sehr haben sich die Weltbilder in den drei Jahrhunderten verändert, haben die globalen Eroberungen, die Revolutionen und Kriege, die Erfindungen und Entdeckungen die Wahrnehmung der Menschen verschoben, dass Simon Stevin und Vincent van Gogh einander sehr fremd sein müssten, noch dazu wo der eine Wissenschaftler, der andere Künstler ist. Was gibt es hier zu fühlen, würde der eine vielleicht fragen. Was gibt es hier zu rasen, würde der andere sich vielleicht wundern, bevor sie wieder ihrer Wege gehen. Simon Stevin, in Gedanken schon beim nächsten Experiment, fährt zurück in die Stadt, wo sein Studierzimmer wartet. Vincent van Gogh, nach neuen Motiven Ausschau haltend, rückt seine Leinwand noch etwas näher ans Meer.

Im Scheveningen von heute ist es mittlerweile Abend geworden, die Dämmerung hat eingesetzt und hüllt die modernen Hochbauten links und rechts vom Kurhaus in gnädiges Licht. Von den religiösen Gefühlen, die das Meer und seine Ufer bei unseren Ahnen auslösten, zeugt nur mehr ein unscheinbares Büdchen auf der Strandpromenade. In mehreren Sprachen wirbt es für die Bibel und bietet allerlei erbauliche Heftchen an, für die sich kaum jemand interessiert. Der Gedanke, dass eine Sintflut nahen könnte, um uns für unsere Sünden zu strafen, scheint niemanden mehr recht zu beeindrucken. Meeresungeheuer landen frisch gegrillt und in mundgerechten Portionen auf dem Tisch, dazu ein kaltes Glas Weißwein und Elektrobeats. Der Strand hat sich geleert, auch der kleine Junge mit der blauen Badehose ist längst nicht mehr da. Trotzdem will es mir nicht aus dem Kopf gehen, wie er dort im Sand saß. Ich suche die Stelle, aber Wind und Wasser haben ihre Pflicht getan und den Strand ordentlich aufgeräumt. Erst viel später, ich bin nur noch in Gedanken am Strand von Scheveningen, fällt mir ein Gedicht von Ida Gerhardt in die Hände, der Grande Dame der niederländischen Dichtung. *Een naam in schelpen* (Ein Name in Muscheln) muss sie gerade für solch einen kleinen Jungen geschrieben haben, beginnt es doch in tiefer Achtung für ein Kind, das unverletzbar nach dem Meer verlangt, ohne es die anderen merken zu lassen.

Mijn diepste eerbied geldt een kind
dat onaanrandbaar naar de zee
verlangt, en het niet merken laat
aan anderen.

Der Tag vergeht, das Kind baut eine Sandburg. Erst als die Sonne fort und der Tag um ist, bricht es endlich auf, lässt seine Bastion zurück, auf die es mit Muscheln seinen Namen gelegt hat. Die Schaufel in der Hand, geht es schweren Schrittes hafenwärts.

En het vermant zich, en verlaat
zijn burcht aan zee, het bastion
waarop zijn naam in schelpen staat,
en dat – hij weet het – nog vannacht
als het tij opzet wordt geslecht.
Het neemt zijn schop op en het gaat
op stroeve voeten havenwaarts.

Ach Kind, denke ich, nimm es dir doch nicht zu sehr zu Herzen. Du kannst morgen wiederkommen, du kannst neue Sandburgen bauen. Und wenn du größer bist, fahren wir zusammen nach England hinüber.

ICE CREAMS

2
Brighton

»Ein wenig Baden im Meer
würde mich für immer kräftigen«

»You know, I am from Halifax and I am looking for love.« Es ist ein unerwartet zarter Satz aus dem Mund eines angetrunkenen Mannes. Er steht am Eingang zum Palace Pier und trägt die Stranduniform des 21. Jahrhunderts, Muskelshirt, Shorts und Flip-Flops. Schon etwas älter und schwerer, ist sein Kopf gerötet von der südenglischen Sonne und dem Büchsenbier, das er in der Hand hält. Sein Körper schwankt, während er sich mit einem Pärchen unterhält, das am Eisstand wartet. Ganz klar ist es nicht, ob das Pärchen sich auch mit ihm unterhält, aber immerhin laufen die beiden nicht davon, sondern nehmen freundlich nickend zur Kenntnis, dass er seine Sehnsucht mit ihnen teilt. Dabei ahnt der Mann vermutlich nicht, dass er mit seinem schlichten Satz ein großes literarisches Erbe antritt. Denn schon zwei Jahrhunderte vor ihm träumt Lydia, jüngste Bennet-Tochter in Jane Austens *Stolz und Vorurteil*, davon, in Brighton die Liebe zu finden, bei Männern, die ebenfalls Uniformen tragen, allerdings vorteilhaftere: »Sie sah mit dem schöpferischen Auge der Phantasie die Straßen dieses glänzenden Badeortes voll von Offizieren. Sie sah sich selbst bei hunderten von ihnen, die sie noch nicht kannte, als Ziel der Aufmerksamkeit. Sie sah die ganze Herrlichkeit des Lagers, seine Zelte, die sich in Reihen von schöner Gleichmäßigkeit erstreckten, wimmelnd von Jugend und Heiterkeit und strahlend in Scharlachrot; und um das Bild vollständig zu machen, sah sie sich selbst in einem der Zelte sitzen und mit mindestens sechs Offizieren zugleich zärtlich flirten.«

An diesem warmen Tag im Mai, der sich wie ein Sommertag anfühlt, so gleißend ist das Licht, so makellos das Himmelsblau, wäre es ebenfalls ein Leichtes zu flirten. Doch die meisten Leute am Strand von Brighton scheinen die Liebe schon gefunden zu haben. Jüngere und ältere Paare sind unterwegs, viele Familien, von denen einige riesiges knallbuntes Strandspielzeug schleppen, Schaufeln, Bälle und Fabelwesen aus Plastik. Sie sind auf der Suche nach einem Platz, wo sie sich den Rest des Tages niederlassen werden, um den Fabelwesen das Schwimmen beizubringen. Der Mann vor dem Palace Pier ist mittlerweile in der Menge verschwunden, die die legendäre Seebrücke bevölkert. Ein Ort, von dem eine merkwürdige Anziehungskraft ausgeht, auch wenn man Rummelplätze und Kirmessen lieber meidet, zu bunt, zu grell, zu laut. Doch der Palace Pier ist ein eigener kleiner Planet, der seine Gäste mit viel Glitzer und Tamtam umgarnt. Das Herzstück der Seebrücke bildet The Palace of Fun, eine familienfreundliche Spielhalle mit Automaten, die Pac Man Smash, Hippodrome oder Disco Fever heißen. Es gibt keine Fenster im Palace of Fun und wenn man eine Weile da ist, vergisst man irgendwann, dass man ein paar Meter über dem Meer steht, dass draußen die offene Welt ist, Strand, Sonne, Himmel und Luft, weswegen man doch gekommen ist, eigentlich, vermutlich, vielleicht. Ich schaue den Leuten eine Weile zu, die zu vertieft sind in ihrem Spiel, um es zu bemerken. Die Zwillingsmädchen, die mit ihrem Vater versuchen, pinkfarbene Einhörner und traurig dreinschauende Boxerhunde aus einer Glasbox zu angeln. Die ältere Frau mit Strohhut, die, bevor sie ihre Jetons in einen Automaten schiebt, das silberne Kreuz an ihrer Kette küsst. Doch das ist noch nicht alles, hinter dem Spaßpalast müssen Schießbuden, Achterbahn, Crazy Mouse und Twister besichtigt werden, bevor man den Höhepunkt der Seebrücke erreicht: The Booster. Eine Todesmaschine über dem Meer, die mit einer fantastischen Aussicht wirbt. Man muss sich nur in einem Stuhl festschnallen und kopfüber um die Achse eines sehr hohen Krans wirbeln lassen. *I would prefer not to.*

Ende des 18. Jahrhunderts kommen die Menschen, die es sich leisten können, noch nicht in Scharen in die Landschaft, die sie gerade »erfunden« haben. Aber wen es herführt, der passt seinen Tagesablauf der Gegend bereits an, wie eine gewisse Lady Newdegate 1797 ihren Mann in einem Brief wissen lässt. Weil die Vergnügungstempel erst noch errichtet werden müssen, vergehen die Tage im wechselnden Rhythmus von drinnen und draußen, was der Lady keineswegs zu missfallen scheint. »Ich nehme an, du wirst wissen wollen, wie du tagsüber an uns denken sollst, deshalb übermittle ich dir unser übliches Programm: aufstehen um sieben, baden oder wandern von acht bis neun, dann Frühstück; von zehn bis zwölf oder eins durch die Downs fahren, in unserem Erker sitzend aufs Meer schauen bis halb zwei, dann zu Mittag essen, Tee um sechs, wieder ausfahren bis gegen acht und dann faulenzen am Strand oder auf dem Steyne bis neun, wenn wir zu Abend essen und um halb elf schlafen gehen.« Nun kann man diesen Gleichklang der Tage mögen oder nicht – gerade der Tagesordnungspunkt »in unserem Erker sitzend aufs Meer schauen bis halb zwei« scheint mir für einen geistig tätigen Menschen besonders verführerisch zu sein –, doch gehen die Meinungen unter denen, die Brighton während seines Aufstiegs zum Seebad erster Güte besuchen, auseinander. Samuel Johnson, der englische Gelehrte, Schriftsteller und Kritiker mit besonders scharfer Zunge, ist offensichtlich kein Freund des Müßiggangs, und wirft man einen Blick auf das umfangreiche Werk, das er hinterlassen hat, dann verwundert es nicht. Allein am *Dictionary of the English Language*, einem Standardwerk seiner Epoche, arbeitet er neun lange Jahre. Als Johnson im Herbst 1782 im hohen Alter Freunde nach Brighton begleitet, geht ihm die Gegend gänzlich ab. »Die Landschaft«, habe er der Freundin zufolge geknurrt, »ist so überaus öde, dass man, käme es einem in den Sinn, sich aus Verzweiflung darüber, hier leben zu müssen, aufzuhängen, nur schwerlich einen Baum fände, um daran das Seil zu befestigen.« Als einige Jahrzehnte später Charles Dickens – vierundzwanzig, frisch verheiratet, an *Oliver Twist* schreibend – das erste Mal nach Brighton kommt, ist der Strand bereits viel belebter und sein Urteil entsprechend milder. »Ich könnte hier keinen ganzen Herbst verbringen, aber es ist ein netter Ort für etwa eine Woche; und wenn man lacht oder weint und jene innere Aufruhr erleidet, die manche Menschen über ihren Büchern erfahren, ist es eine willkommene Abwechslung, aus dem Fenster zu schauen, die kleinen goldenen Spielzeuge zu Pferde vor dem gewaltigen Meer auf und ab gehen zu sehen und an nichts weiter zu denken.« Am Fenster sitzen und gedankenverloren aufs Meer schauen, das ist die neue Mode, die außer bei Samuel Johnson eine beliebte Beschäftigung unter den Besuchern Brightons zu sein scheint. Und es ist ja auch eine Frage der Perspektive und des Gemüts, ob man die große Aussicht auf Strand, Wellen und Wolken als ewig gleich und also ermüdend oder immer anders und also belebend erfährt. William Makepeace Thackeray scheint sie so sehr zu beflügeln, dass er in seiner Gesellschaftssatire *Jahrmarkt der Eitelkeiten* George Osborne und Amelia Sedley ihre Flitterwochen hier verbringen lässt und den Aufenthalt im Seebad als heilend für Körper und Seele preist: »Warum ist ein Tag in Brighton der beste Doktor? Ich meine das nicht als Scherzfrage, doch ich stand hungrig auf und lag den ganzen Tag gähnend in der Sonne wie ein fetter Nichtsnutz, den ganzen Tag sehr glücklich. Ich habe ein Fenster mit großartiger Aussicht, eine frische Seebrise weht herein, von solch einer blauen See dort drüben, die kaum von Neapel und dem Blau des Mittelmeers überboten werden kann.« Dass Thackeray den Vergleich von Brighton mit einem Doktor anstellt, zielt in die richtige Richtung, denn einfach nur wegen der frischen Brise anzureisen reicht nicht aus. Besser man hat einen vernünftigen Grund, und welcher böte sich da mehr an als die eigene Gesundheit? So wollen in *Stolz und Vorurteil* schließlich auch Lydias Mutter und ihre Schwester Kitty an den Strand aufbrechen. »›Wenn wir nur nach Brighton gehen könnten!‹ bemerkte Mrs. Bennet. ›Ach ja, wenn wir nur nach Brighton gehen könnten! Aber Papa ist so widerwärtig.‹ ›Ein wenig Baden im Meer würde mich für immer kräftigen.‹ ›Und Tante Philips ist sicher, dass es mir sehr gut tun würde‹, fügte Kitty hinzu.«

Auch wenn die Strände im Süden Englands nicht so breit sind wie die an holländischen Küsten, so sind sie doch ebenso einladend. Der englische Historiker John K. Walton erklärt, warum: »Für die frühen Anhänger des therapeutischen Bades im Meer wie für die viktorianischen Mittelschichtsfamilien und die Ausflügler des späten 19. Jahrhunderts war der bequeme Zugang zu einem sauberen Sandstrand das Wichtigste. Eine gerade Küstenlinie mit sanft abfallenden Klippen war besonders beliebt, denn so konnten sich die Besucher unterschiedlicher Klassen und Einstellungen der Länge nach über den Strand verstreuen und denselben Urlaubsort ohne Feindseligkeiten und Konflikte teilen.« Dass gerade Brighton sich schnell großer Beliebtheit erfreut, hat die Stadt am Ärmelkanal vor allem einem Mann zu verdanken, der Expertise und Publicity besonders geschickt miteinander verknüpft: Doktor Richard Russell. Auf dem einzigen Porträt, das sich von ihm finden lässt, schaut der stolze bleiche Mann mit Perücke und Doppelkinn eher finster drein. Oder soll man es nachdenklich nennen?

Wie auch immer, es ist jedenfalls die Wirkung von frischer Luft und kaltem Wasser, die Richard Russell propagiert und die ihm bald viele Anhänger beschert. Nachdem er 1750 in seiner Dissertation bereits die positiven Effekte von Meerwasser auf die menschlichen Drüsen beschrieben hat, zieht er drei Jahre später nach Brighton, weil er überzeugt ist und andere davon überzeugen will, dass Meerwasser gesünder ist als das der öffentlichen Bäder in den Städten. Ein Argument, dem man sofort folgt, wenn man nur einmal von den skandalösen hygienischen Zuständen in den schnell wachsenden Metropolen gehört hat. Auch wenn uns die Idee heute so schlicht wie ergreifend vorkommt, muss sie seinerzeit durchaus als Neuigkeit vermittelt werden. So vom Arzt John Awsiter, einem Schüler Russells, der 1768 schreibt: »Das Baden im Meer zum Vergnügen erwächst aus zweierlei Motiven: der Liebe zur Sauberkeit und der Belebung, die ein kaltes Bad dem Körper spendet, indem es ihn erfrischt und kühlt.« Und so spricht ein weiterer Vorzug für die Erweckung Brightons – oder Brightelmstons, wie es anfangs noch heißt – als Seebad. Dessen Strand ist nämlich nicht nur leicht erreichbar, sondern die natürlichen Gegebenheiten sorgen zudem für eine besonders gute Wasserqualität, so Doktor Awsiter weiter: »Dazu trägt ein abschüssiger Sandstrand bei, wo das Wasser klar ist, frei von schlammigen Zuflüssen, die immer einen Anteil Schmutz enthalten; wo er sich allmählich zum Wasser hin senkt und nicht felsig ist; und wo die Gezeiten nicht zu plötzlich wechseln, was das Baden gefährlich machen würde. So ein Strand ist für das Meerbaden zu bevorzugen, und der perfekten Formung solch eines Strandes kann sich Brightelmston rühmen.« Allerdings kommen mit der vorteilhaften geografischen Lage auch Nachteile. Weil Brightelmston am offenen Meer liege, so führt John Awsiter weiter aus, sei es vor starken Winden nicht geschützt und könnten sich besonders Frauen bei widrigem Wetter in Gefahr begeben. Jedoch stehe dafür eine einfache Lösung parat: Die *bathing machines* müssen je nach Wetterlage in die richtige Position geschoben werden. Ein unmissverständlicher Hinweis darauf, dass ein Strandbesuch, der sich nicht auf einen Spaziergang beschränken soll, eine komplizierte Angelegenheit ist. Hatte es schon Überwindung gekostet, den sandigen »Überschwemmungsboden« überhaupt einmal zu betreten, so ist der Schritt, die Grenze zwischen den Elementen zu überwinden, ungleich einschneidender. Eine »Bademaschine« – was weit futuristischer klingt als unser »Badekarren« – soll dabei helfen, dieses Ritual geschützt vor den Blicken anderer zu vollziehen. Detailliert berichtet Georg Friedrich Lichtenberg davon in seinem bereits erwähnten Aufsatz, der die Deutschen vom Sinn eines Seebades überzeugen soll. In Margate, per Kutsche eine Tagesreise von Brighton entfernt, hat er solch eine hölzerne, von Pferden gezogene Hütte bestiegen, seine Kleider abgelegt, ist ein Seil fassend die schmale Treppe ins kalte Wasser hinabgestiegen und berichtet seinen Landsleuten vom folgenden Prozedere: »Wer untertauchen will, hält den Strick fest und fällt auf ein Knie, wie die Soldaten beym Feuern im ersten Gliede, steigt alsdann wieder herauf, kleidet sich bey der Rückreise wieder an u. s. w. Es gehört für den Arzt zu bestimmen, wie lange man diesem Vergnügen (denn dieses ist es in sehr hohem Grade,) nachhängen darf.« Idealerweise möge man das Ritual am Morgen ausführen, fügt Lichtenberg noch hinzu, im Sommer zwischen sechs und halb neun. Vermutlich, weil die Sonne den Effekt der Frische sowie die vornehm helle Hautfarbe verderben könnte, die als Distinktionsmerkmal der *upper class* noch üblich ist. Damit die den komplizierten Badeakt nicht allein bewältigen muss, wird sie von unerschrockenen Dienstleuten begleitet, natürlich nach Geschlechtern sortiert. Männliche *bather* sind für die Herren zuständig, weibliche *dipper* kümmern sich um die Damen. Die von John Awsiter verbreitete These, sie seien in den frischen Wellen des Ozeans gefährdeter als Männer, scheint bei den Ladys auf Widerhall zu stoßen. Noch haben sie keine Erfahrung, mit welchen Gefühlen sie sich den kalten Fluten nähern sollen. Alain Corbin schreibt: »Bei Kindern wie bei jungen Frauen löst der Gedanke, gewaltsam ›in die hohle Welle‹ getaucht zu werden, Angst, mitunter sogar Panik aus. Das erste

Bad hat Initiationswert. Es kommt vor, daß der Arzt furchtsamen Kindern das Baden im Meer verbietet, weil sie Krämpfe bekommen könnten.« Ob Richard Russell zu diesen vorsichtigen Ärzten gehört, darf bezweifelt werden. So enthusiastisch ist er über die positiven Wirkungen des Meerwassers, dass er neben der äußeren Anwendung auch die innere empfiehlt und seine Patienten und Patientinnen das salzige Wasser anfangs auch trinken lässt. Eine Art der Behandlung, die er alsbald wieder aufgibt, wohl weil er feststellen muss, dass die »innere Reinigung« bei manch zarterem Organismus mit heftigem Erbrechen einhergeht. Aber diese Art des *trial and error* gehört offensichtlich dazu, wenn am Rande der alten eine neue Welt erschlossen werden soll.

Mehr noch als in *Stolz und Vorurteil* lässt sich diese in Jane Austens letztem Roman besichtigen, der unvollendet bleiben muss, weil die Schriftstellerin während der Niederschrift 1817 mit nur einundvierzig Jahren stirbt. In *Sanditon* steht der fiktive Thomas Parker dem realen Richard Russell in seinem Ehrgeiz keineswegs nach. Das strandnah gelegene Nest Sanditon – allein der Name ist wunderbar vielsagend – will er in ein Seebad erster Güte verwandeln und hofft dabei auf Unterstützung der grantigen, aber sehr reichen Lady Denham, bei der vor Ort alle wichtigen gesellschaftlichen Fäden zusammenlaufen. Schon zeigen sich erste Zeichen einer Belebung, wie Thomas Parker in »höchster Seligkeit« feststellt, als er sich Sanditon in einer Kutsche nähert, doch der gewünschte Ansturm will sich nicht so recht einstellen. Immerhin hat er in Edward, dem Erben Lady Denhams, einen würdigen Mitstreiter, der bei einem Spaziergang bildreich über alle Facetten der Landschaft parliert. »Er begann in einem Tonfall größten ästhetischen Empfindens und Gefühls über das Meer und seine Küste zu sprechen und durchlief mit Vehemenz alle die üblichen Phasen, mit denen ihre Erhabenheit gepriesen wird, und beschrieb die unbeschreiblichen Empfindungen, die sie im Gemüt erregen. Die beängstigende Großartigkeit des Ozeans in einem Sturm, seine spiegelnde Oberfläche in einer Windstille, seine Möwen und Meerfenchel, die bodenlosen Tiefen seiner Abgründe, seine schnellen Veränderungen, seine verhängnisvollen Täuschungen, seine Seeleute, die es bei Sonnenschein hinauslockt und die in dem plötzlich aufkommenden Sturm untergehen – alles wurde lebhaft und vollendet angetönt, etwas gemeinplätzig vielleicht, aber von den Lippen eines schönen Sir Edward durchaus erträglich«.

Als Jane Austens *Sanditon* 1925 posthum erscheint, ist Brighton bereits ein gut ausgebauter Hotspot, dessen vornehme Häuser und Plätze sich nicht zuletzt den kolonialen Eroberungen des Britischen Empires verdanken. So lässt ein gewisser J. B. Otto, der sein Vermögen als Farmer auf den Westindischen Inseln gemacht hat, um 1800 vierzehn Herbergen in einem schön geschwungenen Bogen errichten und nennt sie Royal Crescent. Es folgen Bedford Square mit zweiundvierzig und Regency Square mit siebzig eleganten Stadthäusern für all jene Besucher Brightons, die es sich leisten können, den englischen Großstädten zu entfliehen, wo die beginnende Industrialisierung ungekannten Lärm und Gestank verbreitet. Die Fabrikarbeiter, die alldem jeden Tag zwölf bis vierzehn Stunden ausgesetzt sind und deren Haut und Lungen Sonne, Licht und Luft ebenfalls guttun würden, können sich zu diesem Zeitpunkt einen Ausflug an die Küste allerdings nicht leisten, noch nicht. Für jene, die keine Geldsorgen plagen, werden unterdessen in Brighton wie in Scheveningen Badehäuser mit echtem Meerwasser errichtet, das man nach Belieben erwärmt. Eine bequeme Angelegenheit, die ein geschäftstüchtiger Mann aus Indien noch zu verfeinern weiß. Einst Soldat in Diensten der Britischen Ostindien-Kompanie, zieht Sake Dean Mahomed 1814 nach Brighton, um dort eine Sitte aus seiner Heimat Bengalen zu etablieren: das Shampoo- und Saunabad. Das Wort Shampoo leitet er vom indischen »Champi« ab, was so viel wie Kopfmassage bedeutet und worauf die wohlhabenden Engländer gewartet haben müssen, so glänzend laufen die Geschäfte. Selbst König George IV. lässt sich regelmäßig mit von indischen Kräutern durchsetzten Wassern behandeln und verleiht Sake Deen Mahomed den so einmaligen wie würdevollen Titel *Shampooing Surgeon of the King*. Dass der Mann zweiundneunzig Jahre alt wird, seinerzeit ein wahrhaft biblisches Alter, mag als schlagender Beweis der Wirksamkeit seines Bades genügen. Wie fragil das Bemühen um die Durchsetzung hygienischer Maßnahmen dennoch ist, zeigt sich, als 1849 eine Cholera-Epidemie ausbricht und sich auch über das Badewasser verbreitet. Denn Brighton hat zwar acht Kilometer Kanalisation, jedoch ist die nur für Regenwasser ausgelegt. In den Häusern der gewöhnlichen Bewohner sind die Zustände immer noch katastrophal, und selbst da, wo das Abwassersystem funktioniert, endet es im Meer.

Dennoch verbreiten sich die von Richard Russell und seinen Schülern propagierten Ideen über die gesundheitlichen Vorteile von Meerwasser rasant, und die Anwesenheit der königlichen Familie sorgt für zusätzliche Strahlkraft des Seebades. Doch sind es nicht nur Gesundheit und Geselligkeit, die die Menschen ans Meer locken, sondern auch seelische Konstellationen, deren sie sich möglicherweise gar nicht bewusst sind. So nimmt Alain Corbin das *big picture* in den Blick und erklärt: »Mehr noch als das Land verkörpert der Ozean die unwiderlegbare Natur, die sich nicht schmücken läßt und keine Lüge duldet. So entsteht das Paradox, auf dem die Mode des Strandaufenthalts beruht. Das Meer wird eine Zuflucht, es gibt Hoffnung, weil es Angst einflößt. Es eben deshalb zu genießen, den Schrecken unter Abwendung jeder realen Gefahr zu empfinden, ist die neue Strategie des Kuraufenthalts an der Küste. Hinfort begegnet man dem Meer mit der Erwartung, daß es die Ängste der Elite beruhigt, die Harmonie zwischen Körper und Seele wiederherstellt und dem Verlust der *Lebensenergie* einer Gesellschaftsschicht, die sich besonders um ihre Kinder, ihre Töchter, ihre Frauen und ihre Denker sorgt, entgegenwirkt.« Wohl eher instinktiv als überlegt hat die Elite das verstanden. Aus einem einstigen Fischerdorf wird binnen kürzester Zeit eine florierende Stadt, und bald gilt Brighton als größtes Seebad Englands, das der wachsenden Konkurrenz mühelos trotzt und sich ganz den Bedürfnissen der Strandbesucher unterwirft. Die schätzen vor allem die Nähe zu London. In nur sechs Stunden erreicht eine Kutsche aus der Hauptstadt das Seebad, und der Reiseschriftsteller Dr. John Evans glaubt, diese Fahrtzeit würde schon bald durch den Einsatz von Heißluftballons noch einmal um zwei Drittel verkürzt. Die städtische Infrastruktur jedoch kann mit dem Ansturm der Besucher kaum mithalten, die für ein paar Stunden am Meer sogar ihre höchsten Ansprüche fahren lassen. So macht sich der Unterhaltungsschriftsteller George Saville Carey mit einem satirischen Gedicht darüber lustig, dass in Brighton sogar Lords and Ladies in kleinen Häusern zusammenrücken, die nur mit Stuhl und Tisch, Klo und

Topf ausgestattet sind. Jedoch – bis heute eine selten hartnäckige Überzeugung zivilisierter Großstädter – preisen die Herren und Damen das, was sie in der großen Stadt empört ablehnen würden, am Meer als urig und gemütlich.

Here Lords and Ladies oft carouse
Together in a tiny house;
Like Joan and Darby in their cot,
With stool and table, pit and pot;
And what in town they would despise,
His Lordship praises to the skies.

In den 1860er Jahren wird das Angebot schließlich der Nachfrage angepasst. Zu den privaten Stadthäusern fügen sich große Hotels im Stile der Neogotik oder Neo-Renaissance. In Brighton stellt das 1864 eröffnete Hotel *The Grand* alles bis dahin Gesehene in den Schatten. Nun finden nicht mehr nur Adel und Großbürgertum eine ihnen gemäße Unterkunft, sondern auch die durch Stahl, Textil und Kohle zu Geld gekommenen *nouveaux riches*, die ihren Wohlstand in den Restaurants und Rauchzimmern mit modernster Ausstattung und im aktuellsten Design zur Schau stellen und sich im *The Grand* mit dem ersten englischen Aufzug außerhalb Londons in ihre Zimmer befördern lassen.

Es ist ein historisches Detail, an das mich Geoffrey Mead erinnert, mit dem ich auf der West Street, einer langen Geschäftsstraße nur einen Block vom Strand entfernt, verabredet bin. Vor seiner Pensionierung hat er an der University of Sussex Geografie und Regionalgeschichte gelehrt, später aus seiner Profession ein Hobby gemacht, und lange hält sich der aufgeweckte Herr im leichten Sommeranzug nicht mit der Begrüßung auf. Er findet es ganz wunderbar, mich durch seine Stadt, über seinen Strand zu führen, denn dieser Tag – das wird das Mantra unserer Begegnung – ist dafür »perfect, absolutely perfect«. Wir spazieren über den Regency Square, einen weiten viereckigen Platz mit Blick aufs Meer, in dessen grüner Mitte ein paar Leute Yoga machen. Anlass für Geoffrey Mead, mir die Atmosphäre seiner Stadt zu beschreiben: »Es ist ein Ort, an dem jeder willkommen ist, es ist ein Ort des *laissez faire*. Das zeigt sich schon daran, dass es hier eine der größten Gay-Communities des Landes gibt, dazu viele Studenten, Leute aus dem Nahen Osten. Die Zeit des Adels und der besseren Gesellschaft ist längst vorbei. Heute gehört die Stadt Tom, Dick und Harry.« Oder wie man bei uns sagen würde: Heute kommen Hinz und Kunz. »Außerdem«, fügt Geoffrey Mead hinzu, »befinden wir uns an der Küste immer *on the edge of the land*, am gefährlichen Rand des Festlands. Hier kann man sich Dinge erlauben, die anderswo nicht gehen. Was glauben Sie, wie viele Affären hier laufen!« Das glaube ich gern und muss an Jane Austens Lydia Bennet denken. Denn bevor der Regency Square seine heutige Gestalt angenommen hat, soll gerade dieser Platz als Belle Vue Field, als Camp für ebenjene Offiziere gedient haben, von denen Lydia Bennet so leidenschaftlich träumt. Man sieht es vor sich, wie sie in einem der Häuser auf der Fensterbank sitzt, den Horizont im Blick und doch sehnsüchtig auf die schneidigen Soldaten wartend. Für eine Belle Vue, eine gute Aussicht, haben die Architekten schon gesorgt. »Sehen Sie die gerundeten Erker an den Häusern?«, fragt Geoffrey Mead. »Das hat nicht nur ästhetische, sondern vor allem praktische Gründe, denn so kann in die Zimmer dahinter länger die Sonne scheinen.« Und man kann die Leute besser beobachten, von welcher Seite sie auch den Platz überqueren.

Am Strand von Brighton angekommen, können wir uns über zu wenig Sonne nicht beklagen, höchstens über zu wenig Sand. Denn obwohl Zeitzeugen früherer Jahrhunderte noch von einem Sandstrand berichten, der vor allem aus Kalkstein bestanden haben muss, setzt er sich heute aus unzähligen Kieselsteinen zusammen, die von Buhnen zurückgehalten werden. Mal blau, gelb, weiß, dann wieder grau oder rötlich, aber immer vom Wasser geformt, sind diese *shingles* rundlich und liegen weich in der Hand. »Es gab Zeiten, da wurden vor allem die blauen Steine gesammelt, zerstoßen und für Keramik verwendet«, erzählt Geoffrey Mead, dem es offensichtlich ganz und gar nichts ausmacht, auf den Kieselsteinen zu sitzen, die wirklich nur in der Hand weich sind. Er ist sogar davon überzeugt, dass Steine viel angenehmer sind als Sand. »Man macht sich nicht schmutzig und man bleibt verschont von Sand, der an allen Gliedern klebt!«

Gemeinsam spazieren wir Richtung Palace Pier, immer parallel zur Kings Road, unter der die *Kings Road Arches* liegen, tiefe Gewölbe, in denen Läden, Eiscafés und Imbissbuden eingerichtet sind. Alles ist frisch renoviert und soll den Eindruck von Gediegenheit und Tradition vermitteln, mit sandfarbenen Arkaden, tannengrünen Toren und altmodisch geschwungenen Lettern. Darunter werden die Standards der Strandverpflegung angeboten: *Ice Cream, Hot Dogs, Fish & Chips*, während vor der *Antifox Gallery* ein Mann eine nackte Frau mit Flügeln malt, die über einer toskanisch anmutenden Landschaft schwebt, und nebenan Muschelschmuck, Kleiderhaken in Fischform und grobe Holztafeln mit nützlichen Tipps: *Time to drink champagne and dance on the table.* Geoffrey Mead weist mich dagegen auf zwei Läden hin, die sich zwischen all dem Talmi mit Handfestem behaupten. In *Jack & Linda's Brighton Smokehouse* gibt es *fish-to-go* und man will gern glauben, dass alles Getier tatsächlich erst am selben Morgen aus dem Meer geholt und in der kleinen schwarzen Hütte direkt am Strand geräuchert wurde. Für Meeresfrüchte ist der Laden nebenan zuständig. Bei *Sea Haze* bekommt man Krabben, Muscheln und Tintenfisch ebenfalls fangfrisch im Pappbecher überreicht. Mein Guide lässt es sich nicht nehmen, mir das Personal vorzustellen und es in ein Fachgespräch über die Geschichte des Fischmarktes zu verwickeln, der hier bis weit ins 19. Jahrhundert hinein gelegen hat. Denn wo heute Nippes und Fisch verkauft wird, deponierten einst Fischer ihre Boote und Netze, bevor die Hoteliers auf der anderen Seite der Straße sich im Namen ihrer noblen Gäste über den Gestank beschwerten, die Fischer vertrieben und die Gewölbe stattdessen als Lager- und Kühlräume verwendeten. Weil diese Geschichte der Verdrängung – die sich hier nur beispielhaft für viele andere Orte abspielt – oft genug nicht miterzählt wird, befindet sich gleich neben dem *Smokehouse* eine kleine historische Wunderkammer, das *Brighton Fishing Museum.* Sein Herzstück ist die *Sussex Maid*, ein aufpoliertes Fischerboot, das fast den ganzen Raum einnimmt, ein Relikt aus jenen versunkenen Zeiten, von denen auch die Schwarz-Weiß-Fotografien an den Wänden Zeugnis geben. Auf einem haben sich einige Männer in einem Boot aufgestellt, das neben der Kings Road an Land liegt. Am Strand stehen schon einige Badekarren, weiter hinten ein prächtiges neues Haus, vielleicht ein Hotel. Es sind die Vorboten der schönen neuen Badewelt, der die Männer in dem Boot ganz sicher skeptisch gegenüberstehen, so ernst wie sie gucken, in ihren steifen Hüten und dunklen Anzügen, die sie vermutlich extra für dieses Bild aus dem Schrank geholt haben. Ich gebe zu, mich machen solche Aufnahmen melancholisch.

»Und hier, das ist übrigens die berühmte Martha Gunn.« Bevor er sich von mir verabschiedet, zeigt mir Geoffrey Mead ein Bild, besser gesagt die schon etwas verblichene Kopie des Porträts einer Frau in mittleren Jahren. Die Kleidung hochgeschlossen, rahmt eine weiße Rüschenhaube das rundliche Gesicht ein, darüber ein großer Hut. In den Armen hält sie ein gut genährtes, nacktes Kind mit rötlichen Locken, das etwas unglücklich dreinschaut. Als ich die Beschreibung lese, wird mir auch klar, warum sich die Lippen des Kindes kräuseln, als fange es gleich zu weinen an. »Martha Gunn, eine Brightoner Badefrau, ein Kind haltend, das sie gerade vor dem Ertrinken gerettet hat«. Eine Heldin ist sie also auch, diese Frau, die sechs Jahrzehnte lang als *dipper* fröstelnde, aufgeregte Ladys ins Wasser taucht und außerdem acht Kinder bekommt. Eine echte Institution in Brighton, die der *Morning Herald* einmal als »ehrwürdige Priesterin des Bades« preist und ein Wortspiel mit Federvieh anbringt: »Viele unserer liebenswürdigen Schönheiten nahmen zum Frühstück *ducks* [Tauchgänge], erstanden von ihrer Wirtin, Martha Gunn, die damit prahlt, von dem hübschen Gewinn, den ihr der Verkauf ihrer *ducks* einbringt, oft eine *goose* [Gans] zum Abendessen erstehen zu können.« Zu Gunns illustren Kunden zählt sogar die königliche Familie, so soll sie George IV., seinerzeit Prince of Wales, als er noch ein kleiner Junge war, gebadet haben. So will es jedenfalls ein volkstümlicher Reim. »To Brighton came he, came George III's son. To be bathed in the sea, by famed Martha Gunn.« Andere Quellen behaupten, George IV. sei erst mit einundzwanzig überhaupt nach Brighton gekommen. Entscheidend ist, die beiden haben einander gekannt, und während der Prinz für alle anderen *His Royal Highness* ist, nennt Martha Gunn ihn *Mister Prince*. Und so wie Martha Gunn ist auch Brightons berühmtester *bather* John Miles alias Old Smoaker stets zu Diensten und lässt sich vom gesellschaftlichen Stand nicht beeindrucken. So warnt er den Prince of Wales einmal vor schlechtem Wetter, und als der sich unbeeindruckt zeigt, zieht Old Smoaker ihn an den Ohren aus dem Wasser und schimpft: »Ich werde mich nicht vom König hängen lassen, nur weil der Prinz ertrinkt.« George IV. nimmt ihm diese recht unroyale Maßnahme nicht übel, erfindet einmal mehr einen neckischen Titel: Er ernennt John Miles zum *royal bather* und ein Pferderennen zu *Smoaker Stakes*.

Doch so berühmt Martha Gunn und Old Smoaker auch sein mögen, bald übersteigt der Andrang alle Kapazitäten der *bather* und *dipper*, was einige wohlhabende Badegäste zu Tricks greifen lässt, die einem seltsam bekannt vorkommen. Sie schicken ihre Diener, eben frei gewordene *bathing machines* zu stürmen oder ihnen auf Booten entgegenzufahren, um sie für sich zu kapern. Forsche Badegäste verzichten schließlich ganz auf die Badekarren, der frische Seewind weht selbst hartnäckigste Konventionen davon, und hier und da werden erste Nacktbader gesichtet. Ein besonders eifriger Verfechter der englischen Variante der Freikörperkultur ist Reverend Francis Kilvert, ein Pfarrer, der durch die posthume Veröffentlichung seiner Tagebücher berühmt wird, in denen er jahrzehntelang das englische Landleben beschrieben hatte. Am 4. September 1872 formuliert er noch sehnsuchtsvoll: »Am Morgen vor dem Frühstück Bad vom Karren aus. Ein Stück weiter zogen sich viele Leute ungeschützt im Sand aus und rannten ins Wasser, und ich hätte es ihnen gleichgetan, doch hatte ich keine eigenen Handtücher mitgebracht.« Doch schon einen Tag später ist er besser vorbereitet. »Heute Morgen habe ich lange vor dem Frühstück vom Strand aus gebadet. Es war ein köstliches Gefühl der Freiheit, sich unter freiem Himmel auszuziehen und nackt ins Wasser zu laufen, wo die Wellen sich schaumig weiß kräuselten und die rote Morgensonne auf den nackten Gliedern der Badenden glühte.« Ein Satz, den der nette Reverend natürlich nur schreiben kann, weil er ein Mann ist. Für Frauen nobler Herkunft gilt, dass eine unbedeckte Schulter oder ein entblößter Schenkel ebenso undenkbar ist wie eine nackte Brust. Und wenn sich die Damen außerhalb ihres blickdichten Badekarrens ins Wasser begeben wollen, bleibt ihnen nichts anderes übrig, als dies komplett bekleidet zu tun. Im 19. Jahrhundert ist es offensichtlich eher opportun, sich von einem vollgesogenen Textil unter Wasser ziehen zu lassen, als sich wollüstigen Blicken auszusetzen. Alain Corbin kommentiert: »Für eine Frau der Bourgeoisie hatte es etwas Ungeheuerliches, wenn sie den Ort der *privacy* – und sei er ein Badewagen – verließ und mit aufgelöstem Haar, nackten Füßen und kaum verhüllten Hüften, das heißt in jener Aufmachung, die der Intimität mit dem auserwählten Partner vorbehalten sein sollte, den öffentlichen Raum betrat. Um die Bedeutung dieses Schrittes richtig zu verstehen, muß man bedenken, wie stark die Fesseln und die Haare der Frau damals erotisch besetzt waren. Schon die Berührung des Sandes mit dem nackten Fuß war ein sinnlicher Reiz, ein unbewußter Masturbationsersatz.« Sicher ist, dass die Kunst der Wirklichkeit einmal mehr voraus ist. Unter dem Vorwand, es handele sich um göttliche Wesen, finden sich auf Gemälden unzählige nackte Frauen am Strand, allen voran ihre berühmteste Vertreterin, die am Ufer von Zypern in einer Muschel stehende Venus Sandro Botticellis. An ihr nimmt niemand Anstoß, doch bei ihren irdischen Schwestern braucht es seine Zeit, bis ein nackter weiblicher Fuß im Sand für einen allmählichen Sinneswandel sorgt. Nach und nach darf sich die Kleidung den Gegebenheiten anpassen, die Strandbekleidung wird leichter und heller, und weil man doch am Strand Kind sein darf, nimmt man sich dessen Kleider zum Vorbild und trägt ganz und gar Weiß, was gut zum Gefühl von Reinheit und Hygiene passt, das die Gründerväter der Seebäder so gern vermitteln wollen. Allerdings stellt sich damit unverhofft ein praktisches Problem, denn wenn weiße Kleidung nass wird, lässt sie mal eine Schulter, mal einen Schenkel oder – du meine Güte! – eine Brust durchscheinen. Und die Männer, um deren Blicke willen der ganze Aufwand überhaupt betrieben wird, sind offensichtlich empfänglich für solche in der Öffentlichkeit nie dagewesenen Reize und reagieren auf ihre Art, wie Alain Corbin ausführt: »Der Mann dagegen spielt den Mutigen. Er will Heldenhaftigkeit beweisen, wenn er sich den wilden Wellenschlägen aussetzt, wenn er das Salzwasser gegen seine Glieder peitschen läßt und als Sieger aus den Angriffen hervorgeht. Die männliche Erregung, die er empfindet, ehe er sich ins Wasser stürzt, ähnelt einer Erektion, wobei die ungewöhnliche Nähe halbnackter Frauen, die den stürmischen Angriff beobachten könnten, ihre aufreizende Wirkung nicht verfehlt.«

Während konservative Moralisten den Damen deshalb dringend raten, weiterhin dunkle Kleidung zu tragen, Therapeuten auf hygienisches Weiß setzen – und gar behaupten, dunkle Badebekleidung sei ungesund –, kristallisiert sich bald ein naheliegender Kompromiss heraus: Streifen! Der französische Historiker Michel Pastoureau, der Streifenstoffe in all seinen Varianten – von Sträflingskleidung bis Nadelstreifen – studiert hat, schreibt dazu: »Die Streifen sind gewissermaßen die rettende Verbindung zwischen gesellschaftlicher Moral und körperlicher Reinheit, und die hygienischen Streifen sind denen der Matrosen zum Verwechseln ähnlich.« Jean-Didier Urbain findet dafür das passende Bild der »lichtdurchlässigen Palisade«, durch die der Körper langsam aber sicher sichtbar wird. Es ist der Beginn einer wunderbaren Freundschaft zwischen Menschen und Streifen, die zwar bis heute mit maritimem Leben und Strandvergnügen verbunden sind, doch längst auch fern aller Küsten getragen werden. Noch einmal Michel Pastoureau: »Von Dauer ist der ›Chic‹ vor allem bei Streifen, in denen Weiß mit einer anderen Farbe kombiniert wird. Das Weiße scheint ihnen beständige Sauberkeit und Frische zu verleihen. Und genau auf diese Frische trifft man mitunter auch weit entfernt vom Strand bei Verkäufern verderblicher Waren. Im Milchladen, beim Fischhändler, beim Schlachter und beim Obst- und Gemüsehändler machen Streifen auf Markisen oder in den Auslagen immer einen guten Eindruck; sie garantieren offensichtlich Frische und Qualität des im Laden Verkauften.« Aber nicht nur Markisen, auch ein bis heute populäres Strandmöbel aus demselben Material ist oft gestreift: der Liegestuhl. Eine englische Erfindung, nennt man ihn vor Ort *deck chair*, weil er ursprünglich auf Kreuzfahrtschiffen Verwendung fand und heute noch findet. Daher auch die herrlich fatalistische Redewendung *rearranging the deck chairs on the Titanic* als Ausdruck dafür, etwas völlig Sinnloses zu tun, das ganz sicher nichts zur Lösung eines Problems beiträgt. Im Vereinigten Königreich ist der *deck chair* jedoch auch bekannt als *Brighton beach chair*, vermutlich weil es Anfang des 20. Jahrhunderts in englischen Seebädern üblich wird, Liegestühle stunden- oder tageweise zu verleihen. Der große Bruder Strandkorb dagegen wird als deutsche Erfindung gehandelt, so deutsch, dass man sogar im Englischen und Französischen dieses Wort benutzt. Nach einigen historischen Vorläufern gilt der Rostocker Korbmacher Wilhelm Bartelmann als Erfinder des Strandkorbs, wie wir ihn heute kennen. Die Legende will es, dass er 1882 für eine rheumakranke Dame einen robusten Korbstuhl entworfen haben soll, der bald auch bei Gesunden beliebt wird. Stabil und schwer, ist er jedoch von Anfang an zur Vermietung gedacht, was sich vor allem die bürgerlichen Kreise leisten, um geschützt vor Wetter und Wind dennoch das Strandvergnügen an nördlichen Küsten zu genießen. Man mag es dem passionierten Strandgänger Thomas Mann verzeihen, dass er in den *Buddenbrooks* Strandkörbe schon vor ihrer Zeit aufstellt. Die Szene am Strand von Travemünde ist trotzdem reizend und zeugt vom universalen Frieden, den die Menschen Mitte des 19. Jahrhunderts mit dem Meer gemacht haben. »Tony stieg behutsam durch das hohe, scharfe Schilfgras, das am Rande des nackten Strandes stand. Die Reihe der hölzernen Strandpavillons mit ihren kegelförmigen Dächern lag vor ihnen und ließ den Durchblick auf die Strandkörbe frei, die näher am Wasser standen, und um die Familien im warmen Sande lagerten: Damen mit blauen Schutzpincenez und Leihbibliotheksbänden, Herren in hellen Anzügen, die müßig mit ihren Spazierstöcken Figuren in den Sand zeichneten, gebräunte Kinder mit großen Strohhüten auf den Köpfen, die schaufelten, sich wälzten, nach Wasser gruben, mit Holzformen Kuchen buken, Tunnels bohrten, mit bloßen Beinen in die niedrigen Wellen hineinwateten und Schiffe schwimmen ließen … Rechts ragte das Holzgebäude der Badeanstalt in die See hinaus.«

Nun spazieren die fiktiven Damen Tony Buddenbrook in Travemünde und Lydia Bennet in Brighton zwar endlich furchtlos und mal mehr, mal weniger verliebt über den Strand, aber ihre Tage sind damit so wenig ausgefüllt wie die der realen Besucher der südenglischen Küste. Irgendwann lässt der Reiz der bloßen Landschaft nach, und auch das Sammeln von Muscheln, Fossilien, Schmetterlingen, Farnen oder die Lektüre von Klassikern, die an fernen Stränden spielen – sagen wir Daniel Defoes *Robinson Crusoe* oder Jonathan Swifts *Gullivers Reisen* –, sind doch recht einsame Beschäftigungen. Es braucht eben Entertainment, das sich bis Mitte des 19. Jahrhunderts in den Bibliotheken und Kaffeehäusern Brightons abspielt, wo ein *Master of Ceremonies* die Geschicke des gesellschaftlichen Lebens lenkt. Der erste MC Brightons heißt William Wade, lässt sich Captain Wade nennen und zeichnet Ende des 18. Jahrhunderts verantwortlich für das Unterhaltungsprogramm in zwei großen Hotels, auf den Boulevards der Stadt und auf The Steine, dem großen zentralen Platz, wo zu Zeiten, da noch niemand zum Vergnügen an den Strand kam, die Fischer ihre Netze zum Trocknen auslegten. Mit welcher Macht auch hier die neue die alte Welt verdrängt, lassen die echauffierten Zeilen George Saville Careys erahnen: »Es gibt ein Ärgernis, welches schon längst hätte beseitigt werden müssen, allein aus gebührendem Respekt der eleganten Gesellschaft gegenüber, die hier zu Gast ist, zumal diese Gesellschaft seit jeher als Stütze des gesamten Viertels gilt; dieses Ärgernis sind die Fischernetze, die täglich von einem Ende des Stayne bis zum anderen ausliegen, so dass die Besucher beim Spazierengehen regelmäßig mit den Füßen darin hängenbleiben und stolpern; und ist nur einer der Barbaren, denen diese Netze gehören, dabei, so wird man für das Unausweichliche ganz sicher noch abgetan und beleidigt.« Captain Wade wiederum kämpft mit ganz anderen Widrigkeiten am Steine, mit denen die Fischer gar nichts zu tun haben. Ausgelöst werden sie von Leuten, die die neue Funktion des schönen großen Platzes nicht verstanden haben, schreibt der MC in einer Mitteilung und klingt dabei wie ein *grumpy old man*: »Hiermit sei mitgeteilt, dass alle Personen, die auf diesem Platz Wettrennen, Kämpfe, Cricket oder jedes andere Ballspiel ausüben oder anderweitig die Ordnung stören, bestraft werden. The Steine ist umfriedet, der feine Rasen wird regelmäßig gemäht und täglich gesäubert, damit die Damen und Herren hier mit ihren Kindern sicher und vergnügt spazieren gehen können; und es wird dafür gesorgt, dass Bettler und liederliche Personen ferngehalten werden.« Heute ist Old Steine kein Ort mehr, an dem man vergnügt spazieren gehen will, auch Cricket ist völlig ausgeschlossen. Auf dem großen dreieckigen Platz schlängeln sich mehrere Straßen um Old Steine Gardens, Busse fahren an und ab. Ruhiger wird es erst drüben im Garten des merkwürdigsten und zugleich großartigsten Gebäudes der Stadt, dem *Royal Pavilion.* Aus der Ferne könnte man meinen, er wäre aus Pappmaché und gehöre zur Kulisse eines Films von Wes Anderson – der Mix aus farbenfrohen Türmchen, Zwiebelkuppeln, Rundbögen und Minaretten ist ein Paradebeispiel des indo-sarazenischen Stils, bei dem überlieferte indische und arabische Baukunst – oder besser das, was die Engländer dafür halten – nach Belieben repliziert wird. Errichtet wird der *Royal Pavilion* Anfang des 19. Jahrhunderts wiederum von George IV. Allerdings ist er aus unerfindlichen Gründen der einzige Vertreter der königlichen Familie, der sich für diesen Märchenbau begeistern kann. Sein jüngerer Bruder und Thronfolger William IV. kommt noch hin und wieder vorbei, doch dessen Nichte Queen Victoria hält wenig von einer exzentrischen Sommerresidenz in einem populären Seebad, wo man auf Schritt und Tritt den eigenen Untertanen begegnet. In einem Brief an die Duchess of Gloucester klagt sie: »Die Leute hier sind sehr indiskret und lästig, was die Stadt zu einem wahren Gefängnis macht.« Und nicht nur die Königin pflegt Vorbehalte gegenüber ihrem eigenen Volk. Auch andere adlige und großbürgerliche Sommerfrischler beginnen über das nachlassende soziale Niveau in den englischen Seebädern zu klagen, wie John K. Walton schreibt: »Es überrascht nicht, dass die ›besseren Klassen‹ zunehmend versuchten, die zudringliche Nähe der sozial Tiefergestellten und deren Dienstleister zu meiden. Einige wichen auf den Kontinent aus; andere, mit begrenzteren Mitteln, suchten an abgelegeneren Teilen der englischen Küste ihre Privatsphäre; die meisten aber versammelten sich in teuren und streng überwachten Urlaubsresorts, die in der Lage waren, die wohlhabenden, kultivierten und sensiblen Besucher von der wachsenden Mehrheit der Besucher abzuschirmen, denen es an den nötigen Umgangsformen fehlte.« Beliebte Ausweichziele werden die Provence, die Riviera und die normannischen Seebäder, wo man sich ungestört unter seinesgleichen mischen kann. Die königliche Familie und ihre Entourage finden ihre neue Sommerresidenz derweil auf der Isle of Wight.

Dass die südenglischen Strände schneller als anderswo auch von weniger wohlhabenden Gästen bevölkert werden, liegt nicht zuletzt an der Industrialisierung der Städte, die in Großbritannien besonders früh einsetzt und eine rasche Entwicklung der Transportwege mit sich bringt. Die sechsstündige Kutschfahrt von London nach Brighton wird zwar schließlich doch nicht von Reisen im Heißluftballon abgelöst, wie es John Evans schon vor sich sah, aber als das *railway age* ausgerufen und 1841 die Eisenbahnstrecke zwischen der Hauptstadt und dem Seebad eröffnet wird, ist es vorbei mit der Exklusivität. Nun begegnen sich am Strand von Brighton plötzlich Menschen, denen in den Städten festgeschriebene soziale Rollen zugeschrieben sind, unter völlig neuen und ungeregelten Umständen. Dem unumstößlichen Prinzip *Mens sana in corpore sano* folgend, versammeln gemeinnützige Organisationen werktätige Ausflügler zunächst zum Gottesdienst, bevor sie unter Aufsicht eines Reiseleiters die Strände bevölkern und sich dort unter Mitglieder von Arbeiterverbänden, Fußball- und Radclubs sowie die »bessere Gesellschaft« mischen. Besonders eifrig engagiert sich der Baptisten-Missionar und Tischler Thomas Cook, der seine Berufung darin sieht, sich gegen den grassierenden Alkoholmissbrauch zu stemmen. Als er 1841 eine Eisenbahnreise von Leicester nach Loughborough für über fünfhundert Mitglieder eines Abstinenzvereins organisiert, gerät das unverhofft zur Geburtsstunde der Pauschalreise. Doch obwohl der bunte Mix aus Schichten und Klassen am Strand und in den Straßen der Seebäder durchaus Konfliktpotential birgt, findet zugleich eine Annäherung statt, wie sie so in den Städten nicht denkbar wäre. Der Umgang zwischen *upper class* und *working men* wird schlicht deshalb entspannter, weil eine gewisse Gewöhnung einsetzt. Die einen beginnen die geselligen Freizeitaktivitäten der unteren Klassen zu tolerieren, die wiederum in angenehmer und offener Umgebung das pseudo-höfische Verhalten der anderen akzeptieren. So wirkt sich die friedliche Stranderoberung auch auf die öffentliche Ordnung aus, indem sie die Arbeiter von ihrer üblichen urbanen Freizeitbeschäftigung – Pubs und Pferdewetten – abhält und sie zugleich, wenn auch auf sehr subtile Weise, von sozialer Ungerechtigkeit und Ausbeutung ablenkt, wenigstens für ein paar Tage. Denn in der Regel dauert die Reise für die »kleinen Leute« der Kohle-, Textil- und Schwerindustrie von Samstag bis Montag oder höchstens Dienstag.

Und selbstredend bringen Gäste unterschiedlicher Klassen auch die Nachfrage nach Unterkünften unterschiedlicher Art mit sich. Während die *upper class* in Hotels, eigenen Häusern oder Apartments logiert, deren Erkerfenster der Sonne zugewandt sind, richten sich Kleinbürger und *working men* mit Kind und Kegel in schlichten Gemeinschaftszimmern ein. Anfang des 19. Jahrhunderts vermietet in Brighton fast die Hälfte aller Bewohner Urlaubsunterkünfte. Ein willkommener Nebenverdienst lokaler Händler, aber auch eine der wenigen standesgemäßen Einnahmequellen für alleinstehende Frauen und Witwen, von denen manche extra in die Seebäder ziehen, um sich als *landladies* ihren Lebensunterhalt zu verdienen. Machte sich der Badearzt eben noch Sorgen um den Einfluss des Seeklimas auf die weibliche Gesundheit, wird das Strandleben nun also unverhofft zum stillen Wegbereiter der Emanzipation. Allerdings beschränken sich die Einnahmen auf die warmen Sommermonate, und zwischen Oktober und April sorgt die sogenannte Winterarmut dafür, dass weniger begüterte Bewohner Brightons auf Suppenküchen und Wohltätigkeitsfonds angewiesen sind. Während die Männer sich in der kalten Jahreszeit Arbeit in den Großstädten suchen, bleiben Frauen und Kinder im Seebad zurück, wo der kalte Wind über den leeren Strand und durch verlassene Straßen fegt. Nur hier und da huscht eine Handvoll Schüler vorbei, denn auch das gehört zur neuen Welt am Meer: Privatschulen. 1851 gibt es in Brighton einhundert davon. In einer sitzt später ein kleiner Junge, der es weit bringen und eines Tages zum Kampf an den Stränden aufrufen wird. Die strahlend blaue Emaille-Plakette in der Lansdowne Road erinnert daran: »Sir Winston Churchill, K. G. / 1874–1965 / Prime Minister / Was educated here at The Misses Thompson's Preparatory School / 1883–1885.«

Doch irgendwann kommt der Sommer zurück und mit ihm das Volk, das es nach einem Tag am Strand eher nicht in die vornehmen Bibliotheken und Kaffeehäuser zieht. Um ihnen Genüge zu tun, werden riesige Entertainmentpaläste mit Zirkusarenen und Musikhallen mit exotischen Möbeln und Verzierungen errichtet. Auch Musikanten, Artisten und Showmaster folgen ihrem Publikum ans Meer. 1871 sind es offiziell einige Dutzend Männer und Frauen, die ihr Geld im Showbusiness verdienen, dazu fast achtzig Fotografen und über zweihundert Musiker und Musiklehrer. Vierzig Jahre später sind bereits anderthalbtausend (Lebens)Künstler registriert, die wie die Händler auch von den neuen und zahlreichen Besuchern profitieren. Lebensmittel, Süßigkeiten und *Fish & Chips* sind genauso gefragt wie Kleidung und Souvenirs. Die einst so idyllischen wie vornehmen Seebäder mutieren mehr und mehr zu Rummelplätzen, auf denen das freundliche Miteinander von Klassen und Schichten sich nicht lange durchhalten lässt. »Die neuen, weniger betuchten Besucher des Eisenbahnzeitalters störten das sozial eingehegte Umfeld. Sie brachten Lärm und Hektik in Innenstädte und an den Strand, und in ihrem Windschatten kamen Hausierer, Budenbetreiber und Schausteller, die ihrerseits für verstopfte Straßen und Unruhe sorgten und die Mittelschichtsfamilien mit unerwünschten Anblicken und Geräuschen konfrontierten. Um die Gunst der etablierten Besucher nicht zu verlieren, führten die Städte Verbote und Regeln ein, um Exzesse und anzügliches Treiben auf weniger sensible Stadtteile zu begrenzen«, schreibt John K. Walton. Doch wie reich oder arm sie auch sind, welche Exzesse und Anzüglichkeiten sie auch ausleben, ob sie in Brighton wohnen oder nur für ein paar Tage anreisen – eine der neuen Attraktionen ist für alle da: die Seebrücke. Auch hier schreibt sich Brighton in die Geschichtsbücher ein. Allein mit dem Royal Suspension Chain Pier bekommt das Seebad 1823 ein Bauwerk der Superlative. Über dreihundert Meter lang ist diese Seebrücke, die aus der Ferne wie eine Kettenbrücke aussieht – daher der Name – und die größte ihrer Art im ganzen Königreich ist. Ursprünglich als Anlegestelle für Fracht- und Passagierschiffe gedacht, wird sie selbst zum populären Ausflugsziel, das als Vorbild für Dutzende weitere Seebrücken im ganzen Land dient. Nicht zuletzt, weil sie bald mit Büdchen und Kiosken bestückt werden und man ein paar Penny Eintritt bezahlen muss, lohnt sich der Bau. Nach und nach werden noch die schlichtesten Seebrücken zu *pleasure piers* ausgebaut, mit denen selbst der Royal Suspension Chain Pier bald nicht mehr mithalten kann. Ganz in seiner Nähe wird 1866 mit dem West Pier eine Seebrücke errichtet, die bereits ausschließlich auf Badegäste zielt und von Besuchern überrannt wird, mehr noch nachdem auf ihr ein Pavillon mit über eintausend Sitzplätzen errichtet wird. Nur eine Bevölkerungsgruppe ist überhaupt nicht *amused* über dieses *landmark*: die Bewohner der schicken Stadthäuser am Regency Square. Denen wird nämlich mit der Seebrücke ihre teure Aussicht aufs Meer verstellt, und so werden sie selbst Opfer des Fortschritts, dessen Grundstein sie einst gelegt haben. *Poor people!*

Anschaulich zeichnet John K. Walton nach, wie es seinerzeit auf einer Seebrücke zugeht: »Der Reiz eines gesunden Spaziergangs über den Wellen, der zugleich bequem und sicher war, dazu die Aussicht auf den Strand vom Kopf der Seebrücke, das war für die meisten Seebäder Mitte des Viktorianischen Zeitalters an sich schon ausreichend und wurde noch gesteigert, weil die Seebrücke, wie andere Promenaden auch, Raum bot, sich zu zeigen, zu diskutieren und zu flirten. Die frühe Gestaltung im exotischen Stil mit deutlich orientalischen Motiven brachte einen Hauch von Frivolität mit sich, auch wenn über die unvermeidliche Musikkapelle hinaus zunächst keinerlei Unterhaltung geboten wurde. Schon in den 1820er Jahren fanden sich auf Brightons Chain Pier Läden und Silhouetten-Zeichner, doch in den 1860er Jahren wurden die Seebrücken allein zum Promenieren genutzt und erfüllten dieselben Funktionen wie die Gesellschaftszimmer und Bibliotheken, jedoch billiger, an der frischen Luft und ohne fragwürdige Ablenkungen oder erzwungene Formalitäten.« Die Geschichte der ersten Seebrücke, des Royal Suspension Chain Pier, endet schließlich schon 1896 in einem hässlichen Sturm, der dem bereits maroden Gebäude den Rest gibt. Der West Pier dagegen bleibt bis weit ins 20. Jahrhundert ein Rummelplatz, an den es vor allem Einheimische zieht. 1975 muss er jedoch wegen Baufälligkeit geschlossen werden, und als 2003 ein Feuer ausbricht, kann es nicht gelöscht werden, weil drei Monate zuvor bereits ein Sturm einen

Teil der Brücke zerstört hatte. Seitdem ragt ein Metallgerippe aus dem Meer, das längst selbst zur Sehenswürdigkeit geworden ist.

Auf dem Palace Pier dagegen wogt bis heute das Leben. Eine Frau im Sari schiebt ihre Mutter im Rollstuhl an die Reling und macht mit ihr ein Selfie. Ein paar Männer, auf deren Lederjacken *Hells Angels Coastland* steht, gehen vorbei. Auf einer Bank ruhen sich drei Ladys aus, es müssen Schwestern sein, so ähnlich sind sie sich mit ihren grauen Locken, den dunklen Kleidern und angestrengten Gesichtern. Nicht weit von ihnen versammelt sich das Gegenprogramm, ein Junggesellinnenabschied. Die Frauen tragen pinkfarbene Puschelohren, auf ihren T-Shirts verkünden sie der Welt, wie man sie zu Hause nennt, Mummo, Sharky, Fluffy Duffy. Vom Booster schallen spitze Schreie herüber. Tagsüber im Meer baden, am Abend über dem Meer promenieren und feiern, im Prinzip sieht das Vergnügen an englischen Küsten heute nicht anders aus als vor zweihundert Jahren, und die Worte des Schauspielers und Autors Lewis Melville aus dem Jahr 1909 treffen immer noch zu: »Heute ist das Baden im Meer solch ein populäres Amüsement, dass man sich nur mit Mühe daran erinnert, wie Mitte des 18. Jahrhunderts, als dieses Vergnügen noch kaum als solches erkannt war, ihm wahrscheinlich nur einer von tausend in diesem Land überhaupt frönte.« Und so wie das Vergnügen sich gleich geblieben ist, so sind es auch die herablassenden Kommentare, die mehr über den erzählen, der sie formuliert, als über den, den sie betreffen. Lewis Melville jedenfalls irrt, wenn er glaubt, Brighton habe bereits Anfang des 20. Jahrhunderts seine besten Zeiten hinter sich. »So wie Bath zum Zuhause von Halbsold-Offizieren geworden ist, so hat sich Brighton zum Cockney-Paradies entwickelt, einem Mekka für Börsenmakler und Revuetänzerinnen. Der Glanz ist wahrlich verschwunden.« Doch verschwunden ist er überhaupt nicht, er ist nur elektrifiziert. Wenn der Palace Pier am Abend in tausend Lichtern leuchtet, schwebt er wie ein Raumschiff über dem Strand und zieht die Leute magisch an.

In Jane Austens *Stolz und Vorurteil* ist es noch ein Regiment aus Offizieren, das Lydia Bennet die Fahrt nach Brighton unwiderstehlich erscheinen lässt. Obwohl ihre Schwester Elisabeth die Reise für keine gute Idee hält, weil sie glaubt, Lydia würde dort als Kokette enden, teilt ihr Vater Mr. Bennet diese Sorgen nicht, im Gegenteil: »Wir werden keinen Frieden in Longbourn haben, wenn Lydia nicht nach Brighton geht. Lass sie also gehen. Colonel Forster ist ein vernünftiger Mann und wird sie vor wirklichem Schaden bewahren; glücklicherweise ist sie zu arm, um für irgendjemand zur Beute zu werden. In Brighton wird sie selbst als allgemein bekannte Kokette von geringerer Bedeutung sein, als sie es hier gewesen ist. Die Offiziere werden dort Frauen finden, die ihrer Beachtung eher wert sind. Lass uns deshalb hoffen, dass sie ihr Aufenthalt dort ihre eigene Bedeutungslosigkeit lehren wird.« Was für ein nüchternes Urteil eines Vaters! Tatsächlich schlägt die britische Armee immer wieder ihre Lager in den englischen Seebädern auf, denn bis zur französischen Küste ist es nicht weit und man möchte für eine mögliche Invasion gewappnet sein. Das erste *Brighton Camp* wird während des Koalitionskrieges 1793 abgehalten, umfasst siebentausend Mann und dient Jane Austen vermutlich zur Inspiration für die amourösen Verwicklungen der Bennet-Schwestern, um die herum sie nur drei Jahre später *Stolz und Vorurteil* verfasst. Da kennt Jane Austen sicher auch schon das Lied, das unter den Soldaten kursiert, *The Girl I Left Behind*

Me. Niemals wird er die Nacht vergessen, da sein Mädchen ihm unterm silbern glänzenden Sternenzelt Liebe schwor. Doch nun ist er auf dem Weg ins Brighton Camp und ihm bleibt nur die Hoffnung, er möge sicher zu ihr zurückkehren.

> O never shall I forget that night,
> The stars were bright above me,
> And gently lent their silvery light
> When first she vowed to love me.
> But now I'm bound to Brighton camp –
> Kind heaven then pray guide me,
> And send me safely back again,
> To the girl I left behind me.

Ende des 18. Jahrhunderts singen Soldaten und Offiziere dieses Lied, während sie auf ihren Einsatz im Krieg gegen Frankreich warten. Mehr und mehr dringen mit den gesellschaftlichen Riten, Konventionen und Regeln auch die politischen Konflikte, die in den Zentren Europas entflammen, bis an seine Ränder. Das Spektrum der Gefühle, das im 18. und 19. Jahrhundert bei den Strandgängern stets wärmer, unbeschwerter und glückseliger ausfällt, wird bald merklich blasser.

3
Ostende

»Es riecht nach Meer,
und jedes Sandkorn wacht«

Am Anfang vom Westelijke Strekdam stehen ein paar Leute, die alle in eine Richtung schauen. Manche fotografieren etwas. Aus der Ferne kann ich nicht erkennen, was ihr Interesse erregt, erst als ich den kleinen Menschenauflauf passiere, sehe ich, was sie sehen. Am Klein Strand von Ostende sind zwei Seehunde gestrandet. Wie mausgraue Steine liegen sie im Sand und jemand sagt: »Hoffentlich leben sie noch.« Doch da hebt der kleine Seehund schon den Kopf und auch der große bewegt sich. »Bestimmt Mutter und Kind«, sagt ein Mädchen im Glitzerkleid, schaut noch eine Weile hin und tänzelt dann mit zwei Freundinnen den Damm entlang, zum Höhepunkt der Abendvorstellung. Eine tief orangefarbene Decke schiebt sich vom Horizont her über die Stadt und nimmt ihr die scharfen Konturen. Es ist ein Stück, das jeden Abend aufgeführt wird und dem das Publikum nie ausgeht. Nicht nur hier, sondern überall in Europa, wo der Strand Richtung Westen ausgerichtet ist. Aber warum eigentlich? Was kann an einem Sonnenuntergang so faszinieren, der uns doch, glaubt man dem französischen Historiker Jules Michelet, immer auch an die Endlichkeit der Welt erinnert? »Groß ist die Trauer, wenn man die Sonne – Freude der Welt und Mutter allen Lebens – jeden Abend wieder untergehen und in den Fluten versinken sieht. Es ist dies die tägliche Trauer der Welt und zumal die Trauer des Westens. Wohl wohnen wir dem Schauspiel jeden Tag aufs neue bei, doch hat es über uns unwandelbar die nämliche Gewalt, wirkt es auf uns mit der gleichen Melancholie.« Auf dem Ostender Damm scheint niemand melancholisch, mancher Blick ist zwar ein wenig verklärt und mancher Strandbesucher still, doch die meisten Leute schwatzen munter weiter, machen Dutzende Fotos, von denen sie später enttäuscht sein werden, denn keines kann diesen Anblick so eindrucksvoll festhalten, wie wir ihn gerade vor uns sehen. Und während die Wellen der Nordsee weiter im Rhythmus des flachen Windes auf den schwarz glänzenden Steinwall schlagen, zieht sich die orangefarbene Himmelsdecke zu einem schmalen Streifen am Horizont zusammen und die Dämmerung wickelt Ostende in graues Transparentpapier.

Der flandrische Juni ist warm und so anders als in meiner Vorstellung, in der immer ein Lied, nein, ein Chanson mitklingt, das zu einer anderen Jahreszeit entstanden sein muss. *Mijn vlakke land*, mein flaches Land, singt Jacques Brel, der immer dann vom Französischen ins Flämische wechselt, wenn die Sprache auf die Heimat seiner Eltern kommt. Davon, wie die Nordsee sich trotzig an hohen Dünen bricht, singt er und davon, wie sie weiße Schaumflocken schlägt, die strenge Flut an den schwarzen Basalt donnert, grauer Nebel über Deich und Dünen fällt und nasse Westwinde giftig heulen. Dann kämpft sein Land, sein flaches Land.

Wanneer de Noordzee koppig breekt aan hoge duinen
En witte vlokken schuim uiteenslaan op de kruinen
Wanneer de norse vloed beukt aan het zwart basalt
En over dijk en duin de grijze nevel valt
Wanneer bij eb het strand woest is als een woestijn
En natte westenwinden gieren van venijn
Dan vecht mijn land
Mijn vlakke land.

An diesem Abend ist kein Kampf, das Land hat sich ergeben, das Meer ist eine ruhige, dunkel glucksende Fläche, und als das himmlische Spektakel vorbei ist, gehen die Leute nach Hause oder flanieren noch eine Weile auf der Albert-I-Promenade. Dicht gedrängt stehen hier die Hochhäuser und erinnern mich an ein Wort, das ich schon lange nicht mehr gebraucht habe: Wohnscheiben. Aus der Ferne, von der Spitze des Westelijke Strekdam aus, einer langgezogenen Mole, bilden sie eine lückenlose Wand zwischen Stadt und Strand, erst als ich näher komme, kann ich die einzelnen Gebäude unterscheiden, die man hier *woontorens* (Wohntürme) nennt. Hinter manchen Fenstern leuchten Lampen oder Bildschirme. Auf einigen Balkonen trocknen bunte Badetücher. Davor, auf den Terrassen der Lokale im Erdgeschoss und in ein paar *strandtenten* unterhalb der Promenade werden Pizza, Döner und, natürlich!, *Vlaamse friet* serviert, dazu belgisches Bier mit tollen Namen, Duvel, Palm, Affligem, La Chouffe, Westmalle, Keun.

Keun, wirklich? Da heißt ein Bier wie die Schriftstellerin, die in den 1930er Jahren nach Ostende kommt, weil Deutschland sie ausgespuckt hat, sie und ihre Großstadtromane, die zu witzig, zu albern, zu schlau sind für den gleichgeschalteten Leser im »Dritten Reich« und mehr noch für die Leserin. Denn die könnte sich ja in den charmanten, kecken, renitenten Heldinnen Irmgard Keuns wiederfinden und den Aufstand gegen die ihr zugewiesene Rolle als »deutsche Mutter« proben. Also kommt Irmgard Keun am 4. Mai 1936 in Ostende an und schickt ihrem Geliebten, dem Arzt Arnold Strauss, der ein Jahr zuvor in die USA emigriert ist, ein erleichtertes Telegramm: »BIN GLUCKLICH OSTENDE LANGER BRIEF UNTERWEGS DRAHTE UND SCHREIBE TRALOW POSTE RESTANTE = DEINS.« Tralow, das ist der Name ihres Berliner Ehemannes, den sie auch noch hat, aber nur mehr auf dem Papier.

Doch warum gerade Ostende? In ihren Erinnerungen *Bilder und Gedichte aus der Emigration* schreibt Irmgard Keun elf Jahre später: »Irgendwohin mußte ich ja fahren. Mein Emigranten-Verlag in Amsterdam würde mir Vorschuß schicken, und davon konnte ich in Belgien billiger leben als zum Beispiel in Holland. Vielleicht lockte Ostende mich auch, weil ich als Kind einige Male mit den Eltern da gewesen war, und weil ich ans Meer wollte – ans Meer, das die Gefühle nicht klein und eng werden läßt und brütende Ängste und Traurigkeiten reich und fruchtbar machen kann.« Fruchtbar ist die Zeit am Meer in jeder Hinsicht. Irmgard Keun verfasst im Exil gleich drei Romane: *Nach Mitternacht*, *D-Zug dritter Klasse* und *Kind aller Länder*. Vor allem der letzte thematisiert die eigene fragile Existenz, fängt all jene von ihr beschriebenen Ängste und Traurigkeiten ein, die das Exil mit sich bringt, und ist doch zugleich mit der großer Leichtigkeit erzählt, die man von der vertriebenen Schriftstellerin kennt. Als das zehnjährige Mädchen Kully – sie ist das Kind aller Länder – mit ihrer Mutter in Ostende strandet, während ihr Vater, ein exilierter Schriftsteller, anderswo versucht Geld aufzutreiben, ist das nicht der schlechteste Ort, der Dinge zu harren, eben weil man am Meer ist. Ein bisschen vorlaut und frühreif hat Kully jedoch ein besonderes Talent, ihre Umgebung zu beschreiben: »In Ostende gibt es einen feinen Badestrand und einen billigen kleinen für ärmere Leute. Auf keinen Fall hat man das Meer umsonst, höchstens ansehen darf man es wie die Wolken am Himmel. Ich würde furchtbar gern mal in einer Wolke liegen, aber das kann man erst, wenn man tot ist. In das Meer kann man lebendig aber nicht ohne Geld. In Ostende war es so. Man darf wohl umsonst reingehen, aber nur mit Kleidern und nur so weit, wie man die Kleider hochheben kann. Davon hat man natürlich nichts, weil man ein Kleid nicht sehr weit hochheben darf, das ist unanständig. Weil wir auf anständige Art nackt und bis zum Hals und nur mit etwas Badeanzug ins Wasser wollten, bereiteten wir meinem Vater Unkosten. Er findet baden ungesund und sass lieber in einem Café am Strand, wo er etwas Braunes trank, das hässlich schmeckte und eigentlich in Belgien nicht getrunken werden darf.«

Aber warum heißt eine Stadt im Westen Belgiens eigentlich Ostende? Die Antwort darauf liefert die früheste Geschichte der Region, als im 5. und 6. Jahrhundert durch die Bewegungen des Meeres unweit des Festlands eine Insel namens Testerep entsteht, deren spätere Siedlungen schlicht nach ihrer Lage benannt werden: Ostende, Middelkerke, Westende. Allerdings ist die Kraft der Gezeiten zu groß, um Ostende zu halten. Sturmfluten zerstören die Stadt im Mittelalter so sehr, dass man beschließt, sie landeinwärts zu verlegen. Der schmale Kanal, der Festland und Insel einst trennte, ist da schon trockengelegt. Wie Scheveningen und Brighton auch ist Ostende die längste Zeit vom Fischfang geprägt, wird jedoch bald wegen seiner Lage zur umkämpften Festung und mal von der einen, mal von der anderen europäischen Großmacht belagert. Erst mit der Staatsgründung Belgiens im Jahr 1830 kommt die Stadt zur Ruhe. Festungsmauern werden eingerissen, der Blick aufs Meer wird endlich frei, und dass ein Strand ein vergnüglicher Ort ist, diese Botschaft hat sich auch hier herumgesprochen. Ende des 19. Jahrhunderts steht Ostende Brighton, was den Andrang betrifft, in nichts nach, und als James Ensor 1890 *Les bains à Ostende* zeichnet, ist das ein Wimmelbild *avant la lettre*. Mit nur vier Farben – schwarz, rot, gelb und blau – fängt der Meister der Groteske, der Masken und Fratzen, der fast sein ganzes Leben in Ostende verbringt, einen Sommertag am Strand von Ostende ein. Alles, was sich zuvor an Strandritualen herauskristallisiert hat, findet sich bei ihm wieder. Am linken Bildrand stauen sich die Badekarren, daneben staut sich die bessere Gesellschaft. Auch im Wasser geht es hoch her. Männer, Frauen und Kinder, viele von ihnen im gestreiften Dress – Palisaden, Palisaden! –, manche halb nackt, den bloßen Hintern in die Luft gestreckt, vergnügen sich in den Wellen der Nordsee, schwimmen, stehen, schwatzen, tauchen, toben, turnen.

Was man auf dem Bild jedoch nicht sieht, ist die Promenade. Heute von Wohntürmen zweifelhafter Schönheit eingefasst, begrenzt sie Ende des 19. Jahrhunderts den Strand noch ganz im Stile der Belle Époque, mit Gebäuden voll verspielter Fassaden, Erker und Balkone, Türmchen und Kuppeln. Wie in England braucht es die royale Initiative, um Investoren zu überzeugen. War es in Brighton König George IV., sind es in Belgien die Könige Leopold I. und Leopold II., die sich, knapp einhundertzwanzig Kilometer von Brüssel entfernt, Ostende als ihr höchsteigenes Seebad erfinden, Sommerresidenzen, Theater, Casinos und einen Kursaal errichten, um damit gut situierte Untertanen ans Meer zu locken. Zwar sind ihnen auch Ausflüge in den Süden, an die italienische Riviera oder die französische Côte d'Azur möglich, aber die Umstände, *mon dieu*, aber die Entfernung, *chéri, restons ici!*

Verglichen mit der Riviera ist die belgische Küste nicht nur leichter erreichbar, sondern mit knapp siebzig Kilometern auch wesentlich überschaubarer. In drei, vier Tagen ist man sie einmal abgewandert, von Knokke-Heist im Norden bis De Panne im Süden. Aber wer von den vornehmen Herrschaften will sich das schon antun. 1885 wird die erste Teilstrecke der *kusttram*, der Küstenstraßenbahn, eröffnet, die Ostende mit Nieuwpoort verbindet, wo man sich ebenfalls anschickt, zum mondänen Badeort zu werden, wenn auch weit weniger erfolgreich als in Ostende. Im Laufe der Jahrzehnte wird die Straßenbahnstrecke immer weiter ausgebaut, heute kann man in knapp zweieinhalb Stunden alle belgischen Strände abfahren, von denen man allerdings wenig sieht, denn überall reiht sich Wohnturm an Wohnturm, man könnte fast meinen, jeder Belgier habe einen Zweitwohnsitz am Meer. (Und die Aussicht aus den Türmen ist ganz sicher auch schöner als die Aussicht auf die Türme.)

Die Klage über den Niedergang des guten Geschmacks und der guten Sitten, die mit der wachsenden Popularität eines Seebades einhergeht, ist jedenfalls so alt wie die Seebäder selbst. Hatte sich in Brighton das Interesse des Publikums in nur wenigen Jahrzehnten von den Bibliotheken und Salons in die Varietés und auf die Seebrücken verschoben, muss nun auch James Ensor dabei zuschauen, wie sich in seinem Ostende niemand mehr für das seiner Meinung nach Wahre und Schöne interessiert. Als im Sommer 1895 die zweite *Exposition Internationale des Beaux-Arts d'Ostende* in einem extra dafür errichteten Pavillon unweit von Strand und *Kursaal* ausgerichtet wird, kommt zwar auch König Leopold II. einmal vorbei, dennoch ist die Veranstaltung in Ensors Augen ein einziges Desaster. Nicht nur ist ihm die Auswahl der Künstler suspekt und sieht er sein eigenes Werk zwischen dem von »Regenschirmverkäufern, Friseuren und Architekten« vergeudet, auch seine Meinung vom Ostender Publikum ist vernichtend. An den flämischen Dichter Pol de Mont schreibt er: »Aber die Ostender, dieses tölpelhafte Publikum, kommen nicht in Bewegung, sie wollen keine Malerei sehen. Feindseliges Publikum, das auf einem Sandfeld herumklettert – der Ostender hasst die Kunst. Schleimige, in einer Muschel rotierende Fürze, Dreck-Schlucker, unzusammenhängend vor sich hin murmelnde Kalmare. Letztes Jahr haben dreißig Ostender die Ausstellung besucht. Dieses Jahr schaffen wir einunddreißig.« Gut gebrüllt, Löwe!

Seltsam nur, dass es James Ensor im echten Leben nicht gelingt, die Heiterkeit und Gelassenheit an den Tag zu legen, die er in seiner verrückten Zeichnung *Les bains à Ostende* eingefangen hat. Vielleicht sind ihm die Leute an sich suspekt, seit er sie als Kind im Laden seiner Mutter allerlei Tand hat kaufen sehen, Glasperlen, Puppen, Vasen, Tierköpfe und Masken. (Vor allem Letzteren begegnet man in seinem Werk immer wieder, sie werden sein Markenzeichen.) Stattdessen ist es ausgerechnet ein Schriftsteller aus einem meerfernen Land, der die Lage weit weniger pessimistisch auf den Punkt bringt. Der Österreicher Stefan Zweig weilt immer wieder gern an der belgischen Nordseeküste und schreibt 1944 in seinen Erinnerungen *Die Welt von Gestern* über das erste Jahrzehnt des neuen Jahrhunderts: »Jungsein, Frischsein und nicht mehr Würdigtun wurde die Parole. Die Frauen warfen die Korsetts weg, die ihnen die Brüste eingeengt, sie verzichteten auf die Sonnenschirme und Schleier, weil sie Luft und Sonne nicht mehr scheuten, sie kürzten die Röcke, um besser beim Tennis die Beine regen zu können, und zeigten keine Scham mehr, die wohlgewachsenen sichtbar werden zu lassen. (…) Die Welt war nicht nur schöner, sie war auch freier geworden.« In manchen Gegenden sogar freier als frei. Denn was in den Seebädern längst eingeübt wird, die Hinwendung zu Luft, Licht und Wasser, kulminiert um 1900 in Deutschland und der Schweiz in der ganzheitlichen Lebensreformbewegung, die es nicht dabei belässt, den Körper von überflüssigen Kleidern zu befreien, sondern zugleich dem Geist freien Lauf lassen will. Verglichen mit der Mehrheit der Bevölkerung ist die Anhängerschar der Freikörperkultur jener Zeit natürlich immer noch klein, aber ein entspannteres Verhältnis zum eigenen Körper kündigt sich zumindest an. Und die Kunst hilft dabei, wie sie immer dabei hilft, wenn es gilt Grenzen zu überschreiten. Fünfzehn Jahre nach James Ensors *Les bains à Ostende* sind es eine Handvoll nackte und muskulöse *Junge Männer am Meer*, die für Aufmerksamkeit sorgen, nicht wegen ihrer Nacktheit, die wird ja in den bildenden Künsten seit eh und je zelebriert, sondern wegen der Art und Weise ihrer Darstellung. Bevor Max Beckmann dieses Bild 1905 an der dänischen Nordseeküste – mit gerade einundzwanzig Jahren – auf die Leinwand bringt, war er unter anderem nach Amsterdam und Den Haag gereist, um die niederländischen Meister zu studieren. Auch die

Bilder Max Liebermanns sind ihm Inspiration, und im Laufe seines Lebens wird Max Beckmann immer wieder Strände malen, an denen sich die Zeitläufte spiegeln. Anfangs sieht er sich, wie er einmal schreibt, irgendwo »zwischen Cézanne und van Gogh«, doch um sich einen Platz im Malerhimmel zu erobern, braucht es einen eigenen Stil. Und der ist auf *Junge Männer am Meer* mit seinem kräftigen Pinselstrich bereits zu erkennen. Die Schwüle des Tages ist greifbar, der Himmel ist wild, vielleicht entlädt sich die Hitze bald in einem Unwetter. Hinten am Wasser ringen Männer im Spiel miteinander, vorn sitzen oder stehen die sechs schönen großen »Jünglinge«, wie Beckmann sie nennt. Obwohl oder gerade weil sie einander nicht anschauen, sich regelrecht voneinander abwenden – selbst die beiden ins Gespräch vertieften Männer ganz links schauen aneinander vorbei –, liegt eine erotische Spannung in der Luft, eine Erwartung, die über die Grenzen des Strandes hinausgeht und auch die Berliner Kunstszene erregt. Mit diesem Gemälde wird der Name Max Beckmann zu einem Begriff in der Hauptstadt, man überreicht ihm den Villa Romana-Preis und schickt ihn ein paar Monate nach Florenz, um sein junges Talent weiterzuentwickeln. Und einige Jahre später schreibt der junge Berliner Dichter Ernst Blass ein Gedicht, das nach einem faulen Sonntag am Wannsee entstanden sein mag, gegen Ende aber gerade so klingt, als habe er es nach dem Betrachten von *Junge Männer am Meer* notiert. Ob es so war, wer weiß das schon, aber beide, der Maler und der Dichter, bewegen sich in den ersten Jahrzehnten des 20. Jahrhunderts in derselben Stadt, in der die Wege von den Galerien in die Cafés in die Ateliers in die Buchhandlungen nicht weit sind.

Wir fühlen Sand und Sommer und die Wellen,
Die nachmittags an unsre Träume spülen,
Und sehen in dem Duft von frischen Kühlen
Sehr sichre Segler hell vorüberschnellen.

Und während wir die leichtbeladnen Stunden
Halb spielend und halb fliehend übergleiten,
Steht still in unsern Blicken, ohne Wunden,
Altkluge Trauer und der Glanz der Weiten.

Es dauert nach diesen zarten Versen gerade noch zwei Jahre, dann wird der Glanz der Weiten stumpf, in Berlin genauso wie an den belgischen Stränden. Wieder ist es Stefan Zweig, der eher zufällig zum Augenzeugen eines epochalen Bruchs wird, dessen Beginn niemand so recht wahrhaben will. Im Sommer 1914 ist der Schriftsteller aus Salzburg noch einmal nach Belgien gereist und berichtet später, wie sich die Leute am Strand von De Haan – er nennt es bei seinem französischen Namen Le Coq –, einem schönen kleinen Seebad nur ein paar Kilometer nördlich von Ostende, redlich mühen, sich ihre leichtherzigen Stunden nicht trüben zu lassen: »Die Urlaubsfreudigen lagen unter ihren farbigen Zelten am Strande oder badeten, die Kinder ließen Drachen steigen, vor den Kaffeehäusern tanzten die jungen Leute auf der Digue. Alle denkbaren Nationen fanden sich friedlich zusammen, man hörte insbesondere viel deutsch sprechen, denn wie alljährlich entsandte das nahe Rheinland seine sommerlichen Feriengäste am liebsten an den belgischen Strand.« Doch mit den Zeitungsjungen, die die Blätter aus Brüssel und Paris feilbieten und sich gegenseitig mit den Schlagzeilen überschreien, wird das Idyll plötzlich und empfindlich gestört, zumindest vorübergehend. »›L'Autriche provoque la Russie‹, ›L'Allemagne prépare la mobilisation‹. Man sah, wie sich die Gesichter der Leute, wenn sie die Zeitungen kauften, verdüsterten, aber immer bloß für ein paar Minuten. Schließlich kannten wir diese diplomatischen Konflikte schon seit Jahren; sie waren immer in letzter Stunde, bevor es ernst wurde, glücklich beigelegt worden. Warum nicht auch diesmal? Eine halbe Stunde später sah man dieselben Leute schon wieder vergnügt prustend im Wasser plätschern, die Drachen stiegen, die Möwen flatterten, und die Sonne lachte hell und warm über dem friedlichen Land.« Mit Freunden sitzt Stefan Zweig im Café, gerade hatte er James Ensor besucht, und so wie er ihn beschreibt, meint man auch dessen Granteln über die schlecht besuchte Ausstellung besser zu verstehen. Denn mit Ensor begegne man, so Stefan Zweig, einem der »größten modernen Maler Belgiens, einem sehr sonderbaren, einsiedlerischen und verschlossenen Mann, der viel stolzer war auf die kleinen schlechten Polkas und Walzer, die er für Militärkapellen komponierte, als auf seine phantastischen, in schimmernden Farben entworfenen Gemälde«. Die Kunst aber tritt schnell in den Hintergrund, denn die Anwesenden müssen sich über Soldaten am Strand und kleine, von Hunden gezogene und mit Waffen bestückte Wägelchen wundern, die scheinbar aus dem Nichts auf der Promenade von De Haan / Le Coq auftauchen. Doch warum gerade hier? War Belgien 1839 auf der Londoner Konferenz seitens der europäischen Großmächte nicht Neutralität vertraglich zugesichert worden? Stefan Zweig glaubt fest daran, die Belgier hätten bei einem Krieg zwischen Deutschen und Franzosen nichts zu befürchten: »Hier an dieser Laterne könnt ihr mich aufhängen, wenn die Deutschen in Belgien einmarschieren!«, ruft er seinen Freunden über den Kaffeehaustisch hinweg zu und schätzt sich später glücklich, dass die ihn nicht beim Wort nehmen. Denn die Meldungen überschlagen sich und das gedankenverlorene Treiben am Strand weicht blankem Entsetzen. »Mit einemmal wehte ein kalter Wind von Angst über den Strand und fegte ihn leer. Zu tausenden verließen die Leute die Hotels, die Züge wurden gestürmt, selbst die Gutgläubigsten begannen jetzt schleunigst ihre Koffer zu packen.« Als Stefan Zweig im letzten Ostende-Wien-Express zurück in seine Heimat Österreich reist, hat die »Schändung Belgiens« bereits begonnen. Die jungen Männer am Strand werden in Uniformen gesteckt und in die Schlacht geschickt, von der nicht wenige nie wieder an irgendeinen Strand zurückkehren werden. Stefan Zweig wird zu seiner Erleichterung ausgemustert, als Bibliothekar übersteht er den Ersten Weltkrieg im Wiener Kriegsarchiv.

Max Beckmann dagegen meldet sich freiwillig als Sanitäter und wird erst an der Ostfront und später in Flandern eingesetzt. Von seinem Standort Kortrijk im Landesinneren aus hat er im März 1915 Gelegenheit, nach Ostende zu reisen, das Meer zu sehen, das ihn offensichtlich auch in schwersten Zeiten tröstet. Rauchend, in einem »vornehmen Hotelzimmer sitzend«, schreibt Max Beckmann an seine Frau Minna: »Und dann das Meer, meine alte Freundin, zu lange schon war ich nicht bei dir. Du wirbelnde Unendlichkeit mit deinem spitzenbesäten Kleide. Ach, wie schwoll mir mein Herz. Und diese Einsamkeit. Eine Herde düster aussehender Menschen gruben irgend etwas Militärisches still und schattenhaft. Ein vereinzelter Posten am Horizont. Alles sonst tot.« Man kann sich diese Einsamkeit angesichts des Ensor'schen Trubels kaum vorstellen. Doch der Strand ist Frontlinie geworden,

Ostende von 1914 bis 1918 von deutschen Truppen besetzt. Für die ist das Seebad nicht mehr als ein geografisch günstiger Ausgangspunkt für den Krieg gegen England. Die einst lebenspralle Promenade ist nun selbst für die Bewohner Ostendes gesperrt. Statt Badegäste sind Soldaten und Offiziere unterwegs, im Hafen liegen deutsche U-Boote. Max Beckmann hält die leere Promenade auf einer Tuschzeichnung fest, ein einziger Soldat steht da und der Strand ist übersät mit Panzersperren. Im Brief an Minna die Zeilen dazu: »Eine fahle Zwielichtstimmung. Alles Lebende war draußen. Jenseits. Wenn ich der Kaiser der Erde wäre, würde ich als mein höchstes Recht mir ausbitten, einen Monat im Jahr allein zu sein am Strand.« Und wieder findet sich ein Gedicht, das an diese Eindrücke des Malers anschließt und zugleich an die Melancholie erinnert, die Jules Michelet beim Anblick eines Sonnenuntergangs überfiel. Im Angesicht des Krieges gerinnt das sinkende Rot am abendlichen Horizont europäischer Strände zur schmerzlichen Metapher, die Oskar Kanehl, ein Berliner Dichter wie Ernst Blass, zwar schon vor 1914 in düstere Zeilen fasst, ihre suggestive Kraft entfalten sie aber gerade in den Jahren des Krieges.

Die letzten weißen Wolkenflotten fliehen.
Der Tag hat ausgekämpft
über dem Meer.
Wie eine rote Blutlache liegt es,
in der das Land wie Leichen schwimmt.
Vom Himmel tropft ein Eiter, Mond.
Es wacht kein Gott.
In Höhlen ausgestochner Sternenaugen
hockt dunkler Tod.

Und ist kein Licht.
Und alles Tier schreit wie am Jüngsten Tag.
und Menschen brechen um
am Ufer.

Nach vier Jahren Krieg ist Europa nicht wiederzuerkennen. Überall hat er tiefe Wunden hinterlassen, doch Belgien hat *De Grote Oorlog*, der Große Krieg, wie man ihn hier bis heute nennt, besonders heftig getroffen, das Land ist erst zum Schlacht- und dann zum Gräberfeld geworden.

Ostende überlebt die düsteren Jahre halbwegs unbeschadet, und schnell kehrt das Leben an den Strand zurück. Ein gewisser Hans Eckinger gibt in seinem skurrilen, komplett in Versen verfassten Büchlein *Eine Reise nach Paris, London, Wembley und Ostende im Sommer 1924* einen Eindruck davon. Da ist die Rede von der Schwierigkeit, ein Zimmer zu finden, von feinen Läden und einem Strandleben à la James Ensor.

In dem trocknen Dünensand
Saßen Leute allerhand,
Und in allerlei Kostümen,
Um die Leiber zu verblümen;
Lagen, spielten, paradierten,
Doch am meisten sah man flirten.
Reiche vieler Herren Länder,
Alle Sorten Geldverschwender,
Suchen Freude und Genuss,
Finden sie im Überfluss.

Die bessere Gesellschaft scheint sich wirklich wohlzufühlen in Ostende. Aber hatte Irmgard Keuns Kully in *Kind aller Länder* nicht auch von einem anderen Strand erzählt, von einem »billigen kleinen für ärmere Leute«? Es muss der sein, an den der Bildungsausschuss der Arbeiterunion Bern eine Gruppe Arbeiter 1930 auf Osterreise schickt, denn deren Chronist Emil Keßler lässt keinen Zweifel daran, dass der Klassenkampf auch am Strand weitergeht. »Mancher mag sich ja fragen, was soll der Arbeiter, die Arbeiterin, in einem Seebad von Weltberühmtheit wie Ostende suchen. Doch sind gerade diese ›weltberühmten‹ Punkte der Erde zugleich die von der Natur an Schönheiten am reichbeschenktesten. Wenn auch der Gegensatz zwischen den Menschenklassen sehr stark zutage tritt und die fashionablen Hotels die Natur fast zu erdrücken drohen, so wirken auch diese ›Exkursionen‹ mit, dem Drang nach Menschwerdung und nach Befreiung aus den engen Fesseln des heutigen Daseins zu fördern.« Und einige Seiten weiter kann man nachlesen, wie Emil Keßler aus Bern das Meer ideologisch regelrecht umarmt, vom Rande des europäischen Kontinents die Proletarier aller Länder grüßt und am Horizont eine große Zukunft erblickt: »Man muss das Meer, dessen Ende man nur ahnen kann, gesehen haben, man muss sich am Strand des Meeres der Träumerei und Phantasie ganz hingeben, um den Genuss ausdenken und begreifen zu können. Jahr für Jahr ziehen die Schiffe ihre bestimmten Kurse, fahren tage- und wochenlang auf diesen endlosen Wassern, nichts als Wasser und Himmel um und über sich. Sie verbinden durch die Meere getrennte Länder, vermischen Völker und Kulturen, helfen mit, das Band der Menschheit enger zu knüpfen und all das zu überbrücken, was sich hemmend entgegenstellt.« Zu solch weltumfassenden Visionen kann einen vermutlich nur ein Tag am Strand verführen, wo sich dem Blick übers Meer tatsächlich nichts in den Weg stellt als ein paar gestreifte Bademäntel und weiße Segel.

Doch leider sind es vollkommen utopische Visionen. Denn das Band der Menschheit ist doch gerade in der ersten Hälfte des 20. Jahrhunderts so stark strapaziert, dass es zu reißen droht. Und auch wenn die Kräfte, die auf das Band wirken, vor allem in der Mitte Europas wirken, das Zerren und Ziehen spürt man auch am Rand.

Ziemlich mittig sitzt 1922 ein Mann an seinem Berliner Schreibtisch und träumt sich an den gar nicht fernen Ostseestrand. Er war schon ein paar Mal dort, denn Usedom, Rügen, Hiddensee und der Darß liegen quasi vor der Haustür. Peter Panter alias Kurt Tucholsky kommentiert in der *Weltbühne* den *Saisonbeginn an der Ostsee* und stellt zunächst einmal fest, dass der Winter tatsächlich vorbei ist. Anlass genug, lyrisch zu werden. »Horch! läutets da nicht silberhell durch die Lüfte? Du hast dich nicht verhört, herzliebster Leser: ist ers doch, der rosafüßige Frühling, der soeben – mit Genehmigung der zuständigen Wetterwarte – seinen Einzug gehalten hat. Frühling, ja, er ists! Marie, der Lenz ist da – und allenthalben hebt ein geschäftiges Leben und Treiben an und versetzt die biedere Bevölkerung der Wasserkante in die höchste Aufregung.« Nun heißt es, das deutsche Seebad so schnell wie möglich aus dem Winterschlaf zu holen, doch welches Seebad meint Tucholsky wohl? Darüber lässt sich nur spekulieren, schließlich folgen dem ersten in Heiligendamm Dutzende nach. Aber die Vorbereitungen sind vermutlich überall dieselben. »Der Strand wird rasch von Quallen und Tang befreit und beides vor die einzelnen Häuser ausgebreitet, zwecks Herstellung der ff. Seeluft. Viele große Badeorte schließen mit Berlin Lieferungsverträge für den kommenden Sommer ab, und große Kisten Flundern rollen aus der Residenz an, wohin sie das fleißige Fischervölkchen verschoben hat.« Doch Tucholsky wäre nicht Tucholsky, würde er es bei diesem ironisch-charmanten Geplänkel belassen. Besagte Kräfte wirken nämlich nicht nur auf das Band der Menschheit, sondern auch auf das Talent des Autors, die blinden Flecken deutscher Seelen auszuleuchten. Und so schreibt er im flotten Ton weiter, der Leser schmunzelt noch, doch dann blitzen die folgenden Sätze grell auf und aller Spaß verfliegt: »Zinnowitz läßt auf dem Gemeindehaus ein großes blank poliertes Hakenkreuz anbringen: im dortigen Herrenbad werden Badehosen nur nach vorheriger Revision durch den Badearzt abgegeben. (Es sollen dabei böse Vertuschungsmanöver vorgekommen sein.) Ein herzerfrischender antisemitischer Wind pfeift brausend über den judenreinen Strand des anmutigen Badeörtchens; seine Toiletten sind sämtlich schwarz-weiß-rot angestrichen und mit frommen Wünschen für die Monarchie versehen. Horridoh –! Die Stellung kann bezogen werden.« Das sitzt, lässt einen mit flauem Magen zurück und erinnert daran, dass so ein judenreiner Strand ein Wunsch ist, den Anfang des 20. Jahrhunderts mancher brave Bürger im Deutschen Reich längst hegt. Denn unter den Badegästen an den Küsten sind tatsächlich auch Juden, natürlich, warum auch nicht. Dass sie häufig und in vergleichsweise großer Zahl am Strand anzutreffen sind, liegt unter anderem daran, dass sie oft städtischer und großbürgerlicher Herkunft sind und damit eben jener Klasse angehören, die sich regelmäßige Sommerfrischen leisten kann. Das gefällt allerdings nicht jedem Strandgänger christlichen

Glaubens. So urlaubt etwa Theodor Fontane im August 1882 auf der Insel Norderney und plaudert in einem Brief an seine Frau zunächst munter über seine Vorlieben am Strand, dass ihm »das Meer nur an seinen Sturmtagen entzückend« sei, die sauerstoffreiche Küstenluft seinem Blut und seinen Nerven aber in jedem Falle gut getan habe. Doch offensichtlich nicht gut genug. Denn kurz darauf holt Fontane unvermittelt aus: »Fatal waren die Juden, ihre frechen, unschönen Gaunergesichter (denn in Gaunerei liegt ihre ganze Größe) drängen sich einem überall auf. Wer in Rawicz oder Meseritz ein Jahr lang Menschen betrogen oder wenn nicht betrogen, eklige Geschäfte besorgt hat, hat keinen Grund darauf, sich in Norderney unter Prinzessinnen und Comtessen mit herumzuzieren.« Es folgt ein freundlicher Gruß von einem Strand zum andern: »Und nun lebe mir wohl, und freue Dich der Ostsee, wie ich mich der Nordsee gefreut habe.«

Es ist die Haltung eines Mannes, die nur deshalb überliefert ist, weil er ein prominenter Schriftsteller ist. Und doch spiegelt sich darin treffend eine Stimmung, die sich an den deutschen Nord- und Ostseestränden früh herausbildet und spätere Entwicklungen im Land vorwegnimmt. Der Historiker Frank Bajohr geht dem Phänomen in seiner Studie *»Unser Hotel ist judenfrei«. Bäder-Antisemitismus im 19. und 20. Jahrhundert* nach, weil er selbst nicht glauben kann, dass ausgerechnet am Strand, wo das freie frische Leben einen doch milde gegenüber seinen Mitmenschen stimmen sollte, Gefühle von Hass und Neid besonders verbreitet sind. Warum lassen sich gut situierte Menschen dazu hinreißen, solch geistiges Gift zu versprühen? Seine Antwort schlägt einen Bogen zu Jean-Didier Urbain, der bereits auf die Riten und Symbole, die Konventionen und Normen hingewiesen hat, die eine Gesellschaft überallhin und eben auch an den Strand schleppt, wo sie auf weiter Sandfläche und vor Meer und Himmel besonders deutlich hervorstechen: »Wichtiger als unstandesgemäßes Herumplanschen im Wasser war die mit entsprechender Selbstdarstellung und Repräsentation verbundene Aussicht, am Badeort interessante gesellschaftliche Beziehungen zu knüpfen, die sich beruflich wie persönlich auszahlen konnten«. So eine Sommerfrische ist eben eine ernsthafte Angelegenheit, denn für die Töchter und Söhne müssen passende Heiratskandidaten gefunden werden, die Dame will ihre neueste Garderobe präsentieren und der Herr des Hauses mit seinen erfolgreichen Geschäften prahlen. Und zwar vor seinesgleichen. Distinktion, Distinktion, Distinktion, nur darum geht es, und zwar unabhängig von der Religionszugehörigkeit. Frank Bajohr beschreibt, wie die politische Radikalisierung im ganzen Land und das wachsende Selbstbewusstsein der Nationalsozialisten an den Stränden dazu führt, dass Einheimische und Gäste ihren Antisemitismus schließlich nicht auf private Briefwechsel beschränken, sondern für alle sichtbar vor sich hertragen: »Einzelne Kur- und Badeorte entwickelten sich nach 1918 zu Zentren der antisemitischen Agitation, und der politische Antisemitismus mit seiner charakteristischen Symbolik drückte nun auch dem Badeleben seinen Stempel auf: Antijüdische Kundgebungen und Aufmärsche, gewalttätige Übergriffe auf jüdische Gäste, Hakenkreuze auf Sandburgen, schwarz-weiß-rote Schleifen an der Kleidung der Kurgäste, Werbeanzeigen der Hotel- und Pensionsinhaber, die mit Hakenkreuzen versehen waren. Kurverwaltungen, die ihre Prospekte ›mit deutschem Gruß‹ versandten – dies alles hatte es im Kaiserreich – wenn überhaupt – nur an einzelnen Orten wie Borkum gegeben. Vor 1914 hatten nur wenige Gäste ihre politische Gesinnung mit Flaggen an Strandkörben oder politischen Abzeichen in aller Öffentlichkeit dokumentiert, ja den öffentlichen Raum symbolisch besetzt.«

Und Flagge wird auch auf Strandburgen gezeigt. Anfang des 20. Jahrhunderts kommt es an der deutschen Nord- und Ostsee zu einem regelrechten Strandburgen-Boom, auf Fotografien lässt sich betrachten, wie sich ein runder Krater an den anderen reiht und die stolzen Erbauer in die Kamera grinsen. Nicht zu verwechseln mit *Sand*burgen, dienen die wesentlich größeren *Strand*burgen vor allem der Abgrenzung. Man legt sich hinein, und je prächtiger die Strandburg, desto wichtiger seine Bewohner. Harald Kimpel und Johanna Werckmeister beschreiben anschaulich, wie die »privaten Baustellen am Strand« ihre Erbauer sinnvoll beschäftigen und ihnen zugleich dazu dienen, ihr temporäres Revier abzustecken: »Strandburgenbauen als symbolisches Handeln bedeutet also auch die identitätsstiftende Verwandlung von Fremde in Heimat – in einen emotionalen Zustand, den im Urlaub alle hinter sich zu lassen wünschen, der aber im Unterwegs umso notwendiger erscheint. Und gerade auch die Beschriftung der Burg mit dem Herkunftsnachweis ihrer Bewohner verwandelt das in Besitz genommene Stück Fremde in eine Exklave des Daheim.« Als Akt der Selbstvergewisserung werden Strandburgen schließlich zu politischen Statements. Nicht nur mit Hakenkreuzflaggen, sondern Anfang der 1930er Jahre auf Borkum auch mit einem Sandporträt Adolf Hitlers – das übrigens wirkt wie eine Totenmaske.

So aufgeheizt ist die politische Stimmung in den Jahren zwischen den Kriegen, dass nicht nur der Antisemitismus um sich greift, sondern auch badende Sozialdemokraten Häme und Spott über sich ergehen lassen müssen. Als Friedrich Ebert am 11. Februar 1919 als Reichspräsident vereidigt wird, erscheint just an diesem Tag ein Foto von ihm und Reichswehrminister Gustav Noske auf dem Titel der *Berliner Illustrirten Zeitung*, das die beiden Männer nicht gerade vorteilhaft in Badehosen zeigt, die Füße im Wasser der Lübecker Bucht. In gutem Glauben an seine Integrität hatten die beiden Politiker einem Fotografen erlaubt, sie so abzulichten, nicht ahnend, dass die Bilder in einer Zeitungsredaktion landen würden. Der Skandal ist perfekt und das despektierliche Foto, das später sogar als Postkartenmotiv die Runde macht, wird Friedrich Ebert zeit seines Lebens verfolgen. Es wird karikiert und persifliert und muss als sprechendes Bild für den »Verfall der Ordnung«, ergo der Republik herhalten. Die politische Satirezeitschrift *Kladderadatsch* gießt mit einem Gedicht noch einmal Feuer ins Öl.

> Heil dir am Badestrand,
> Herrscher im Vaterland,
> Heil, Ebert, dir!
> Du hast die Badebüx,
> Sonst hast du weiter nix
> Als deines Leibes Zier,
> Heil, Ebert, dir.

Der Grund für die Schmähung eines badenden Politikers ist dabei weniger das Motiv an sich als die Tatsache, dass da ein Politiker mit nacktem Oberkörper steht, in Badehose statt in Badeanzug, wie man ihn seinerzeit üblicherweise trägt. Zwar mögen schon einige Verrückte völlig nackt am Strand herumspringen, doch die Badehose eines Staatsmanns rangiert auf einem anderen Niveau. Sie ist politisch, und noch 1923 kommentiert Joseph Roth im *Prager Tageblatt*: »Seine persönliche Tragik wächst mit dem Unglück Deutschlands. In diesem Sinne repräsentiert er es menschlich, nicht nur beruflich. (...) ›Ebert in Badehosen‹ wurde das wirkungsvollste, weil pöbelhafteste Argument gegen die Republik.« Wie viele weitere Argumente folgen, ist hinlänglich bekannt, und auch mit welchen Folgen sie verfangen.

Ein Politiker ganz anderer Couleur sitzt einige Jahre später ausgesucht lässig im Strandkorb, so als wolle er zeigen: Das ist jetzt mein Revier. Selbstredend nicht in Badehose, sondern vollständig und besonders gut gekleidet, mit weißem Hemd, Pullunder und Krawatte zur Wollhose, hält Joseph Goebbels die Sonnenbrille in der Hand, das Haar liegt so glänzend glatt auf seinem Kopf wie das Lächeln auf seinen Lippen. Allein dass sich der Propagandaminister in Heiligendamm ablichten lässt, ist ein machtvolles Zeichen. Ausgerechnet der Ort, der im 19. Jahrhundert Künstler und Literaten aller Ideen- und Glaubensrichtungen anzog, wird nun zum Lieblingsbad der Nationalsozialisten erklärt, und damit sich die Staatsführung und deren Gäste auch wohlfühlen, lässt Joseph Goebbels einige der weißen Strandvillen besonders luxuriös herrichten. Auch Adolf Hitler lässt sich einen Besuch in Heiligendamm nicht nehmen und wird versonnen lächelnd mit Goebbels' Tochter Helga auf der Seebrücke abgelichtet. Ein trügerisches Rührstück, legen die Männer unterdessen doch die monströsen Bedingungen fest, wer an ihrer neuen Ordnung teilhaben darf und wer nicht. Für diejenigen, die in ihr rassistisches Raster passen, kennt der gleichgeschaltete Größenwahn keine Grenzen, auch nicht am Strand.

Einen Ort der massenhaften Rekreation für den gesunden »Volkskörper« plant die NS-Gemeinschaft *Kraft durch Freude* in Prora, unweit des Seebades Binz auf Rügen. Im »Bad der Zwanzigtausend«, einem vier Kilometer langen Wohnkomplex, sollen tausende Menschen zugleich untergebracht werden, denn um den »Volkskörper« zu stählen, muss ihm nicht nur Leistung abverlangt, sondern auch Erholung ermöglicht werden, wie es Adolf Hitler bei der Gründung der *KdF* im November 1933 formuliert: »Ich will, dass dem deutschen Volk ein ausreichender Urlaub gewährt wird. Ich wünsche dies, weil ich ein nervenstarkes Volk will, denn nur mit einem Volk, das seine Nerven behält, kann man wahrhaft große Politik machen.« Doch obwohl in Prora nach der Grundsteinlegung im Mai 1936 Arbeitskräfte und Material in ungekannten Größenordnungen eingesetzt werden, wird dort kein einziger Urlauber je anreisen, weil das Regime schon alle Kräfte für den Krieg zusammenzieht.

In den westeuropäischen Nachbarländern füllen sich unterdessen die Strände mit Menschen, die dort alles andere als Erholung suchen. Im Versuch, sich Gleichschaltung und Verfolgung zu entziehen, fahren sie, so weit es über Land eben möglich ist, und stranden mal am Mittelmeer, mal am Atlantik oder an der Nordsee, die nicht mehr zu Deutschland gehört, denn dort, in der Heimat, kann schon ein auf den ersten Blick harmloses Strandbild Anlass für Anfeindung und Ächtung sein. In feiner enger Handschrift wird auf der Inventarliste des Frankfurter Städel ein 1926/27 entstandenes – und heute verschollenes – Gemälde beschrieben, das den Titel *Der Strand (Am Lido)* trägt: »Auf kanariengelber Strandfläche stehen oder sitzen eine Reihe von Menschen in Badeanzügen. Sie füllen den Vordergrund. Dahinter das grüne Meer und ein weissbewölkter Himmel. In der Mitte macht ein Mann im blauen Bademantel einen Handstand … Vorne auf einem Badetuch ein Paar (er im Pyjama, sie nackend) unter einem Schirm … Die Farben des Bildes sind hell und leuchtend.« Was genau, fragt sich die Betrachterin einer schwachen Schwarz-Weiß-Fotografie aus der Münchner Ausstellung »Entartete Kunst«, führt dazu, dass dieses Gemälde von Max Beckmann hier gelandet ist? Dass es schon bei seiner ersten Präsentation einen Skandal auslöst, der vermeintlich unsittlichen Darstellung des (halb)nackten Treibens wegen? Dass dazu noch ein politischer Skandal kommt, wegen der – sicher nicht zufälligen – Abbildung einer achtlos in den Sand geworfenen faschistischen Zeitung? Oder reicht den selbsternannten Machthabern schon der eigenwillige Stil eines ebenso eigenwilligen Malers, um sein Werk aus den Ausstellungsräumen des Frankfurter Museums zu entfernen und es zu brandmarken?

Max Beckmann erschüttert die andauernde Diffamierung seiner Arbeiten jedenfalls so sehr, dass er einen Tag bevor Adolf Hitler die Ausstellung in München im Juli 1937 eröffnet, Deutschland verlässt. Als Exilort wählt er die Niederlande, wo er schon als junger Mann Strände studiert, gezeichnet und gemalt hat, und folgt damit so vielen Künstlern, Wissenschaftlern und Schriftstellern, die vor dem Zugriff den Nazis in alle Himmelsrichtungen fliehen, nach Skandinavien, in die Sowjetunion oder die USA, in die Schweiz oder nach Frankreich.

Warum es gerade zwei Seebäder sind, in denen sich auffällig viele Literaten versammeln, mag man nur vermuten. Doch liegen die Gründe nahe, denn weiter als an einen Strand kommt man erst einmal nicht, mit der Bahn oder dem Auto und in der Hoffnung, dass der Irrsinn bald vorbei ist. Und nur am Strand kann man den Leuten, die einen verachten oder gar nach dem Leben trachten, im wahrsten Sinne des Wortes den Rücken zukehren, kann man den Blick in die Ferne schweifen lassen und zu neuen Ufern aufbrechen, gedanklich zuerst und dann auch tatsächlich. Sanary-sur-Mer an der Côte d'Azur erscheint mit seinem warmen Klima und seinem weichen Licht schon äußerlich als Gegenentwurf zur braun gefärbten Heimat. Das weit kühlere Ostende hat andere Vorteile. Es ist vergleichsweise leicht erreichbar und dank seiner immer noch vorhandenen, aber langsam verbleichenden Schönheit preiswert. Außerdem es ist nicht weit nach Amsterdam, wo sich mit Querido und Allert de Lange zwei Verlage finden, die die Situation in Deutschland nüchtern-realistisch einschätzen und deutsche Exilverlage gründen, um den Schriftstellern wenigstens eine geistige Heimat zu bieten, wenn sie die geografische schon hinter sich lassen müssen. Und so reist man hin und her, steht mal in Flandern, mal in Holland am Strand und hofft, dass Meer und Himmel Herz und Seele leichter machen.

Klaus Mann zum Beispiel, der schon von Amerika träumt, verbringt in den ersten Jahren seines Exils viel Zeit in Amsterdam und reist von dort gern ins nahe Zandvoort, ein feines Seebad, das es, da die Niederlande den Ersten Weltkrieg unbeschadet überstanden haben, leicht mit der südlichen Konkurrenz aufnehmen kann. Mit seinem Verlegerfreund Fritz Landshoff quartiert sich Klaus Mann im Grand Hotel ein und berichtet seiner Mutter Katia im Juli 1933: »Am Strande spazierend – gegen den der von Sanary, Bandol und Lavandou zusammen allerdings ein garstiges Häuflein Kotes ist«. Wie sehr so ein Tag am Strand das Gemüt eines Exilanten aufhellt, wenn sich zu Sonne, Sand und Meer auch noch ein paar vertraute Menschen fügen, darüber schreibt Klaus Mann in seiner Autobiografie *Der Wendepunkt*: »Sehr gern erinnere ich mich auch des Tages, den wir, Landshoff, Isherwood, ich und ein paar andere Freunde, mit E. M. Forster in Zandvoort am Meer verbrachten. (…) Wir waren lustig, und wir freuten uns, an diesem Sommertag zu Zandvoort; es dürfte 1935 gewesen sein. Wir schwammen, und dann machten wir einen Wettlauf am Strand, und dann lagen wir in der Sonne und waren faul und erzählten uns dumme Geschichten, über die wir viel zu lange lachten. Es war ein richtiger Ferientag. Wir dachten nicht an Hitler. Wir vergaßen, daß es Konzentrationslager gab und wahrscheinlich Krieg geben würde und daß die Weltlage alles in allem durchaus nicht zum Lachen war.«

Umso rührender ist es, dass Irmgard Keun, in Ostende ausharrend, in *Kind aller Länder* der Aussichtslosigkeit und Verzweiflung der Exilanten, vor der auch sie nicht gefeit ist, mit zärtlichem Humor begegnet. Wie sie selbst ist Kullys Vater ein Schriftsteller, wie sie selbst reist er rastlos und immer jenseits der Heimat durch Europa und schreibt gegen das Elend an. »Mein Vater schreibt für unser Leben, in Ostende hat er ein neues Buch geschrieben, das ist aber nicht fertig geworden, weil wir so viel Sorgen hatten. Wenn meine Mutter und ich meinen Vater mittags abholten, sahen seine Augen manchmal aus, als seien sie weit ins Meer geschwommen und noch nicht wieder zurück.«

Gehen wir ruhig davon aus, dass Irmgard Keun beim Formulieren dieser Sätze ihren Freund und Geliebten Joseph Roth vor Augen hat, der schon 1933 im französischen Exil gestrandet ist. »Sauce hollandaise« nennt er seine Zeit in Belgien und Holland einmal, nach Ostende kommt er für gerade einen Sommer und auch nur, weil sein Freund und Mäzen Stefan Zweig ihm im Juni 1936 dazu rät: »Ich finde Brüssel zum Arbeiten unmöglich, Ostende wird Ihnen besser gefallen, es gibt hier hunderte billiger Hôtels, außerdem wie überall in Belgien ein für Sie sehr vorteilhaftes Schnapsverbot.« Letzteres scheint Joseph Roth nicht zu schrecken, obwohl er seinem Freund erklärt, dass der Alkohol ihn eher konserviere als ruiniere.

Anfang Juli treffen die Männer in Ostende ein, wo das sommerliche Gewimmel am Strand so groß ist wie Jahrzehnte zuvor, als James Ensor es malte. Der ist mittlerweile ein alter Mann mit warmem Blick und weißem Bart geworden, der ungeachtet des Weltenlaufs unermüdlich weiterarbeitet. Allein in diesem Jahr entstehen zwei Selbstporträts und mehrere Bilder mit Früchten und Blumen, mit Muscheln und mit Masken, natürlich, immer wieder Masken, die inspiriert sind von denen, die seine Mutter einst in ihrem Laden verkaufte. Ganz sicher kreuzen sich in Ostende hin und wieder die Wege des Malers und der Exilanten, bekannter- oder unbekannterweise, denn sein Haus in der Vlaanderenstraat ist nicht weit vom *Hotel de la Couronne* in der Avenue Vindictive, wo sowohl Irmgard Keun als auch Joseph Roth untergekommen sind, was kein Zufall ist. Offiziell ist Irmgard Keun zwar noch nach Berlin verheiratet und unterhält eine Fernbeziehung nach Amerika, aber in Roth findet sie einen Seelenverwandten. Und dass man vom Hotel einen Blick auf den Hafen mit seinen ein- und ausfahrenden Schiffen hat, mag ihr ebenso gefallen. In wenigen Zeilen fängt Irmgard Keun die Atmosphäre im Ostende der 1930er Jahre ein: »Ich wohnte in einem kleinen Hotel, der gare maritime gegenüber, in einer Gegend, die ein zeitloseres und lebendigeres Gesicht hatte als die ein wenig plundrig und welk gewordene Eleganz des anderen Ostende, das einmal Weltbad war. Von meinem Fenster aus sah ich des sonntags schwarze wimmelnde Scharen von Ausflüglern aus dem Bahnhof strömen und mit verblüffender Schnelligkeit von den umliegenden kleinen Bistros verschluckt werden. Von einem Brüssler oder Genter Bistro fuhren sie ein paar Stunden weit in ein Ostender Bistro. Ich sah morgens Fischer ihre Netze aushängen und auf wacklige kleine Verkaufstische rostrote Crevettes häufen und korallenfarbene Langustinen, die ich nie zu essen wagte, weil sie so widerlich hervorgequollene schwarze Knopfaugen haben. Heute würde ich sie wahrscheinlich essen, mitsamt der Knopfaugen.« Langustinen isst Irmgard Keun nicht, Crevettes aber schon. Auf einer Fotografie aus jener Zeit sieht man sie auf einer Ostender Terrasse sitzen – es muss ein kühler Tag sein, sie trägt Kopftuch und Mantel – und schält die kleinen Meeresfrüchte. Überhaupt gibt es einige Fotografien von Irmgard Keun in Ostende. Auf einer posiert sie im karierten Kleid am Strand, auf einer anderen sitzt sie nachdenklich in einem leeren Café, vor sich ein aufgeschlagenes Buch.

Weil die Hotelzimmer zu klein und zu einsam sind, werden die Ostender Cafés, die nur am Abend und an den Wochenenden ausgelastet sind, von den Exilschriftstellern zu Büros erklärt, und jeder hat ein eigenes. Hermann Kesten sitzt zwar an einem Roman über Philipp II., lässt sich aber gern ablenken, wenn ein Kollege oder eine Kollegin vorbeikommt, wie sich Irmgard Keun erinnert: »Den ganzen Sommer über konnte man ihn vor einem der Cafés am Strand finden. Dort saß er, klein und blaß, mit hellen Augen und verwehtem Haar, und vor ihm stand eine Flasche Eau de Spa, und vor ihm lagen saubere Hefte und Blätter und eine ganze Kompanie soldatisch korrekter, musterhaft gespitzter Bleistifte.« Joseph Roth dagegen meidet die Sonne, sie verträgt sich weder mit dem Alkohol in seinem Blut noch mit seiner düsteren Sicht aufs Dasein. Der Kontrast zwischen dem Innen und Außen, zwischen dem Gefühlsspektrum der Exilanten und dem sorglosen Gewimmel vor den Cafés könnte wirklich kaum größer sein.

Was wissen die Leute schon davon, die ans Meer kommen, ganz freiwillig und mit Rückfahrkarte nach Hause, nach Deutschland gar? Wer von dort anreist, kann in einem Reiseführer aus demselben Jahr lesen, Ostende sei »die Königin der Strande«, eine »moderne Luxusstadt«, ein »Brennpunkt heiteren Lebens«, der »jegliche Möglichkeit zu Erholung, Sport und Vergnügen« biete, dessen Strand »mit seinem goldflimmernden, feinkörnigen, steinlosen Sande« ideal als Spielplatz für Kinder sowie zum Sonnen und Baden sei. Wenn man das liest und sich den fragilen Zustand eines Exilanten vergegenwärtigt, vergeht einem ganz die Lust auf Sommerfrische und man bleibt am besten mit Joseph Roth im Café sitzen, selbst wenn man dann verpasst, wie sich einer seiner besten Freunde in die sommerlichen Fluten stürzt und Irmgard Keun ihm dabei zuschaut: »Während Roth verkrochen in der dunkelsten Ecke des Cafés saß und rastlos die Seiten eines gelben Heftes mit einer Schrift bedeckte – so zierlich als wär sie mit einer Stecknadel geschrieben – und nur hier und da eine Pause im Schreiben machte, um nach einem Glas zu greifen oder mit den weißen zerbrechlichen Händen flüchtig die entzündeten Augen zu kühlen, glühte draußen der Strand in Fluten von Sonnenlicht. Das Meer jubelte vor Glanz und Farben, und die Menschen jubelten vor Lust am Leben. Unter ihnen turnte, schwamm und lachte auch Ernst Toller. Er war braun gebrannt, alterslos, mit stürmischen dunklen Locken und glänzenden Augen.« Was für ein schönes unbeschwertes Bild!

Doch das leichte Leben unter belgischer Sonne dauert 1936 nur ein paar Wochen, bald sinken die Temperaturen, Strand und Promenaden leeren sich, die Exilanten verlassen die Ostender Cafés. Hermann Kesten geht nach Amsterdam, Joseph Roth kehrt nach Paris zurück, Klaus Mann und Ernst Toller reisen weiter nach Amerika. Nur Irmgard Keun bleibt noch, weil sie arbeiten und ihre Mutter in Brüssel treffen will. Um nicht zu frieren, geht sie ins Kasino, gewinnt ein paar Franc und kauft sich einen dicken Pullover. Der Abschied von Ostende fällt der Schriftstellerin schließlich nicht leicht, sie hat sich hier trotz der unwägbaren Existenz als Exilantin doch ein wenig zu Hause gefühlt. »Der erste, kürzeste und leichteste Abschnitt meiner Emigrationszeit war vorbei. Ich verließ Ostende und nahm mit mir eine Handvoll Lächeln und freundlicher Worte, ein paar Muscheln und ein paar Sandkörner in Schuhen und Kleidern, etwas weißes Pulver und ein paar zierliche verwehrte Klänge: Donne moi ta plume / Pour écrire un mot …«

Gib mir deine Feder, um eine Nachricht zu schreiben. Es klingt wie die geheime Verabredung zwischen den Exilschriftstellern, auch an fremden Stränden durchzuhalten. Ihre Bücher lesen und dann am Strand von Ostende sitzen, vor und nach Sonnenuntergang, ist seltsam ernüchternd, seltsam traurig, weil nichts mehr auf sie verweist außer dem Meer, in dem sie (außer Joseph Roth) geschwommen sind, dem Sand, auf dem sie (außer Joseph Roth) gesessen haben und der sich in den Jahrzehnten ewiger Gezeiten vermutlich schon so oft ausgetauscht hat. Und auch in Zandvoort sind längst alle Spuren verwischt, nicht nur die von Klaus Mann und seinen Freunden, sondern auch die von dem Mädchen, das nur ein paar Jahre älter ist als Irmgard Keuns Kully.

Auf einer Fotografie steht es mit seiner Schwester am Strand, hinter ihnen, im Strandkorb sitzend, eine ältere Frau. Am 19. Juni 1942 schreibt Anne Frank dazu in ihr Tagebuch: »Dies ist Juni 1939. Das ist das einzige Foto von Oma Holländer, an sie denke ich noch so oft und ich wünschte, sie würde noch den häuslichen Frieden bewahren. Margot und ich kamen damals gerade aus dem Wasser und ich weiß noch, ich habe sehr gefroren, darum habe ich meinen Bademantel umgehängt. Oma sitzt so lieb und friedlich dahinter. So wie sie so oft dagesessen hat.« Zwischen Fotografie und Tagebucheintrag, am 10. Mai 1940, ergeht es den Niederlanden wie Belgien ein Vierteljahrhundert zuvor. Das Land hatte an seine Neutralität geglaubt, die deutschen Truppen haben es trotzdem besetzt. Wie Ostende im Ersten Weltkrieg wird nun auch Zandvoort zum Standort deutscher Truppen. Im Mai 1942 wird der Zugang zum Strand für alle Zivilisten verboten. Im Juni bekommt Anne Frank zu ihrem dreizehnten Geburtstag ein rot-weißes Poesiealbum geschenkt, das sie zum Tagebuch erklärt. Einige Wochen später wird ihre Schwester Margot von der Zentralstelle für jüdische Auswanderung aufgefordert, sich zur Deportation zu melden. Die Familie versteckt sich im Hinterhaus der Prinsengracht 263 in Amsterdam.

Irmgard Keun dagegen kommt wie das von ihr erdachte *Kind aller Länder* mal hier, mal dort unter und findet sich schließlich im Juni 1940 in Scheveningen wieder, das die Besatzer ebenfalls zum Bollwerk gegen Angriffe der Alliierten ausbauen werden. Verloren und allein muss sie sich vorkommen, nicht nur, aber auch weil Joseph Roth seit über einem Jahr tot ist. Der Schock über den Selbstmord seines Freundes Ernst Toller war ihm in Paris ins trunkene Herz gefahren. Und auch sie selbst ist bereits gestorben, zumindest auf dem Papier. Eine englische Zeitung hat Irmgard Keuns Selbstmord verkündet, als wäre von einer Exilschriftstellerin in aussichtsloser Lage nichts anderes zu erwarten. Doch sie lebt, halbwegs jedenfalls, und ist immer noch in der Lage zu dichten. Mit *Abendstimmung in Scheveningen* führt sie uns an einen Strand, der nun so leer ist wie einst der von Ostende im »Großen Krieg«. Wieder sind die westlichen Ufer Europas zu Frontlinien geworden, wieder müssen die Sommerfrischler und Sonnenanbeter den Soldaten weichen, ist der Blick aufs Meer durch Panzer verstellt.

Das Salz des Abends sinkt mir in die Hände,
Es riecht nach Meer, und jedes Sandkorn wacht,
Rot und verwildert schenkt die Sonne sich der Nacht
Und baut, noch untergehend, künftger Tage Wände. (…)

Am Ufer schreiten knirschend die Soldaten
Im Grau der Uniform und friedenssatt.
Sie schreiten fest im Wahne künftger Taten
Und sehnen flüchtig sich nach eignem Lande –
Der Himmel schweigt, das Meer wird schwarz und glatt.

Lange hält es Irmgard Keun nach diesen Versen nicht mehr in den Niederlanden. Zu groß ist die Gefahr, dass die Besatzer sie aufgreifen. Auf Schleichwegen und mit Hilfe eines verliebten Nazis verlässt sie Den Haag und kehrt in ihre Heimatstadt Köln zurück, wo sie die Kriegsjahre im Haus ihrer Eltern übersteht. Kann sein, dass sie dort wie manch anderer auch heimlich BBC hört, die in den jeweiligen Landessprachen auf den Kontinent sendet. Mit vier Paukenschlägen werden die trostlosen Nachrichten von Zerstörung und Verlusten angekündigt, jeden Tag und ohne Unterlass. In Frankreich kommt am Abend des 5. Juni 1944 eine Botschaft über den Äther, die sich nur eingeweihte Hörer erklären können. Zwei Mal werden drei Zeilen aus *Chanson d'automne* verlesen, einem Gedicht des französischen Dichters Paul Verlaine.

Blessent mon coeur
D'une langueur
Monotone.

»Versehren mein Herz / mit ihrer monotonen / Schläfrigkeit.« Die melancholischen Worte sind das verschlüsselte Signal der Alliierten an die französische Widerstandsbewegung: Es ist so weit.

4
Utah Beach

*»Er wurde kaltgemacht –
So sah es am Strand aus, als ich ankam«*

»Iraq« und »Kuwait '96« steht auf dem Rücken des Mannes, der gerade mit einer Harley-Davidson vorgefahren ist. Er gehört zu einer Gruppe von zwei Dutzend Männern und Frauen mittleren Alters, die von ihren Maschinen steigen, Helme und Sonnenbrillen abnehmen und zu einer gut zehn Meter langen und drei Meter breiten hellgrauen kantigen Schale aus Eisen laufen. Ein paar Meter hinter dem Strand aufgebockt, geht sie, so erklärt eine Plakette, auf einen Mann aus New Orleans zurück, den Adolf Hitler einmal den »neuen Noah« genannt haben soll. Ende der 1930er Jahre hatte Andrew Jackson Higgins dieses Landungsboot entworfen, zwanzigtausendfach bauen lassen und war damit, so wird Präsident Dwight D. Eisenhower auf der Plakette zitiert, »the man who won the war for us«. Die Harley-Männer und -Frauen beugen sich lange über die Zeilen, berühren ehrfürchtig die Bordwand des Bootes, steigen durch die breite offene Bugklappe hinein und wieder hinaus. Alle tragen auf ihren schwarzen Lederjacken das totenkopfverzierte Logo eines Kriegsveteranenvereins, der *Com-*

bat Veterans Motorcycle Association, darunter sind die Orte aufgestickt, an denen sie im Einsatz waren. Kosovo, Afghanistan, Kuwait, immer wieder Irak.

Es ist nicht viel los an diesem Morgen, andere potentielle Fotografinnen sind nicht in Sicht, deshalb bitten sie mich, ein Gruppenfoto von ihnen zu machen. In drei Reihen stellen sie sich vor dem Landungsboot auf, entrollen eine Vereinsfahne und grinsen in die Kamera. »Thanks, dear«, sagt einer von ihnen zu mir, macht mit zwei Fingern das Victory-Zeichen, räuspert sich und wendet sich mit lauter Stimme an seine Kameraden: »Okay, guys, listen to me, this beach belongs to our history.«

Während die Geschichte Scheveningen, Brighton und Ostende Zeit lässt, um ihre Strände den Weltläuften zu unterwerfen, braucht es unweit des Dorfes Sainte-Marie-du-Mont auf der Halbinsel Cotentin nur einen einzigen Tag, um einen französischen in einen amerikanischen Strand zu wandeln. Es ist Dienstag, der 6. Juni 1944, der als D-Day, als Tag der Entscheidung oder auch als »der längste Tag« in den Geschichtsbüchern vermerkt ist, weil er das Ende des Zweiten Weltkrieges einläutet. An diesem Tag wird ein namenloses normannisches Sandfeld am Ärmelkanal zu Utah Beach und wird es für immer bleiben. Davon zeugt nicht nur das ausgestellte Landungsboot, sondern weiter drüben auch das *US Navy Monument*, die dunkle Plastik dreier kampfbereiter Männer, die Waffen im Anschlag. Davon zeugen auch die *Stars and Stripes*, die neben der Trikolore im Sommerwind wehen, ganz nah beim schmalen Dünenstreifen. Der trennt das Gedenken vom fünf Kilometer langen Strand, dessen Breite je nach Tages- oder Nachtzeit erheblich variiert, weil der Tidenhub hier besonders hoch ist. Bei Ebbe liegt das Meer weit draußen, der Strand ist übersät mit flachen, wassergefüllten Rinnen und Teichen, bei Flut ist alles überspült und der Strand nur ein paar Meter breit. Weil gerade Ebbe ist, fließen Sand, Meer und Himmel wie auf einem unendlichen impressionistischen Gemälde ineinander, die Farben reichen von Ocker über Graugrün bis zu einem tiefen Azur. Und dafür, dass Weltgeschichte über allem liegt, ist es erstaunlich ruhig. Nur ein paar Reiter und Sulkys sind unterwegs, die so schnell über den nassen Sand rasen, dass man ihnen besser rechtzeitig ausweicht. Ein paar wenige Leute gehen spazieren, mit oder ohne Hund. Etwas in mir sträubt sich dagegen, an diesem prächtigen Ort an Krieg und Sterben zu denken. Und ich bräuchte ja auch nur eine Stunde zu fahren und könnte es hinter mir lassen, indem ich mich in Cabourg auf die Spuren von Marcel Proust begebe, der dieses Seebad als Balbec seinem Werk einverleibt hat, lange bevor das europäische Grauen des Zweiten Weltkrieges begann. Doch ich habe mich für diesen Strand entschieden, weil ich die Geschichte weder anhalten noch ignorieren kann. Also versuche ich mir auch am Strand von Utah Beach vorzustellen, wie es gewesen ist, wie es hier aussah im Sommer 1944, und hangle mich an den turmhohen Schlagwörtern entlang, die fassen sollen, was passiert ist, militärisch, nüchtern.

Denn das Pathos, das heute in ihnen mitschwingt, ist ja nur deshalb so groß, weil hier eine siegreiche Schlacht geschlagen wurde, die viele Namen kennt: Operation Overlord, D-Day, H-Hour. Da ist von »biggest ever seaborne invasion« und »largest amphibious military assault« die Rede, und anders geht es wohl nicht, wenn dieser Angriff nur ein Ziel kennt: die Befreiung Europas von den nationalsozialistischen Besatzern, die Rettung zahlloser Menschenleben und der abendländischen Kultur. Weil die 1944 in weiten Teilen des Kontinents bereits fünf Jahre lang in Geiselhaft der Deutschen ausharrt, müssen sich die Alliierten ihr von den Rändern her nähern und fügen einer sich über Jahrhunderte entwickelnden Kulturgeschichte des Strandes ein kurzes, heftiges Kapitel hinzu. Es zeichnet den privilegierten Vergnügungs-, Sehnsuchts-, Zufluchtsort endgültig und mit aller Macht in die Operationspläne von Kriegsgegnern ein.

Am Utah Beach kommt mir ein schlaksiger Junge von vielleicht sechzehn Jahren entgegen, seine Mutter ruft ihm auf Italienisch etwas zu und lacht, bevor sie ihn fotografiert. Es ist bestimmt Zufall, dass auf dem schwarzen Sweatshirt des Jungen mit weißer Schrift *Sweet Years New York* geschrieben steht. Kein Zufall dagegen ist es, dass auch der schmale Roman in New York spielt, der auf den ersten Blick so wenig mit dem Krieg zu tun hat, handelt er doch von einem durch Manhattan streunenden Ausreißer. Aber es finden sich darin eben auch Zeilen über einen amerikanischen Strand in Frankreich: »Mein Bruder D. B. war vier verfluchte Jahre in der Armee. Es war auch im Krieg – bei der Landung in der Normandie und so –, aber ich glaube, mehr als den Krieg hat der die Armee gehasst. Zu der Zeit war ich praktisch ein Kind, aber ich weiß noch, als er auf Heimaturlaub nach Hause kam und so, lag er praktisch die ganze Zeit auf dem Bett. Er ließ sich kaum mal im Wohnzimmer blicken. Später, als er nach Übersee ging und im Krieg war und so, wurde er nicht verwundet oder so was und musste auch keinen erschießen. Er musste bloß immer den ganzen Tag so einen Cowboygeneral in dessen Jeep rumfahren.« Es ist der ältere Bruder von Holden Caulfield, dem

Jerome David Salinger in *Der Fänger im Roggen* die Kriegserfahrungen zuschreibt, die er selber gemacht hat. 1919 in New York geboren und in wohlhabendem Hause aufgewachsen, ist Salinger ein junger Mann, als der Zweite Weltkrieg ausbricht. Zwar hat er die Militärakademie besucht, doch träumt er von einem Leben als Künstler und veröffentlicht 1940 erste Kurzgeschichten. Doch als japanische Truppen im Dezember 1941 den hawaiianischen Hafen Pearl Harbor angreifen und Deutschland und Italien den USA den Krieg erklären, ändert sich alles. Salinger wird eingezogen, und seine Vorstellungen vom Krieg sind so naiv wie die vieler Männer seiner Generation. So schreiben seine Biografen David Shields und Shane Salerno: »Salinger war ein privilegierter, behüteter Fünfundzwanzigjähriger aus der Park Avenue, der dachte, der Krieg sei ein Abenteuer – glanzvoll, romantisch. Er sah sich selbst als Protagonisten eines Romans von Jack London und hoffte, der Militärdienst würde die Seifenblase platzen lassen, in der er aufgewachsen war. (…) Er hoffte, der Krieg würde ihn härter machen, zu einem tiefsinnigen Menschen und Autor.« Als Mitglied des amerikanischen Nachrichtendienstes verhört Salinger zunächst Kriegsgefangene und nimmt am »Schattenkrieg der Geheimdienste« teil. Erst mit seinem Kampfeinsatz am 6. Juni 1944 bricht die Realität des Krieges über den jungen Schriftsteller herein, die er noch im gleichen Jahr in einer Kurzgeschichte verarbeitet. Bis heute unveröffentlicht, liegt sie in den Archiven der Princeton University, doch die Biografen zitieren aus *The Magic Foxhole* (Der magische Fuchsbau), dem einundzwanzigseitigen Monolog des Soldaten Garrity: »Wir landen zwanzig Minuten vor der Stunde X am D-Day. Am Strand war nichts außer den toten Jungs der ›A‹ und ›B‹-Company, einigen toten Matrosen und einem Kaplan, der herumkroch und seine Brille suchte. Er war das Einzige, was sich bewegte, und 88er Graten zersplitterten um ihn herum, während er auf Händen und Knien herumkroch und seine Brille suchte. Er wurde kaltgemacht – So sah es am Strand aus, als ich ankam.«

Krieg am Strand, es klingt wie ein Paradox. Heißt es doch, dass der Mensch diesen Ort, den er sich erst misstrauisch erobert und danach mit umso größerer Begeisterung aneignet, als Ort der Gedankenlosigkeit und Freiheit aufgibt, ihn seinem Wahnsinn unterwirft und zum Schlachtfeld macht. Geübt hat er das freilich schon im Ersten Weltkrieg, als er die Strände ungerührt zu Festungen umfunktioniert, zu denen außer Militär niemand Zutritt hat. Max Beckmann hatte es in Ostende beschrieben und gezeichnet. Kein Gewimmel, kein Strandkorb nirgends. Und nachdem das unbeschwerte Leben für ein paar Jahre zurückgekehrt war, nachdem einige Strände zu Zufluchtsorten geworden waren, an denen es sich aushalten ließ und man für Stunden den Irrsinn der Welt vergessen konnte, werden die Strände Westeuropas im Verlauf des Zweiten Weltkrieges erneut zum martialisch ausgestatteten Grenzstreifen, den die Deutschen auf einer fast dreitausend Kilometer langen Strecke zu halten versuchen. Vom nördlichsten Norwegen bis an die spanisch-französische Grenze wird die Küste mit Stacheldraht, Panzersperren und »Rommelspargel« bestückt, eine groteske Verniedlichung für eng beieinander stehende, senkrecht aufragende Holzpfähle, die die Landung von Flugzeugen verhindern sollen. Dazu kommt eine absurd große Anzahl an in Dünen, auf Hügel, in den Sand getriebenen Bunkern, deren Abriss sich später, als alles vorbei ist, vielerorts schwieriger erweist als ihr Bau. Weshalb es an der Nordsee und am Atlantik keine Region, keinen Strand gibt, an dem nicht irgendwo so ein Bunker herumsteht, mal völlig verfallen, von Pflanzen überwuchert und von Tieren bewohnt, mal als gepflegter Erinnerungsort, der in der Regel auch jene Geschichte miterzählt, die der großen Schlacht an den Stränden der Normandie vorausgeht. Sie beginnt nicht allein, aber auch an einem anderen französischen Strand.

Vierhundertfünfzig Kilometer nördlich von Utah Beach, sechzig Kilometer südlich von Ostende, liegt er vor Dunkerque, das die Engländer Dunkirk und die Deutschen Dünkirchen nennen. Der Krieg ist bereits ausgebrochen, als Winston Churchill, über ein halbes Jahrhundert nachdem er Misses Thompson's Preparatory School in Brighton verlassen hat, am 10. Mai 1940 Premierminister des Vereinigten Königreichs wird, ausgerechnet an dem Tag, an dem deutsche Truppen die Niederlande überfallen. Einige Wochen später, in jenem Sommer, in dem Irmgard Keun in Scheveningen noch dichten und Anne Frank in Zandvoort noch schwimmen gehen kann, schwört er sein Volk mit einer Rede auf den Krieg ein, aus der ein Satz sprichwörtlich werden sollte: »We shall fight on the beaches«, wir werden an den Stränden kämpfen. Anlass der Rede ist die Einnahme Dunkerques durch die Wehrmacht, nachdem zwar über dreihunderttausend britische und französische Soldaten über den Ärmelkanal in letzter Minute in Sicherheit gebracht werden konnten, aber auch vierzigtausend Mann zurückbleiben mussten. Wie diese Operation Dynamo aussah, versucht Regisseur Christopher Nolan 2017 in *Dunkirk* zu visualisieren, einem Film, der Nolan zufolge nicht dem Krieg, sondern dem Überleben gewidmet ist. Ganz dicht folgt der Film einigen jungen englischen Soldaten, Tommy, Alex und

Gibson, die am Strand von Dunkerque auf ihre Rettung warten und dabei unter Beschuss geraten. Was sie sehen, was wir sehen, ist grauenvoll. Sterbende Männer im Sand, ertrinkende Männer im Wasser. Männer, die freiwillig ins Meer gehen, nur um nicht durch die Gewalt einer Kugel zu sterben. Wie nahe der Film an der Wirklichkeit ist, zeigt sich daran, dass Winston Churchill angesichts der Verluste an Männern und Material am Strand von Dunkerque nur wenig mehr bleibt, als den Streitkräften und der Bevölkerung Trost und Mut zuzusprechen. Knarzig und in angesichts der Bedeutung seiner Worte überraschend vernuscheltem Singsang bereitet er sie auf weitere Schlachten vor. »Wir werden bis zum Ende weitermachen. Wir werden in Frankreich kämpfen, wir werden auf den Meeren und Ozeanen kämpfen, wir werden mit wachsender Zuversicht und wachsender Stärke in der Luft kämpfen. Wir werden unsere Insel verteidigen, was immer es kosten mag. Wir werden an den Stränden kämpfen, wir werden an den Landungsplätzen kämpfen, wir werden auf den Feldern und auf den Straßen kämpfen, wir werden in den Hügeln kämpfen. Wir werden uns niemals ergeben.« Wie schwierig ein Angriff auf die besetzten Strände tatsächlich ist, müssen die Engländer zusammen mit ihren Alliierten im August 1942 erleben, als sie mit über zweihundert Schiffen und über siebentausend Soldaten bei der Operation Jubilee den Hafen von Dieppe angreifen und sich als den Deutschen völlig unterlegen erweisen. Zwei weitere Jahre vergehen bis zum erneuten Angriff, Jahre der akribischen Vorbereitung, der Absprachen und Konferenzen zwischen den Alliierten, Jahre der Aufrüstung und der Manöver, die schließlich im Versammeln der Truppen in Südengland münden. Wie einst zu Jane Austens Zeiten werden im Frühjahr 1944 Seebäder zu Militärcamps umfunktioniert. Zu den einheimischen Soldaten stoßen Amerikaner und Kanadier, die sich auf den Cricketfeldern die Zeit mit Baseball vertreiben und sich von den Bewohnern Brightons zum Tee einladen lassen. Auch der Soldat J. D. Salinger nimmt an einer »Prä-Invasions-Ausbildung« des britischen Geheimdienstes teil, in der Grafschaft Devon ganz im Südwesten Englands. Es könnte folglich so gewesen sein, wie es der Beginn seiner Erzählung *Für Esmé – in Liebe und Elend* will, die im April 1950 erstmals im *New Yorker* erscheint und zunächst vom Tag vor der Abreise nach Frankreich handelt. »An jenen letzten Abend sollte unsere ganze Gruppen um sieben mit dem Zug nach London fahren, wo wir, so das Gerücht, Infanterie- und Luftlandedivisionen zugeteilt werden sollten, die für die D-Day-Landungen bereitgestellt waren. Um drei Uhr nachmittags hatte ich meine gesamte Habe in meinen Seesack gepackt, darunter ein Gasmaskenbehälter aus Segeltuch voller Bücher, die ich von der anderen Seite mitgebracht hatte. (Die Gasmaske selbst hatte ich einige Wochen zuvor durch ein Bullauge der Mauretania geschmissen, da mir völlig klar war, dass ich, falls der Feind Gas einsetzte, das verdammte Ding nie im Leben rechtzeitig aufgesetzt bekäme.)« Auf einem letzten Spaziergang gerät der Erzähler – er nennt sich Sergeant X – in einer Kirche in die Probe eines Kinderchores, wo ihm ein Mädchen von ungefähr dreizehn Jahren auffällt, dem er etwas später in einem Café wieder begegnet, gemeinsam mit ihrem kleinen Bruder Charles. Es entspinnt sich mit der klugen und besonderen Esmé ein Gespräch, in dem der Sergeant zugibt, »Autor von Kurzgeschichten« zu sein, was dazu führt, dass Esmé einen Wunsch äußert. »Ich würde mich extrem geehrt fühlen, wenn Sie einmal eine Geschichte ausschließlich für mich schrieben. Ich bin eine eifrige Leserin.« Doch weil sie nichts geschenkt bekommen möchte, verspricht sie ihm im Gegenzug, Briefe zu schreiben.

Im Mai 1944 inspiziert George VI. eine Brigade der britischen Armee und ein letztes großes Manöver wird abgehalten, bevor es Anfang Juni im Süden Englands ungewohnt ruhig wird. Das müsste eigentlich auch den Deutschen auffallen, doch sind die Alliierten so diskret und geschickt vorgegangen, dass die feindlichen Besatzer sich hinter ihrem gigantomanen Atlantikwall immer noch sicher fühlen. Natürlich richten sie ihre Feldstecher Tag und Nacht übers Meer und rechnen jederzeit mit einem Angriff. Doch erwarten sie den vor allem an der schmalsten Stelle des Ärmelkanals, am *Pas de Calais*. Schließlich sichten sie dort tatsächlich Truppenbewegungen und fangen entsprechende Funksprüche über die Bewegungen der *1st US Army Group* ab. Dass diese Armee aber so fiktiv ist wie ihr kranker Traum von der Weltherrschaft, entgeht den Festungsfürsten. Zudem ahnen sie nicht, dass all ihre Spione in England sich zu Doppelagenten haben machen lassen. So verwirrt sind die deutschen Kriegstreiber mittlerweile, dass sie anfangs sogar die Operation Overlord für ein Täuschungsmanöver halten, das einen Angriff bei Calais vertuschen soll. In der Nacht zum 6. Juni 1944 beginnen sich die Ereignisse zu überschlagen. Adolf Hitler geht auf dem Obersalzberg schlafen und gibt an, er wolle auf keinen Fall geweckt werden. Erwin Rommel, deutscher Oberbefehlshaber in der besetzten Normandie und Namenspatron des »Spargels« im Sand, feiert in Deutschland den Geburtstag seiner Frau Lucie, vermutlich ein rauschendes Fest, sie wird schließlich fünfzig.

Doch nachdem *Radio Londres*, der französischsprachige Sender der BBC, die Gedichtzeilen von Paul Verlaine hatte verlesen lassen, beginnt die französische Widerstandsbewegung Schienen- und Kommunikationsnetze zu sabotieren. König George VI. spricht zu seinen Untertanen, Franklin D. Roosevelt wendet sich ebenfalls an seine Landsleute. »*My fellow Americans*, in dieser ergreifenden Stunde möchte ich Sie bitten, mit mir zusammen zu beten: Allmächtiger Gott! Unsere Söhne, der Stolz unserer Nation, haben heute mit einem gewaltigen Unternehmen begonnen, mit einem Kampf, der unsere Republik schützen soll, unsere Religion, und unsere Zivilisation – und der einer leidenden Menschheit endlich die Freiheit bringen soll. Allmächtiger Gott, lass unsere Soldaten wahrhaftig und aufrecht kämpfen; gib ihren Waffen Stärke, ihren Herzen Größe und ihren Hoffnungen Unerschütterlichkeit.« Beschwörende Worte für eine Operation, von der bis zum letzten Moment nicht sicher ist, ob sie überhaupt gelingen wird. Vor allem Winston Churchill, dem die Niederlagen von Dunkerque und Dieppe noch in den Knochen stecken, zögert lange, bevor er seine Zustimmung gibt. In seinem monumentalen Werk *Der Zweite Weltkrieg* bekommt man eine Vorstellung davon, in welchem Maße die Operation Overlord eben nicht nur von militärischem Geschick, sondern auch vom Rhythmus und den Unwägbarkeiten der Natur abhängt. Denn ein Strand ist kein unbeweglicher, kein übersichtlicher Acker, wo der Feldherr seine Truppen von einem Hügel aus dirigieren kann. Es ist komplex, wie Churchill erläutert: »Eine komplizierte Angelegenheit war die Wahl des ›D‹-Tags und der ›H‹-Stunde, das heißt des Augenblicks, da die ersten Landungsboote auf dem Strand auflaufen sollten. Von diesem Augenblick ausgehend mußten viele andere

Zeitbestimmungen rückwärts berechnet werden. Man hatte sich zur Anfahrt bei Mondschein entschlossen, da Helligkeit sowohl unseren Schiffen als auch den Luftlandetruppen nützlich sein konnte. Dann wurde noch eine kurze Spanne Tageslicht vor der ›H‹-Stunde benötigt, um den kleinen Kriegsschiffen Gelegenheit zu geben, ihre vorgeschriebenen Positionen einzunehmen und die Beschießung präzis auszuführen. Doch durfte das Intervall zwischen Tagesanbruch und der ›H‹-Stunde nicht zu lange sein, um dem Feind keine Zeit zu lassen, sich von seiner Überraschung zu erholen und unsere an Land stürmenden Truppen zu beschießen.« Ausschlaggebend sind jedoch nicht nur die Lichtverhältnisse, auch die Gezeiten können über Erfolg oder Misserfolg der Landung entscheiden, und die fallen damals wie heute an dieser Stelle der Atlantikküste besonders stark aus. Nur drei Mal im Monat sind die Bedingungen geeignet, um überhaupt einen Angriff zu wagen. Doch als das gewählte Datum herannaht, ist die See gefährlich rau, »typischer für Dezember als für Juni«, so Churchill. Trotzdem will man nun keine Zeit mehr verlieren, zu viel steht auf dem Spiel. Operation Overlord muss stattfinden, auch wenn das schlechte Wetter schließlich einige der fast siebentausend Schiffe mit über einhundertfünfzigtausend Mann Besatzung von ihren geplanten Routen abbringt.

Heute an diesem Strand zu stehen und sich vorzustellen, mit welcher Wucht die Truppen der Alliierten auf den hochgerüsteten Atlantikwall der deutschen Besatzer getroffen sind, hat etwas Surreales. Man muss die große Leere, die Ruhe, die von dieser weiten, schönen Landschaft ausgeht, mit Bildern von abertausenden Menschen und Maschinen füllen, die über den Sand rennen und rollen, im Kampf Mann gegen Mann, zu Wasser, zu Land und in der Luft, dazu ohrenbetäubender Lärm aus Geschrei und Beschuss, überall Blut, Angstschweiß, Öl und Benzin.

Alles, was ich darüber lese, ist gefärbt vom Grauen und zugleich relativiert durch die Zeit zwischen dem Erleben und dem Moment der Niederschrift, wobei mich ein paar Zeilen J. D. Salingers mehr beeindrucken als die nicht enden wollenden, vor Selbstbewusstsein strotzenden Beschreibungen in Winston Churchills opus magnum. So, wenn Sergeant X in *Für Esmé – in Liebe und Elend* nach dem Ende des Krieges in seiner Erzählung vom Ich zum Er wechselt, als sei ein Ich nach allem, was er gesehen hat, nicht mehr möglich. »Er legte die Arme auf den Tisch und den Kopf darauf. Von Kopf bis Fuß tat ihm alles weh, alle Schmerzzonen schienen zusammenzuhängen. Er war fast wie ein Weihnachtsbaum, dessen Lichter, seriell verdrahtet, alle ausgehen müssen, wenn auch nur ein Birnchen kaputt ist.« Doch bevor J. D. Salinger diese Zeilen niederschreibt, ist er selbst Teil der Kriegsmaschinerie, die auch jene zermalmt, die die besten Absichten haben. Als der junge Mann aus New York nach Europa kommt und im Juni 1944 in den Kampfeinsatz geschickt wird, weiß niemand, ob er lebend aus der »Schlacht des Jahrhunderts« zurückkehren wird. Um den Sieg für die Nachwelt zu dokumentieren, hoffentlich, schicken die Alliierten derweil keine Schriftsteller, sondern Reporter und Fotografen mit Renommee.

»Mein wunderschönes Frankreich sah elend und wenig einladend aus, und ein deutsches Maschinengewehr, das Kugeln um das Boot spuckte, verdarb mir die Rückkehr vollends«, schreibt der Fotograf Robert Capa über seine Landung in der Normandie, und das Boot, in dem er ankommt, muss genau so eines sein, wie es heute unweit vom Utah Beach ausgestellt wird. Capa erzählt, wie die Männer trotz Beschusses aussteigen, wie sie durchs hüfttiefe Wasser waten, wie er, ganz in seinem Element, zu fotografieren beginnt und den Soldaten dabei unnötig im Weg steht. »Der Bootsmann, der es verständlicherweise eilig hatte, so schnell wie möglich wieder wegzukommen, missverstand meine Fotografiererei als erklärliches Zögern und half mir durch einen gezielten Tritt in den Hintern bei meiner Entscheidung.« Dass der Zufall ihn in die Normandie verschlagen hat, wie Robert Capa später kokett behauptet, will man jedoch nicht glauben. 1913 als Endre Ernő Friedmann in Budapest geboren, hatte er kurz vor der Machtergreifung der Nationalsozialisten noch Journalistik in Berlin studiert und sich nach 1933 im Exil in Westeuropa bereits mit seinen Fotografien aus dem spanischen Bürgerkrieg einen Namen gemacht. Als er 1939 in die USA auswandert, kennt man seine Arbeiten dort längst, und es ist ganz sicher nicht nur die von ihm später angeführte Geldnot, die ihn den Auftrag des Magazins *LIFE* annehmen lässt, zurück nach Europa zu reisen, um den Verlauf des Zweiten Weltkrieg zu fotografieren. Aber es passt zu dem schnoddrigen Tonfall, den Robert Capa in seinem Memoir *Slightly Out of Focus* anschlägt. Den vielsagenden Titel des 1947 erschienenen Buches könnte man mit »leicht unscharf« übersetzen, was nicht nur auf manche seiner Fotografien zutrifft, sondern auch auf den Wahrheitsgehalt seiner Erinnerungen. Capa ist nämlich nicht nur ein ausgezeichneter Fotograf, sondern auch ein talentierter Geschichtenerzähler, der nur ungern eine Pointe auslässt, so wenn er die Militärcamps im Süden Englands als »immense concentration camps« bezeichnet. Von dort aus wird der Fotograf auf dem Geleitzerstörer *USS Chase* nach Omaha Beach geschickt. Einige Kilometer östlich von Utah Beach, ist es zugleich der bekannteste der fünf D-Day-Strände, zu denen außerdem Juno Beach, Gold Beach und Sword Beach gehören. Klingende Namen, das immerhin. Bei der Besatzung des Kriegsschiffes findet Capa drei Arten von Männern vor – »die Spieler, die Planer und die Letzte-Briefe-Schreiber« – und durchläuft selbst in kürzester Zeit alle drei Kategorien, wobei ihm die erste am nächsten sei, wie er meint: »Ich bin ein Spieler. Ich entschied mich, mit Company E in der ersten Welle mitzugehen.« Am 6. Juni 1944 ist Robert Capa mit den Soldaten um vier Uhr morgens – die H-Hour, festgelegt auf 6.30 Uhr, ist nur noch zweieinhalb Stunden entfernt – an Deck des Kriegsschiffes. »Auf den ersten Lichtstrahl wartend, standen die zweitausend Männer vollkommen still; was immer sie auch dachten, es war eine Art von Gebet.« Als die Männer schließlich in die kleineren Invasionsboote steigen, die in den hohen Wellen auf und ab geworfen werden, beginnt für viele von ihnen der D-Day mit Übelkeit und Erbrechen, hatte man ihnen doch geraten, vor der Schlacht noch einmal ordentlich zu essen, damit die Kräfte reichen. Capa scheint dagegen einen starken Magen zu haben. Er konzentriert sich auf das, was vor ihm liegt, steigt aus dem Boot und läuft durch das flache Wasser zum Ufer. Einzig dass er keine Waffe, sondern eine Kamera in der Hand hält, unterscheidet ihn von den Männern an seiner Seite. »Das Wasser war kalt und der Strand noch fast hundert Meter entfernt. Um mich herum schlugen die Kugeln Löcher ins Wasser und ich eilte auf die nächste Panzersperre zu. Ein Soldat kam zur gleichen Zeit dort an, und für ein paar Minuten teilten wir uns die Deckung. Er nahm den Wasserschutz von seinem Gewehr und begann ziellos auf den im Rauch verschwundenen Strand zu schießen. Der Klang seines Gewehrs flößte ihm genug Mut zum Weitergehen ein und er überließ mir die Panzersperre.« Viel Schutz bieten die Panzersperren – zwei überkreuz in den Boden gerammte Stahlträger – nicht, doch Robert Capa ist unerschrocken und guten Mutes, jedenfalls behauptet er es in seinen Erinnerungen. »Es war immer noch sehr früh und sehr grau für gute Bilder, aber das graue Wasser und der graue Himmel machten die kleinen Männer, die unter den surrealistischen Konstruktionen von Hitlers Anti-Invasions-Beraterstab herumrobbten, sehr effektiv.« Es muss dem zeitlichen Abstand geschuldet sein, dass der Fotograf seine Rückschau immer wieder durch ironisch-nüchterne Kommentare bricht, aber vielleicht ist es auch seine persönliche Methode, um den seelischen Abstand zu wahren. Wie anders soll man die Sätze verstehen, mit denen er seine Ankunft am Strand beschreibt? »Ich warf mich flach auf den Boden und meine Lippen berührten die Erde Frankreichs. Ich hatte kein Verlangen, sie zu küssen.« Oder einige Absätze weiter: »St. Laurent-sur-Mer muss einmal ein trostloser, billiger Urlaubsort für französische Lehrer gewesen sein. Jetzt, am 6. Juni 1944, war es der hässlichste Strand der ganzen Welt. Erschöpft vom Wasser und der Angst lagen wir flach auf einem schmalen nassen Sandstreifen zwischen Meer und Stacheldraht. Solange wir flach dalagen, schützte uns die Neigung des Strandes ein wenig vor den Kugeln der Maschinengewehre (…), aber die Flut drückte uns gegen den Stacheldraht, wo die Jagdsaison eröffnet war.« Man mag sich nicht vorstellen, wie es einem selbst in dieser Situation ergangen wäre, doch muss die menschliche Psyche inmitten des Kugelhagels über eigene Schutzmechanismen verfügen. Robert Capa konzentriert sich auf den Sucher seiner Contax-Kamera, versucht mit zitternder Hand den Film zu wechseln, was ihm nicht gelingt, und flieht schließlich auf ein Rot-Kreuz-Boot, das ihn zurück auf sein Mutterschiff bringt. Als er später ins englische Weymouth zurückkehrt, wird er dort als Held gefeiert. Denn es stellt sich heraus, dass er sich als einziger Fotograf überhaupt an den Strand der Normandie gewagt hatte, während drei Kollegen ihre Schiffe gar nicht erst verlassen haben. Von über einhundert Bildern, die Capa an diesem Tag schießt, können jedoch nur elf entwickelt werden, weil in der Dunkelkammer angeblich etwas schiefgeht. Eine Geschichte, die mittlerweile von einigen Historikern angezweifelt wird. Womöglich hat es nie mehr als »die großartigen Elf«, wie die Bilder später genannt werden, gegeben. Capas Ruhm tut dies jedoch keinen Abbruch und die Fotografien, die er mitbringt, schreiben Geschichte. Vor allem eine, auf der ein amerikanischer Soldat zwischen deutschen Panzersperren am Strand liegt. Das Bild ist tatsächlich »slightly out of focus«, grau in grau, von Streifen durchzogen, was die Wirkung jedoch nur verstärkt. Wie auf einem Gemälde sind die Bewegung und das Grauen des Krieges in einem einzigen Schnappschuss eingefangen. Bis heute ist nicht endgültig geklärt, wer der Mann ist, den Robert Capa hier fotografiert hat. Doch einer, der von sich selber sagt, er könnte es gewesen sein, will sich daran erinnern, dass er, als er den Fotografen am Strand liegen sieht, nur denkt: »Was zur Hölle sucht der hier?«

»Das hier ist kein Familienstrand, es ist ein Geschichtsstrand«, sagt Gérard Viel, Musiker und Kulturmanager, der unweit vom Utah Beach aufgewachsen ist. Gemeinsam mit ihm und seiner Frau Ulrike Bünner, Sozialpädagogin und Künstlerin aus Bottrop, sitze ich auf der Terrasse des Cafés Le Roosevelt. Nur ein paar Meter hinter dem aufgebockten Landungsboot, an dem ich am Morgen die amerikanischen Kriegsveteranen getroffen habe, befindet es sich in einem von den Deutschen errichteten Bunker, dessen Wände mit Fotos und Fahnen behängt sind. An einem Tisch am Fenster sitzen zwei Schaufensterpuppen in Uniformen der US Army. Gérard Viel und Ulrike Bünner erzählen mir, wie es sich anfühlt, in einer Gegend zu leben, die einerseits so geprägt ist von ihrer natürlichen Ausformung, der unverbauten Schönheit und maritimen Lebensart, und zugleich so stark auf den Krieg und die Erinnerung fokussiert ist. Es ist, so viel vorweg, eine ambivalente Angelegenheit. Denn längst ist aus stillem Gedenken ein Geschäft geworden, ein »memory business«, wie Viel es nennt. Hotels, Restaurants, Souvenirläden, sie alle leben davon. Auch weil es sonst nur wenige Einnahmequellen gibt, kaum größere Unternehmen oder Industrie. Da ist das Dorf Sainte-Mère-Église, erzählt er, dort sei es besonders auffällig, denn der ganze Ort stehe wegen dieses einen Fallschirmspringers im Zeichen des D-Day. »Sie meinen John Steele?«, frage ich. »Genau der. Er gehörte zur Vorhut der Alliierten, die der Invasion zur See aus der Luft vorausging.« Auch bei John Steeles Geschichte ist eine Schaufensterpuppe im Spiel, an der Kirche Sainte-Mère-Église hängt ein uniformiertes Modell an einem weißen Fallschirm, um an den amerikanischen Soldaten zu erinnern, der hier in der Nacht zum 6. Juni 1944 abgesprungen und am Kirchturm hängen geblieben ist. Zunächst stellt er sich tot, fällt dann den Deutschen in die Hände, kann jedoch fliehen und wird nach dem Krieg als D-Day-Held gefeiert. »Eigentlich hatte Steele auf der anderen Seite des Kirchturms gehangen«, sagt Gérard Viel, »aber so, wie die Puppe jetzt hängt, ist es das bessere Fotomotiv für die Touristen.« Und auch, dass der Fallschirm weiß ist und nicht grün wie das Original, ist eine Korrektur der Geschichte, die sich verschmerzen ließe, wären da nicht fragwürdigere Auswüchse des historischen Entertainments. Schlimm seien manche der Touristen selbst, die die Gedenkstätten nicht nur besuchten, sondern sich in Uniformen und historischen Kostümen auf Geschichtsexpedition begäben. »Die schrecken nicht mal davor zurück, Waffen bei sich zu tragen«, sagt Ulrike Bünner und fragt sich, was in den Leuten vorgeht, die Geschichtsstrände mit Abenteuerspielplätzen verwechselten. »Mittlerweile hat es die Gemeinde Sainte-Mère-Église verboten, die Kirche und den Platz davor mit Waffen zu betreten.« Als ich am nächsten Tag die Kirche in Sainte-Mère-Église besuche, finde ich alles so vor, wie die beiden es mir beschrieben haben. Die Schaufensterpuppe hängt in der Uniform eines amerikanischen Soldaten in den Seilen eines großen weißen Fallschirms am Kirchturm und befindet sich eindeutig am Rande der Kitschseligkeit. Dabei ist die Kirche selbst Mahnmal genug, dieses kleine achthundert Jahre alte Gotteshaus, über das die Jahrhunderte in Krieg und Frieden halbwegs unbeschadet hinweggegangen sind. Nur die Fenster hat man nach dem D-Day ersetzen müssen. Seitdem teilt sich die Mutter Gottes eines mit – man ahnt es – zwei Fallschirmjägern.

Während die Luftlandetruppen das Festland für die Ankunft der Alliierten vorbereiten und Robert Capa mit seiner Kamera unter Beschuss gerät, notiert draußen auf dem Atlantik eine Frau, was sie in diesen Junitagen erlebt. Man muss das betonen, denn diese Schlacht ist so männlich, wie jeder Krieg männlich ist. Doch längst hat sich Martha Gellhorn einen Namen als Kriegsreporterin gemacht. Als 1908 in St. Louis geborene Tochter einer amerikanischen Frauenrechtlerin und eines deutschstämmigen Gynäkologen ist ihr der Anspruch auf Gleichberechtigung in die Wiege gelegt, schon als Kind nimmt sie an Demonstrationen für Frauenrechte teil. *Das Gesicht des Krieges* erzählt von Schauplätzen in Spanien, Finnland, China, Deutschland und von der Unerschrockenheit der Journalistin. Sie schreibe über den Krieg, weil sie glaube, damit die Weltgeschichte ändern zu können, sagt sie einmal, und: »Ich habe nicht die Absicht, bloß eine Fußnote im Leben eines anderen zu sein.« Ernest Hemingway, mit dem sie ein paar Jahre verheiratet ist, sieht das offensichtlich anders und spielt Martha Gellhorn bei ihrem Auftraggeber – *Collier's Weekly Magazine* – aus. Seine Reportage *Voyage to Victory* lässt er so prominent platzieren, dass der Text seiner Frau – *The Hospital Ship: June 6th–7th* – erst sehr viel später und »unter ferner liefen« publiziert wird, obwohl (oder weil?) er doch gerade von der wenig heldenhaften Rückseite der Schlacht erzählt. Da sie als Frau im Juni 1944 keine offizielle Genehmigung zur Kriegsberichterstattung bekommt, geht Martha Gellhorn als blinde Passagierin an Bord eines Lazarettschiffs, das während der Invasion Verwundete aufnehmen soll. An Bord sind sechs junge amerikanische Krankenschwestern, über vierhundert Kojen stehen als Krankenzimmer bereit, dazu ein ganzes Arsenal an Arzneimitteln, Verbandszeug und Konserven mit »Vollblut«. Anfangs kann die Besatzung des Schiffes noch die Bewegungen auf dem Wasser beobachten, die kleinen Schiffe, die »in einer seltsam fröhlichen Art« herumflitzen. Aber schnell ist keine Zeit mehr für den Blick übers Meer, die ersten Verwundeten werden an Bord gebracht. »Dann geschah alles auf einmal. Wir hatten sechs Sanitätsboote, leichte Motorbarkassen, die an der Seite des Schiffes baumelnd heruntergelassen wurden und genauso wieder hochgeholt werden konnten, wenn sie voll mit Verwundeten waren. Sie trugen je sechs Bahrenkisten oder so viele stehende Verwundete, wie sich hineinquetschen ließen. Jetzt wurden sie abgelassen, während Befehle erschollen: ›Zu dem Strand dort drüben, wo sie zwei rote Wimpel hochgezogen haben.‹ – ›Nur auf dieser Seite von Easy Red.‹ Wir lagen vor Easy Red und Dog Red, diesen ungesunden und inzwischen berühmten Strandabschnitten, gleich weit entfernt vor Anker. ›Langsam reinbringen.‹ – ›Diese doppelten runden Dinger, die wie platte Spulen aussehen, sind Minen.‹ – ›Aufgepasst auf abgesoffene Panzer.‹ – ›Fertig?‹ – ›Runter!‹«

Easy Red und Dog Red gehören zum Omaha Beach, wo die Verluste wegen schlechter Sicht und schweren Beschusses durch die Deutschen besonders groß sind. Die haben sich in sogenannten »Widerstandsnestern« verschanzt, mit Kanonen und Gewehren hochgerüstete Bunker, von denen aus sie die Atlantikstrände verteidigen. Während am Utah Beach knapp zweihundert Soldaten fallen, schätzt man die Verluste am Omaha Beach auf zwei- bis fünftausend Mann. Entsprechend spitzt sich auf dem Lazarettschiff die Lage zu, wie Martha Gellhorn weiter berichtet: »Als die Nacht hereinbrach, flitzten die Sanitätsboote immer noch auf der Suche nach Verwundeten zum Strand. Jemand auf einem LCT [*Landing Craft Tank*, ein kleines Panzerlandungsboot] hatte geschrien, dass dort drüben irgendwo noch etwa hundert Menschen verstreut herumlagen. Man musste unbedingt versuchen, sie vor dem nächtlichen Luftangriff zu bergen und auch, bevor die gefährliche Kälte sich in ihre verletzten Körper pressen konnte. An Land zu gehen, ohne etwas zu sehen und ohne sich in diesem brenzligen Gewässer auszukennen, war ein langwieriges Unternehmen. Zwei von der Barkassenbesatzung beugten sich, mit Bootshaken bewaffnet, weit über die Bootseite hinaus, starrten auf das schwarze Wasser, um nach Hindernissen, gesunkenen Fahrzeugen und Minen Ausschau zu halten, und hielten die Haken bereit, um uns in Küstennähe vom Sand abzustoßen. Denn die Gezeiten waren auch eine gefährliche Sache; zeitweise musste man Verwundete auf den Schultern zu den Sanitätsbooten hinaus befördern, und zeitweise liefen die Sanitätsboote bei dem raschen Wellengang einfach am Strand auf und saßen dann mit anderen Booten dort fest.«

Das Chaos dieser Schlacht zu sortieren, wie soll das gehen, frage ich mich, als ich im *Musée du Débarquement Utah Beach* vor ein paar alten Konservenbüchsen stehe, die mir wohl etwas über den Überlebenswillen der Alliierten sagen sollen. Zufällig begegnet mir im Museum der italienische Junge wieder, der sich am Strand von seiner Mutter fotografieren ließ. Auch er betrachtet aufmerksam die Exponate, mit denen das Geschehen im Juni 1944 greifbar, vorstellbar werden soll, irgendwie. So detailreich wird die Invasion dokumentiert, dass sogar Süßigkeiten, die die Soldaten bei sich hatten, ausgestellt sind, *Vanilla Caramels* und in Sirup eingelegte Pfirsiche. Die Räume sind abgedunkelt, damit das alte Papier, in das sie eingewickelt sind, nicht verbleicht. Umso wirkungsvoller ist der Effekt, wenn man die zentrale gläserne Halle des Museums betritt, durch deren Decke an diesem Tag die Sonne vom wolkenlosen Himmel knallt. Hier steht ein polierter olivgrüner B-26-Bomber, mit dem die Amerikaner die deutschen Truppen aus der Luft angegriffen haben. Auf der Bombernase steht in gelber Schreibschrift sein Name, ein lautmalerischer Scherz, der nur im Englischen funktioniert: »Dinah Might« – Dynamit.

Als ich das Museum verlasse, klettern auf dem Landungsboot, vor dem ich die amerikanischen Kriegsveteranen getroffen hatte, ein paar französische Kinder. Ein schmales Mädchen hantiert mit fasziniertem Blick am Nachbau des Maschinengewehrs, schiebt das schwere Rohr nach links und rechts und zielt Richtung Horizont, wo Martha Gellhorn sich 1944 bereits auf dem Rückweg vom großen Gefecht befindet. Erleichtert notiert die Reporterin: »Am Morgen sahen die Verletzten schon viel besser aus. Die menschliche Maschine ist von allen die empfindlichste und kostbarste, und sie ist offensichtlich so gebaut, dass sie überlebt, wenn man ihr nur die geringste Chance gibt. Das Schiff macht die stetige Fahrt über den Kanal, und wir konnten spüren, wie England näher rückte. Dann kam die Küste in Sicht, und Englands Grün sah ganz anders aus als nur zwei Tage zuvor; es sah kühler und klarer und wunderbar sicher aus. Die Strände an dieser Küste waren nur herrlicher gelber Sand.«

Winston Churchill reist einige Tage später in entgegengesetzter Richtung über den Kanal, um sich vom großen Sieg der alliierten Truppen zu überzeugen. »Geschossen wurde wenig, die Front war ruhig, das Wetter strahlend«, schreibt er, bleibt gerade ein paar Stunden und bittet auf der Rückfahrt mit dem Zerstörer Kelvin, doch noch einmal ordentlich »hinüberzupfeffern«. Den Rest der Heimfahrt verbringt Churchill in seiner Kajüte, mit sich und der Welt im Reinen. »Während der vierstündigen Rückfahrt nach Porthsmouth schlief ich gut und fest. Es war ein höchst interessanter und befriedigender Tag gewesen.«

Auch Robert Capa, der mutige Fotograf, kehrt zwei Tage nach dem D-Day noch einmal nach Frankreich zurück, wo man im *press camp* überrascht ist, dass er überhaupt noch lebt. Auf seine »Wiedergeburt«, wie er es nennt, wird mit Calvados angestoßen. Und dann fasst Robert Capa die weitere Mission der Alliierten in einem schlichten Satz zusammen: »The road to Paris is calling.« Die Straße nach Paris ruft.

»Es ist einfach überall«, sagt Laurence, »man wächst damit auf, man kann es nicht ignorieren.« Nur ein paar Kilometer vom Museum und vom Strand entfernt, sitzt sie bei ihrer Mutter Anne Panier auf dem Sofa, in einem kleinen weißen Haus direkt neben der Kirche von Saint-Martin-de-Varreville. Es ist ein Dorf mit zweihundert Einwohnern, man grüßt sich herzlich über den Gartenzaun. Früher hat Anne Panier Menschen mit Behinderung betreut, jetzt ist sie in Rente und kümmert sich in den Ferien um ihren Enkel Alexi, der fröhlich über ihre Möbel steigt und »one, two, three« ruft, als er bemerkt, dass wir Englisch sprechen. Die beiden Frauen erzählen mir, dass man der Geschichte hier einfach nicht entkommt. Dabei ist es ja nicht nur die große Politik, die die Leute an die historischen Ereignisse erinnert. Als ihr Vater, ein Bauer, nach dem D-Day einem amerikanischen GI begegnet, so Anne, ist er überrascht, dass der fließend Französisch spricht. »Wie sich herausstellte, war es ein Übersetzer aus Chicago, der die Sprache von seiner algerischen Mutter gelernt hat. Die beiden Männer freundeten sich an, *et voilà!*« Bis heute sind die Familien des französischen Bauern und des amerikanischen GI einander verbunden. Annes Schwester dagegen heiratete einen Deutschen, auch das sei nie ein Problem gewesen. Und man habe ja auch

Freunde in Edelfingen, der Partnergemeinde von Sainte-Marie-du-Mont in Baden-Württemberg, da gebe es einen regen Austausch. »Allerdings«, gibt Anne zu, »es gab Zeiten, da sorgten wir lieber dafür, dass die amerikanischen und die deutschen Freunde einander nicht begegneten.« Aber diese Zeiten sind längst vorbei. Überhaupt scheint sich etwas zu verschieben am Utah Beach. Lange wurde das Gedenken von den Zeitzeugen getragen, die jedes Jahr kamen und erzählten. Stolze und hochdekorierte alte Männer mit tief ins Gesicht gegrabenen Erfahrungen, überlebensgroß hängen ihre Porträts im Museum. Doch nach über fünfundsiebzig Jahren ist kaum jemand übrig, der den 6. Juni 1944 noch selbst miterlebt hat. Also muss man sich etwas Neues ausdenken. Anne steht vom Sofa auf und holt eine Zeitung aus der Küche. Auf Seite drei von *La Manche Libre* steht in großen Lettern: »Le ›D-Day-Land‹ normand fait débat«. Hervé Morin, Präsident des normannischen Regionalrates, will tatsächlich ein »D-Day-Land« eröffnen, ein Disneyland der Geschichte, das schon bevor auch nur ein Konzept veröffentlicht, geschweige denn ein Standort festgelegt ist, für heiße Diskussionen sorgt. Es wäre eine Katastrophe für die Region, wird der Historiker Patrick Fissot zitiert, und bei Maxi Kruse vom Bürgerkomitee Ver-sur-Mer kommen sofort ungute Assoziationen auf. Sie meint, hier gehe es wohl um »Make Normandy Great Again!« Eine Vorstellung, vor der auch Anne und Laurence graust. Gedenken brauche kein Spektakel, sondern vor allem Respekt, sagen sie. Der einzige Vorteil eines »D-Day-Lands« könne nur sein, dass sich auch das restliche Frankreich einmal für die Geschichte der Region interessiere. Denn das sei längst nicht der Fall. »Je weiter man sich von der Normandie entfernt, desto weniger wissen die Franzosen, was hier los war«, sagt

Laurence. In Metz, wo sie heute unweit der deutschen Grenze lebt, müsse sie oft erklären, wo sie herkommt. »Die Schlacht von Verdun ist den Leuten da viel näher. Damit können sie was anfangen, aber nicht mit dem D-Day.« Und dann laufe ich gemeinsam mit Anne Panier und Laurence hinüber in die kleine Kirche St. Martin. Gottesdienste werden hier schon lange nicht mehr abgehalten. Aber jedes Jahr wird der Landung von Jacques-Philippe Leclerc de Hauteclocque gedacht, besser bekannt als General Leclerc. Der war am 1. August 1944 mit seiner 2. Panzerdivision am Strand von Saint-Martin-de-Varreville gelandet, drei Kilometer vor dem Dorf. Und auch wenn er der amerikanischen Armee unterstellt war, so war es doch für die französische Bevölkerung von besonderer Bedeutung, dass sie mit Leclerc auf einen Landsmann als ihren Befreier trafen. Keine vier Wochen später wird es dieser General Leclerc sein, der mit seinen Truppen Paris erreicht, den deutschen Stadtkommandanten Dietrich von Choltitz dazu zwingt, die Kapitulationsurkunde zu unterschreiben, um schließlich an der Seite von General Charles de Gaulle durch das befreite und jubelnde Paris zu defilieren. Wie hatte Robert Capa geschrieben? »The road to Paris is calling.« Am 25. August 1944 weht auf dem Eiffelturm wieder die Trikolore. Während der kleine Alexi durch die romanische Kirche rennt, zeigen mir Anne und Laurence die Fenster, auf denen auch hier Soldaten abgebildet sind. Laurence hat recht, es ist einfach überall.

Als J. D. Salinger, der nie wieder in die Normandie zurückkehren wird, im Oktober 1945 im Magazin *Esquire* eine Kurzgeschichte mit dem Titel *This Sandwich Has No Mayonnaise* veröffentlicht, klingen die Zeilen, die er zu seiner Person formuliert, zunächst sachlich und distanziert. »Ich bin sechsundzwanzig und im vierten Jahr bei der Armee. Ich war bisher siebzehn Monate im Ausland. Landete am D-Day mit der Vierten Division am Utah Beach und war dort mit der 12. Infanterie der Vierten bis zum Ende des Krieges. Der Luftwaffen-Hintergrund von *This Sandwich Has No Mayonnaise* ergibt sich ganz natürlich, weil ich bei der Luftwaffe war.« Doch dann gibt Salinger seinen Lesern einen kurzen Einblick in sein Gefühlsspektrum und erklärt, wie seines Erachtens die Literatur auf den Krieg reagieren müsste. »Ich bin ein Sprinter, kein Marathonläufer, und wahrscheinlich werde ich nie einen Roman schreiben. Bisher hatten die Romane über diesen Krieg zu viel der Kraft, Reife und Kunstfertigkeit, nach der die Kritiker suchen, aber zu wenig der glorreichen Unvollkommenheiten, die den Besten aus den Köpfen taumeln. Die Männer, die in diesem Krieg waren, verdienen eine Art bebender Melodie, vorgetragen ohne Verlegenheit und ohne Bedauern. Nach einem solchen Buch werde ich Ausschau halten.« Statt es dabei zu belassen, schreibt Salinger selbst immer weiter, mit den Bildern des Krieges im Kopf, die nicht nur von seinen Erinnerungen an die normannischen Strände geprägt sind, sondern mehr noch von denen an die Schlacht im Hürtgenwald an der deutsch-belgischen Grenze, die mit besonders hohen Verlusten auf Seiten der Alliierten einhergeht, und schließlich von denen, die alles Gesehene noch einmal in den Schatten stellen. Im KZ-Kommando Kaufering IV, einem Nebenlager des Konzentrationslagers Dachau, erblickt Salinger »Bilder einer geschändeten Menschheit«, wie es der amerikanische Historiker Robert Abzug nennt, Bilder, die bei Salinger zu einem kurzfristigen Nervenzusammenbruch und einem langfristigen Kriegstrauma führen, das er nie ganz überwinden wird. Wie ein roter Faden zieht es sich durch sein überschaubares Werk, mal mehr, mal weniger verfremdet. So, wenn er in der Kurzgeschichte *Elaine*, die bereits im Frühjahr 1945 im Magazin *Story* erscheint, über ein Mädchen aus der Bronx schreibt, das, wie man damals sagt, »geistig zurückgeblieben« ist und sich auf einen Mann einlässt, der es mit an den Strand nimmt. Dort erfährt Elaine, was Salinger möglicherweise selbst empfindet. »Doch jetzt – die plötzlich gewaltige, einsame Weite eines verlassenen Badestrands in der Abenddämmerung erfasste sie wie eine schreckliche Heimsuchung. Der Strand selbst, der zuvor nur eine größere Ansammlung winziger heißer Sandhaufen gewesen war, die leichthin verzückt durch die Finger gleiten konnten, war nun ein riesiges, sich ins Unendliche erstreckendes Ungeheuer, das persönlich gegen Elaine eingenommen schien, bereit, sie zu verschlucken – oder sie unter mörderischem Gelächter ins Meer zu schleudern.«

Als 1951 schließlich *Der Fänger im Roggen* erscheint, ist doch ein »Marathon« daraus geworden, dem die Spuren des Krieges eingeschrieben sind, nicht nur weil sein Verfasser schon während seiner Stationierung in Europa erste Zeilen davon notiert. Als eine Art Glücksbringer soll er die ersten sechs Kapitel seines Romans dabeigehabt haben, aus dem später das Buch entsteht, »das das Nachkriegsamerika neu definierte und als ein verdeckter Kriegsroman gelten kann«, wie Salingers Biografen David Shields und Shane Salerno notieren. »Als Salinger aus dem Krieg zurückkam, war es ihm unmöglich, noch länger an die heroischen, edelmütigen Ideale zu glauben, die unsere kulturellen Institutionen angeblich hochhalten. Anstatt einen Kriegsroman zu verfassen, wie es Norman Mailer, James Jones und Joseph Heller getan haben, verarbeitete er sein Kriegstrauma zu etwas, was auf den ersten Blick ein Roman über das Erwachsenwerden zu sein scheint.« Vor diesem Hintergrund hat es etwas Tröstendes, dass Esmé, das Mädchen aus der gleichnamigen Erzählung, dem Sergeant X in England begegnet, ihr Versprechen tatsächlich hält. Ihr erster Brief erreicht ihn, lange nachdem sie ihn abgeschickt hat, »in Gaufurt, Bayern, mehrere Wochen nach dem Sieg in Europa«. Bei Sergeant X, der den Krieg »nicht im Vollbesitz aller seiner Kräfte überstanden« hat, löst sich auch nach Wochen im Krankenhaus hin und wieder der Geist und schaukelt »wie unsicheres Gepäck in einem Gepäcknetz«, weshalb ihm die Freundin seines Kameraden Clay eine unbedarfte Botschaft ausrichten lässt: »Sie sagt, bloß vom Krieg oder so kriegt niemand einen Nervenzusammenbruch. Sie sagt, wahrscheinlich warst du irgendwie instabil, schon dein ganzes Leben lang.« Als Sergeant X endlich den Brief von Esmé öffnet, stellt er fest, dass sie ihn bereits einen Tag nach dem D-Day verfasst hat, am 7. Juni 1944. »Wir sind alle ungeheuer begeistert und überwältigt vom D-Day und hoffen nur, dass er die rasche Beendigung des Krieges und seiner Existenzweise bewirkt, die, um das Mindeste zu sagen, lächerlich ist.« Vielleicht war doch nicht alles umsonst?

Ich bin mittlerweile am *Cimetière militaire allemand de La Cambe* angekommen, der Deutschen Kriegsgräberstätte. Weit entfernt von Strand und Meer und etwas versteckt hinter der Autobahn liegt ein großes, schlichtes Feld vor mir, mit einigen Steinkreuzen und endlosen Reihen ins Gras eingelassener kleiner Metallplatten. Auf manchen stehen Name und Lebensdaten von jungen, sehr jungen Männern, auf anderen nur »Ein Soldat«. Mehr als zwanzigtausend von ihnen sind hier begraben, aber viele Besucher haben sich nicht hierher verirrt. Es ist einfacher, Siegern zu gedenken. Ich gehe die Reihen entlang, vorbei an vielen Fritz', Hans' und Karls, die in den Bunkern oberhalb des Strands gesessen haben müssen und am Morgen des 6. Juni 1944 ihren Augen nicht trauten, als der Ärmelkanal voller Kriegsschiffe war, vor denen sie niemand gewarnt hatte. Manche werden gewusst haben, dass es das Ende ist.

Später, an der Pointe du Hoc, einem besonders schwer umkämpften Bunker hoch über dem Meer, läuft tatsächlich eine Familie ganz in beige-grünem Camouflage gekleidet über die schmalen Pfade des Ausstellungsgeländes, Mutter, Vater, Kind mit Stahlhelm und Plastikgewehr, ganz so, wie es mir Gérard Viel und Ulrike Bünner vorausgesagt haben. Anders als auf dem deutschen Soldatenfriedhof ist hier einiges los, verschiedene Sprachen sind zu hören, Englisch vor allem, aber auch Russisch und Chinesisch. Es wird viel fotografiert, jemand balanciert für das perfekte Selfie auf den Mauerresten der Militäranlage. Ein anderer lehnt sich weit über die Absperrung, um einen Blick auf den steilen Felsen zu erhaschen, den die Alliierten erklimmen mussten, um die Pointe du Hoc zu erobern. Es dauert keine zwanzig Minuten, dann hat man den Rundgang geschafft und kann weiterziehen zum nächsten Programmpunkt, Omaha Beach.

Wie am Utah Beach ist es hier am Strand eher ruhig, doch ein paar verstreute Badegäste haben sich eingefunden, sitzen auf Handtüchern im Sand oder stehen im Wasser. Nicht weit von ihnen erinnern die Reste eines stählernen Pontons daran, dass die Invasion am 6. Juni 1944 nur der Anfang des langen Weges zur Befreiung Europas war, der erst ein knappes Jahr später enden sollte.

In den Wochen nach dem D-Day entsteht vor dem Omaha Beach ein sogenannter Mulberry-Hafen, über den Panzer, Waffen und tausende Menschen auf den Kontinent geschleust werden. Unter ihnen ist der Schriftsteller Stefan Heym. Ein Exilant wie Irmgard Keun, Joseph Roth und Stefan Zweig, hat es den Mann, der 1913 als Helmut Flieg in Chemnitz zur Welt kommt, früh in die USA verschlagen, wo er als Journalist arbeitet, bevor er einer von den »Ritchie Boys« wird, in psychologischer Kriegsführung ausgebildete Europäer, die die Alliierten bei der Befreiung des alten Kontinents unterstützen. Mit dem Auftrag, Flugblätter und Zeitungsartikel zu verfassen und an die Vernunft deutscher Soldaten zu appellieren, erreicht Stefan Heym die Normandie und beschreibt in seinen Erinnerungen die Zustände am Omaha Beach: »Erster Eindruck: Desorganisation. Ein Gewirr von Schiffen, großen, kleinen, von Zerstörern, Lastern, Passagierdampfern, Fährschiffen, teils noch in Fahrt befindlich, teils vor sich hin dümpelnd, zwischen ihnen die Leichter, die hin- und herpendeln von Reede zu Strand, von Strand zu Reede, und über alldem schwebend, wie graue Urtiere, unförmig, die Fesselballons.« Doch obwohl ihm das Treiben unorganisiert vorkommt, so scheint doch zumindest die Bergung der tausenden Opfer bereits vollzogen zu sein, all der Männer, deren Blut Sand und Wasser rot gefärbt hat. Stefan Heym schreibt: »Die Toten sind nicht mehr. Jemand hat sie beseitigt, verscharrt irgendwo; nur Trümmer liegen noch an den Stränden und in den Klüften und Brüchen der Steilhänge und oben auf den brandgeschwärzten Resten der Bunker: zerschossene Fahrzeuge, zerbrochene Kanonen, zerbeulte Gewehre, durchlöcherte Helme, zerrissenes Lederzeug, Stahlsplitter in jeglicher Form – stumme Zeugen der Härte des Kampfes, der hier stattfand.«

Diese Zeilen im Kopf, gehe ich noch einmal am Omaha Beach entlang, von den Pontonresten hinüber zu den »Mutigen«. *Les Braves*, so hat die französische Bildhauerin Anilore Banon ihre Skulptur genannt, ein Dutzend geschwungener Metallplatten, die aus der Ferne ganz leicht wirken, wie die Federn einer Möwe, die jemand aufrecht in den Sand gesteckt hat.

Der Kontrast zum berühmtesten Mahnmal des D-Day könnte größer nicht sein. Schon vor dem *Normandy American Cemetery and Memorial* in Colleville-sur-Mer stehen auf einem riesigen Parkplatz junge Menschen, die Autos zu ihren Stellplätzen dirigieren, bevor eine endlose internationale Prozession strengen Hinweisschildern folgt. Auf dem strahlend grünen Hügel mit Blick über den Strand ist kein Grashalm zu lang, sind die Bäume zu geometrischen Formen gestutzt. Am zentralen Gedenkpunkt schließlich, einem halbrunden Säulengang, an dessen Wänden Karten der Invasion abgebildet sind, streckt sich die Statue eines jungen nackten Menschen in den Himmel: *The Spirit of American Youth Rising From the Waves*. Mit diesen Wellen, aus denen der Geist der amerikanischen Jugend aufsteigt, dürften die des Atlantik gemeint sein, die nur zweihundert Meter von hier stoisch und völlig unbeeindruckt von dem, was sich die Menschen antun, an den Strand rollen.

5
Hiddensee

»Gedankenschnell huscht hier das Licht über den Strand«

Die weißen Federn des linken Flügels sind noch intakt, der rechte Flügel fehlt. Der Rumpf der Möwe aber liegt schon tief im grauen Sand, ein nackter Knochen ragt heraus, da, wo einmal Kopf und Schnabel waren. Noch ein paar Wochen, und das Tier wird ganz zerfallen sein, noch ein paar Tage, und das Meer holt sich den Kadaver. Was wahrscheinlicher ist, denn die Ostsee, die gegen das westliche Ufer von Hiddensee schlägt, hat Kraft. Nicht so viel wie die Nordsee oder der Atlantik, aber genug, um den Strand, der hier nur ein paar Meter breit ist, aufzuräumen und neu zu sortieren.

Gerade erst angekommen, laufe ich von Vitte, dem zentralen Inselort, Richtung Süden, dahin, wo es immer flacher wird und man in der Ferne, schemenhaft nur, das norddeutsche Festland liegen sieht. Der Sand, nassschwer und betongrau, bildet eine frostfeste Fläche. Dunkelgrüner Tang liegt in langen Wellenlinien da, angespült im Rhythmus des Meeres. Aus Holzpfählen errichtete Buhnen ragen weit in die See. Die salzig nasse Luft öffnet die

Lungen, der kalte Seewind rötet die Wangen und bläst Schneisen ins dichte Gedankengestrüpp, das ich vom Festland mitgebracht habe. Hiddensee im Winter. Die Insel erholt sich vom alljährlichen Ansturm, von den Tagestouristen und denen, die eines der wenigen Quartiere ergattert haben. »Hidden« ist diese Insel schon lange nicht mehr, obwohl sie sich tapfer gegen die Ausweitung der touristischen Kampfzone stemmt. Kein Wohnturm verstellt hier die Sicht, ein Supermarkt muss reichen, die Liste der Ferienhäuser ist so überschaubar wie die der Hotels. Außer mir sind nur wenige Leute unterwegs, in dicke wetterfeste Jacken, Schals und große Kapuzen verpackt. Auch Hunde sind da, wie fast an jedem Strand. Hier sind es ein kleiner struppiger Terrier, der mit flinken Beinen dem neongelben Ball hinterherjagt, den eine ältere Frau erstaunlich weit wirft, und ein Windhund, dessen blondes Fell sich elegant an seinen schlanken Körper schmiegt, während er majestätischen Schritts seinem joggingbehosten Herrchen folgt.

Hunde am Strand wirken, soweit ich das beurteilen kann, meistens ziemlich froh, und ich kann den amerikanischen Fotografen Elliott Erwitt nur zustimmen, dem das lange vor mir aufgefallen ist. In seinem Band *On the Beach* mit Strandbildern aus der ganzen Welt sind ständig Hunde unterwegs, wofür Erwitt eine einfache Erklärung hat: »Alle sagen, die Hunde auf meinen Bildern hätten Persönlichkeit. Ich finde, dass sogar die Hunde, die nicht auf meinen Bilder sind, Persönlichkeit haben. Sie sind alle besonders glücklich, wenn die menschlichen Persönlichkeiten sich mehr mit ihnen befassen, und das tun wir eben am Strand, wenn wir für unsere Vierbeiner Stöckchen werfen und mit ihnen herumplanschen. Hunde gehören an den Strand, aber Katzen sieht man nie.« Vielleicht weil Katzen weniger das Bedürfnis haben, nach Stöckchen und Bällchen zu rennen und es ihnen nicht in den Sinn käme, im Meer zu planschen? Wie auch immer, auf Hiddensee sind der kleine struppige und der große elegante Hund längst in weiter Ferne, während ich einigen Leuten dabei zusehe, wie sie langsam mit gesenktem Kopf ganz nahe am Wasser entlangwandern. Hin und wieder bleiben sie stehen, scharren vorsichtig mit dem Stiefel durch den Sand, bücken sich, heben etwas auf, spülen es im flachen Wasser ab. Schöne Steine und besondere Muscheln landen in kleinen Plastikeimern, alles andere wird im hohen Bogen ins Meer geworfen.

Auf der Landkarte lehnt sich Hiddensee gegen Rügen und wird aufgrund seiner schlanken Form mal mit einem Seepferdchen, mal mit einer »in der Sonne schlafenden Eidechse« verglichen. Der Pfarrer und Dichter Ludwig Gotthard Kosegarten nennt die Insel Anfang des 19. Jahrhunderts nüchtern einen »ganz langen Haken«, der »bloß aus Meer- und Muschelsande, aus Kiesel- und Feuersteinen zusammengeschwemmt zu seyn« scheint, was ihn aber nicht davon abhält, Hiddensee mit so viel Begeisterung zu beschreiben, dass er zum Vorreiter einer illustren Reihe von Schriftstellern, Dichtern und Künstlern wird, die Hiddensee nach ihm bevölkern. Ihre Namen sind allgegenwärtig, mit Gerhart Hauptmann und Asta Nielsen als den Erwählten, denen eigene Museen gewidmet sind. Als Hanns Cibulka Anfang der 1970er Jahre, an einem 6. August, Gerhart Hauptmanns Villa Seedorn besucht, erscheint ihm dessen Arbeitszimmer »voller kühler Würde, wohlhabender Repräsentation«. Ich finde die Tagebuchzeilen in dem abgegriffenen Reclam-Band aus dem Jahr 1991, den ich eines Tages aus den Sonderangeboten eines Leipziger Antiquariats ziehe.

Ostseetagebücher vereint einen schmalen Roman, der auf Rügen spielt, und zwei Hiddensee gewidmete Texte: *Sanddornzeit* und *Seedorn*. Es ist *Sanddornzeit*, in dem Hanns Cibulka von seinem Besuch im Hauptmann-Haus erzählt und sich erinnert, wie er 1961 »auf der Suche nach der deutschen Landschaft« zum ersten Mal nach Hiddensee kommt. Mag sein, dass er sie gerade in jenem Jahr auch deshalb sucht, weil die Auswahl übersichtlich ist, denn auch ihm ist seit diesem Sommer der Zugang zu so vielen anderen Landschaften verwehrt. Vor allem zu den italienischen, die ihm so vertraut sind, seit er, geboren 1920 im schlesischen Jägerndorf (heute Krnov), als junger Wehrmachtssoldat auf Sizilien stationiert war. Nur wie soll man von Hiddensee träumen, wenn man Sizilien im Herzen hat? »Mit Italien lebte ich jahrelang unter einem Dach, es war eine Gemeinschaft, ein Zusammenleben, ein Zusammendarben, Haut an Haut. Hiddensee war meinem Wesen fremd. Ich wehrte mich gegen die spröde norddeutsche Landschaft. Vergebens wartete ich auf eine Handreichung, doch das Du blieb in der Kehle stecken.« Und doch lässt sich Hanns Cibulka auf die Ostseeinsel ein, nähert sich ihr sehend, gehend, denkend an und findet zarte poetische Worte. »Hiddensee kennt nicht die harte unversöhnliche Despotie der sizilianischen Sonne. Gedankenschnell huscht hier das Licht über den Strand, hauchblau, legt sich milchig getönt auf die Wiesen, gedämpft durch den zarten silbernen Schleier, der Tag für Tag vom Meer her aufsteigt. Unter dieser Sonne treten die Konturen der Dinge zurück, die Bilder ziehen still an dir vorüber, hundertfältig abgeschattet. Es ist ein ruhiges Ineinanderübergehen. In dieser Landschaft ist alles um einige Stufen zarter, durchsichtiger, das Grenzenlose ist dem Menschen näher. In allen Dingen leuchtet hier der Himmel auf, windüberweht.«

Da hat er es geschrieben. Ganz beiläufig sind die Worte notiert, die das Geheimnis eines jeden Strandes, aber mehr noch dieser Insel fassen – »das Grenzenlose ist dem Menschen näher«. Und an anderer Stelle, Hanns Cibulka hat schon einige Wochen auf der Insel verbracht, das Bekenntnis: »Heute habe ich mich für jenen Raum entschieden, den ich mit meinen Augen überblicken, mit meinen Worten abgrenzen kann. Ich habe mir Hiddensee freiwillig gewählt, diese Insel gibt mir das Maß, ich beschränke mich auf sie.« Es bleiben die einzigen Erwähnungen einer Begrenzung, einer Grenze, die doch auf dieser Insel immer anwesend ist, in ihrer natürlichen Form sowieso, aber in der zweiten Hälfte des 20. Jahrhunderts auch als konkrete, politisch gezogene. Achtundzwanzig Jahre lang ist Hiddensee Grenzgebiet der Deutschen Demokratischen Republik. Dass Hanns Cibulka nicht deutlicher darauf eingeht, wundert mich zunächst, dann aber wird mir klar, dass er es seinen Lesern Anfang der 1970er Jahre gar nicht weiter erklären muss. Sie haben ihn längst verstanden, kennen die Bedeutung solcher Sätze und streichen sie sich mit dem Bleistift an: »Seit Herodot haben die Diktatoren immer wieder denselben entscheidenden Fehler gemacht, sie haben die Selbständigkeit des menschlichen Denkens unterschätzt.«

Nachdem der D-Day das Ende des Zweiten Weltkrieges eingeläutet, nachdem der Traum der Nationalsozialisten von der Weltherrschaft Europa in eine Trümmerlandschaft verwandelt hat, muss sich der Kontinent neu sortieren, und er tut es, indem er zwei Lager errichtet, zwei Zonen, deren Grenze einmal quer durch Deutschland und über den Strand der Ostsee verläuft. Hier die sogenannte »freie Welt« des Westens, die den Gesetzen des Marktes unbedingt vertraut, dort die »neue Welt« des Ostens, die einen Plan hat, wie der Markt zu lenken sei. Wie unversöhnlich beide Lager sind, zeigt sich schnell, und dass schon 1949 zwei deutsche Staaten gegründet werden, stimmt nicht gerade hoffnungsvoll. Doch erst einmal überwiegt die Erleichterung. Das Grauen ist vorüber, und ein Strand darf wieder ein Strand sein, kein Zufluchtsort, keine Sperrzone, kein Schlachtfeld. Barrikaden werden ab-, zerstörte Promenaden wieder aufgebaut, am Atlantik ebenso wie an Nord- und Ostsee. Wo die Seebad-Grandezza des 19. Jahrhunderts zerstört wurde, entstehen schnell moderne Varianten, die eher praktisch sind als schön, dafür Platz für viele Gäste bieten, die doch vor allem des Lichts und Wassers wegen kommen, die ihnen über Jahre fehlten. Aber immerhin, Seebäder werden wieder zu Seebädern, und manche der deutschen Exilanten, die an den Stränden in Westeuropa oder den USA ausgeharrt hatten, treffen sich in heimatlichen Badeorten wieder.

Bertolt Brecht zum Beispiel zieht nach fünfzehn Jahren Exil 1948 von Kalifornien nach Ost-Berlin, das nur ein Jahr später zur Hauptstadt der DDR ausgerufen wird. Im Sommer 1950 reist er mit seiner Ehefrau Helene Weigel und seiner Geliebten / Freundin / Mitarbeiterin Ruth Berlau an die Ostsee, um dort festzustellen, wie sich Vergangenheit und Gegenwart ineinander verhaken. In seinem *Arbeitsjournal* notiert Brecht mit dem wachen Blick des Außenstehenden: »fahren nach ahrenshoop, helli mit den kindern, ich mit ruth im steyr. es gibt einige alte fischerhäuser, die, selbst dunkelblau angestrichen oder verfallen oder sogar renoviert für das fremdengeschäft, gut ausschauen, vielleicht, weil man das alter so interpretiert, als hätten sie sich gut hier gehalten; die neueren sehen aus wie freche behauptungen, im grunde haltlos, von der landschaft verachtet. es ist eine reine nazigegend, und nicht viel ist geschehen bisher, nicht viel konnte geschehen; es gibt zu wenige ansatzpunkte. die kleinen fremdenindustriellen sehen sich durch die maßnahmen gegen den schwarzen markt allenthalben behindert, als bauern müssen sie abliefern usw. als domäne des kulturbunds ist die gegend aber im sommer besucht von leuten, die der neuen regierung ziemlich direkt angehören.« Dass Bertolt Brecht ausgerechnet nach Ahrenshoop in die Sommerfrische fährt, ist kein Zufall. Der kleine Ort an der Grenze zwischen Mecklenburg und Vorpommern, zwischen Fischland und Darß, wird zum Lieblingsziel der Berliner Intelligenz. Ein seltsamer Begriff, der die politische, gesellschaftliche und kulturelle Elite eines Landes meint, das sich offiziell als ganz und gar nicht elitäre Diktatur der Arbeiterklasse beschreibt. Doch wie verkopft die Theorie der jungen DDR auch daherkommt, in der Praxis muss auch der engagierteste Parteisekretär einmal seinen blassen Körper und Geist in die Sonne halten. Im Falle von Ahrenshoop kümmert sich der Präsident des *Kulturbundes zur demokratischen Erneuerung Deutschlands* höchstpersönlich darum, dass sich Schriftsteller und Künstler unter ihresgleichen erholen können. Wie Brecht ist Johannes R. Becher ein heimgekehrter Exilschriftsteller, hat jedoch die Jahre des Nationalsozialismus größtenteils in der östlichen Hemisphäre, in Moskau verbracht, was sich in den ersten Jahren nach der Gründung der DDR als nützlich erweist, weil sich auch die Staatsführung zu großen Teilen aus Leuten rekrutiert, die aus sowjetischer Emigration heimgekehrt sind. Bechers Engagement für die Sommerfrische unweit von Berlin ist natürlich nicht völlig uneigennützig, denn er ist selbst oft und gern in Ahrenshoop. Anders als der kritische Bertolt Brecht notiert er 1950 eine kleine Ode an die Ostsee in sein Tagebuch: »Wind und

Wellen, Sonne, Meer. Geschwommen, in der Sonne gelegen, gewandert. Nachgedacht, geträumt, gedichtet …« Und ja, die Intelligenz, die zu jener Zeit noch bunt gemischt ist, nimmt seine Einladung an den Ostseestrand sehr gern an. Auf einer Fotografie winkt der Romanist Victor Klemperer freundlich in die Kamera, auf einer anderen sitzt der Schauspieler Ernst Busch im Strandkorb, auf einem dritten schaut der Komponist Hanns Eisler unter einem Sonnenhut hervor, der Blick leicht enerviert von dem Sandstrahl, den seine Frau Louise ihm über den nackten Rücken rieseln lässt. Später kommt, wer sich in dem kleinen Land einen Namen gemacht hat oder noch machen wird, nach Ahrenshoop, unter ihnen die Schriftstellerinnen Christa Wolf, Sarah Kirsch und ihr Kollege Franz Fühmann, die Filmemacher Konrad Wolf und Heiner Carow, der Dramatiker Heiner Müller.

Aber was ist mit denen, die ohne ein glänzendes Elite-Etikett durchs Leben gehen müssen oder dürfen, die Arbeiter, die Bauern, die Werktätigen? Auch sie zieht es natürlich an den Strand, in allen Ostseebädern sind private Quartiere, Pensionen und Hotels, die sich durch die Kriegsjahre retten konnten, gut besucht. Wie hatte Bertolt Brecht die Gastwirte genannt – »die kleinen fremdenindustriellen«? Besonders freundlich ist das nicht und es kündigt sich darin bereits eine Haltung an, die jener der Partei- und Staatsführung ganz und gar entspricht. Auch der ist nämlich die wilde Verteilung der urlaubsreifen Bevölkerung an der Ostsee ein Dorn im Auge. Wie soll man das kontrollieren, wo bleibt da der Plan? Und warum soll einer, der es sich leisten kann, eher an ein Hotelzimmer mit Meerblick kommen, als einer, der weniger hat? Wessen Diktatur ist das nochmal? Der Übergang von Privateigentum zum Volkseigentum, der sich in vielen Fällen als feindliche Übernahme erweist, wird jedenfalls zu einer ersten Zerreißprobe für die DDR, auch an ihren Stränden. Denn während sich der Kulturbund um die Freizeit einer überschaubaren Anzahl Dichter und Denker kümmert, ist für den unüberschaubaren Rest der bereits 1947 gegründete Feriendienst des *Freien Deutschen Gewerkschaftsbundes* zuständig, in dem so gut wie jeder Arbeiter und Angestellte der DDR Mitglied ist, beziehungsweise sein muss. Um die systemimmanente Idee des Volkseigentums auch in den Ostseebädern durchzusetzen, scheut sich der junge Staat nicht vor drastischen Maßnahmen. Unter dem Vorwand, gegen Unterschlagungen und Betrügereien vorzugehen, werden im Frühjahr 1953 entlang der Ostseeküste hunderte private Feriendomizile, Restaurants und Fuhrunternehmen enteignet, Eigentümer verhaftet und zu Gefängnisstrafen verurteilt. In der Öffentlichkeit wird die lange vorbereitete *Aktion Rose* mit den bekannten propagandistischen Formeln begleitet. So zählt das SED-Zentralorgan *Neues Deutschland* unter der Überschrift »Erneut wurde Spekulanten und Schiebern in den Ostseebädern das Handwerk gelegt« Beispiele für die Verdorbenheit der »kleinen fremdenindustriellen« auf: »Charakteristisch für die Skrupellosigkeit der Verbrecher ist das Verhalten des Besitzers der Gaststätte ›Sanssouci‹ in Zinnowitz, Engelmann, bei dem u. a. 8300 DM, 200 Zentner Kohlen, 15 Pfund Bohnenkaffee und andere Waren gefunden wurden. Engelmann hatte durch weitere Schiebungen 2,5 Zentner Heringe sowie eine Anzahl Speckseiten und Schweineschinken erworben. In seiner Gaststätte wurden fortgesetzt Hetzschriften gegen die DDR verbreitet.« Und natürlich versichert die Zeitung ihren Lesern, dass die Bevölkerung voll und ganz hinter der Aktion steht, wobei in keinem Satz der Hinweis auf die »Verbrecher« fehlen darf. »Das Bekanntwerden dieser Verbrechen hat unter der Bevölkerung große Empörung hervorgerufen. In Einwohnerversammlungen wurde die strengste Bestrafung dieser Verbrecher gefordert. Gleichzeitig forderten die Einwohner in zahlreichen Entschließungen, dass Maßnahmen getroffen werden, die in den Bädern an der Ostsee künftig dem Treiben solcher verbrecherischen Elemente ein Ende machen.« Nicht wenige dieser »Elemente« flüchten daraufhin in die Bundesrepublik oder werden in südlichere Regionen der DDR umgesiedelt. Dabei geht es bei der *Aktion Rose* durchaus nicht in erster Linie um die Erholungsmöglichkeiten von Arbeitern und Bauern, sondern um die Verteidigung des umstrittenen Staates. Auf der Insel Rügen ist ein Kriegshafen geplant, für dessen Bau und Unterhalt tausende Soldaten untergebracht werden müssen. Nur, weil dieses Projekt schließlich fallengelassen wird, übernimmt der FDGB-Feriendienst die zwangsgeräumten Häuser, macht sie zu gewerkschaftseigenen Ferienheimen und vergibt fortan sogenannte Ferienplätze an die Bevölkerung. In der verstörenden sozialistischen Prosa, die mir so fremd und vertraut zugleich ist, wird in bonbonfarbenen Heften für den Urlaub an der Ostsee geworben: »Wald, Sonne, Meeresstrand bieten die Seebäder Mecklenburgs dem Kollegen, der nach einem Jahr schwerer Arbeit seinen Urlaub an der Ostsee verbringen will (…). Nicht mehr Juncker, Unternehmer und deren parasitärer Anhang bevölkern den weißen Strand unserer Seebäder, sondern es sind Werktätige, die an der Erfüllung und Übererfüllung unseres Wirtschaftsplanes schwer gearbeitet haben.« Allerdings kann die Nachfrage zu keiner Zeit mit dem Angebot mithalten. Den sechzehn Millionen Einwohnern der

DDR stehen gerade anderthalb Millionen FDGB-Ferienplätze gegenüber. Dazu kommen ein paar hunderttausend Plätze in Betriebsferienheimen. Vor allem große Volkseigene Betriebe – kurz VEB – können es sich leisten, ihre Mitarbeiter ans Meer zu schicken. Der VEB Qualitäts- und Edelstahl-Kombinat Hennigsdorf zum Beispiel unterhält ein Haus im Ostseebad Baabe auf Rügen, Arbeiter des VEB Stahl- und Walzwerk Riesa logieren im Haus der Stahlwerker in Binz, bei dem eine der schneeweißen Villen im Seebäderstil des 19. Jahrhunderts kurzerhand mit einem schnöden DDR-Plattenbau erweitert wird, um Platz für mehr Zimmer zu schaffen, schließlich ist die Ostsee jetzt für alle da. »Wo einstmals in vergangener Epoche oft ausschließlich aristokratischen, bürgerlichen Kreisen Treffpunkte mondäner Eleganz zur Befriedigung ihrer Vergnügungssucht und ihres Geltungsbedürfnisses sehr vorbehalten waren, schöpfen heute die Werktätigen aus den von reizvollen landschaftlichen Schönheiten unterstützten naturgebundenen Heilkräften des Meeres und des Seeklimas Gesundheit und neue Schaffenskraft. In der sonnigen, frohen Strandwelt finden wir neben dem Arbeiter den Gelehrten und Wissenschaftler, neben der Verkäuferin den Kunstschaffenden.«

Wer trotz dieses pathetisch formulierten Ideals – das in der Realität unhaltbar ist – keinen Ferienplatz an der Ostsee ergattert, macht Urlaub bei Verwandten, bei Freunden oder bei Freunden von Freunden, die Garagen, Schuppen und Abstellkammern zu Gästequartieren umfunktionieren. Auch Campingplätze sind populär. Doch auf Hiddensee kommt man damit nicht weit, hier ist Camping verboten, und es wird schon kontrolliert, wer auf der Fähre nur einen Schlafsack bei sich hat und sich verdächtig macht, des Nachts am Strand mit Blick auf die freie Welt auf falsche Gedanken zu kommen. Auf dem Festland dagegen gilt Camping zwar anfangs noch als allzu freizügige Variante eines schwer zu beherrschenden Vagabundenlebens, doch der Mangel an festen Unterkünften lässt den Widerstand bröckeln, und bald schlagen zehntausende DDR-Bürger ihre Zelte im Dünensand auf. Wobei auch hier die Anzahl der Stellplätze zumindest offiziell begrenzt ist und man lange vor dem Sommer einen Zeltschein beantragen muss. Ein wertvolles Stück Papier, für das in der tauschtüchtigen DDR viel geboten und das vom singenden Schauspieler Manfred Krug in den Adelsstand erhoben wird. In seiner jazzigen Nummer *Wenn der Urlaub kommt* weiß ein junges Pärchen nicht recht, wohin mit sich, und bekommt einen väterlichen Rat.

Also nimm dein Zelt und fahr wieder rauf,
hoch zur Küste, da auf den Zeltplatz.
Da passt einer auf, ob du'n Zeltschein hast,
und wenn nicht, oh, dann kriegst du Ärger.
Du bist so ein Enthusiast und kommst nicht an die Bucht,
ohne Zeltschein haben das ganz and're schon versucht.

Das Lied endet mit einer Zeile, die harmlos klingt, doch auf den aufgeklärten DDR-Bürger wie Seelenbalsam wirkt: »Vorn könn' sie die Ostsee sehen und hinter sich das Land.« Die Platte *Krug 4* erscheint 1976, in dem Jahr, als Manfred Krug gegen die Ausbürgerung des Liedermachers Wolf Biermann protestiert. Unterschrieben wird die Protestnote auch von den drei Schriftstellern, die uns eben noch am Strand von Ahrenshoop begegnet sind, Christa Wolf, Sarah Kirsch und Franz Fühmann. Manfred Krug und Sarah Kirsch werden die DDR ein Jahr später verlassen.

Nach 1949 ist die Zonengrenze von BRD und DDR zwölf Jahre lang immerhin noch so durchlässig, dass Vertreter der Intelligenz zu Kongressen und Tagungen reisen und der Präsident des Kulturbundes von einer gesamtdeutschen Organisation träumt. Doch es bleibt ein Traum, und 1961 – zumindest Becher, Brecht und Klemperer müssen es nicht mehr erleben – wird West-Berlin eingemauert und der innerdeutsche Grenzstreifen zur hochgesicherten Todeszone. Wie einfach wäre es jetzt, wenn die DDR keinen Zugang zum Meer hätte! Stattdessen findet sie Mittel und Wege, auch die »nasse Grenze« zu sichern, wie das Meeresufer im Militärjargon genannt wird. Von siebenundzwanzig Grenztürmen aus können Soldaten die Ostsee zwölf Seemeilen weit überschauen, und wer anreist und länger als zwei Tage bleiben will, muss sich bei der Volkspolizei melden. Urlauber müssen bei den Gemeinden registriert, Boote dürfen nur tagsüber benutzt werden, und das Übernachten am Strand ist sowieso verboten. Da ist es nur ein schwacher Trost, dass man dort sowieso kein Auge zumachen würde. Grenzsoldaten leuchten den Strand kilometerweit aus und Mitglieder der 6. Grenzbrigade Küste »Fiete Schulze« patrouillieren rund um die Uhr mit Schäferhunden den Ostseestrand auf und ab. Ihr einziger Auftrag ist es, die Republikflucht von Ostseeurlaubern zu verhindern. Sarah Kirsch, die 1935 als Tochter eines Pfarrers in Thüringen geboren wird und zwei Diplome erwirbt, eines in Biologie und eines in Literatur, schreibt 1965 in ihr Tagebuch: »Abends beleuchtet die Armee das Meer mit riesigen Scheinwerfern. Es sieht ganz irre aus, das Meer knallblau, der Himmel schwarz und viele, viele Nachtschmetterlinge schneien durch die Gegend.« Und einmal dichtet Sarah Kirsch auch darüber, wie von einem Strand unter staatlicher Aufsicht alle Eigenschaften eines Sehnsuchtsorts abfallen, wie der weite Blick übers Meer verstellt wird und so etwas wie Dämmerung gar nicht erst aufkommen kann, dabei ist doch gerade die blaue Stunde am Strand eine der schönsten. In *Ahrenshooper Sommer* heißt es:

Kommen graue Soldaten
rolln graue Leinwand ein
breiten über die Wellen
viel Ellen Lichterschein

Ach das Meer ist aus blauem Glas
hervorströmts unterm Scheinwerferlid
ach die Soldaten leuchten so schön
daß niemand nach Dänemark zieht

Dänemark, ach Dänemark, Land zwischen den Meeren, Land, wo die Strände nie aufhören und wohin sich in der DDR einige träumen, weil es vom ausgeleuchteten zum freien Strand an manchen Stellen nur knapp vierzig Kilometer sind. Und die sind im ersten Jahrzehnt nach dem Mauerbau sogar leicht zu überwinden, liegt doch auf halber Strecke das dänische Feuerschiff *Gedser Rev*, eine Art schwimmender Leuchtturm auf der stark befahrenen Kadetrinne. Offiziell sollen hier Wetterdaten gesammelt werden, doch für ein paar Dutzend DDR-Bürger wird das schöne alte Schiff tatsächlich zur Rettungsinsel auf dem Weg in den Westen. Am Strand sitzen, in die Ferne gucken und wissen, dass sie unerreichbar ist – wie groß muss die Strandsehnsucht sein, dass man sich das antut? Aber was ist die Alternative? Daheim bleiben und auf dieses merkwürdige Bild starren, das die DDR offiziell von ihrem nördlichen Grenzgebiet zeichnet oder besser noch: malt?

Zwei junge Leute sitzen da am Strand, die ganz sicher nicht die Absicht haben, das Land zu verlassen. Nicht mal Manfred Krugs Liedzeile »Vorn könn' sie die Ostsee sehen und hinter sich das Land« trifft auf sie zu, denn diese beiden haben nicht die Welt, sondern das Meer im Rücken. Der blonde Mann mit dem kantigen Gesicht schaut erwartungsvoll, zuversichtlich, die Frau neben ihm eher nachdenklich, ernsthaft, sie schauen sich nicht an und auch nicht den Betrachter, stattdessen enden ihre Blicke irgendwo draußen im Nichts, während ihre in den Sand gestützten Hände sich eher zufällig berühren. Beide sind barfuß, aber sie sind wohl nicht zum Baden an den Strand gekommen, mit ihren langen Hosen und roten Nickis. Ich weiß nicht, wann und wo ich *Am Strand* von Walter Womacka zum ersten Mal gesehen habe, aber es ist mir so vertraut wie die Prosa sozialistischer Urlaubsprospekte. Vielleicht hing das Bild ja an der Wand des Kindergartens oder der Bibliothek des Neubauviertels, in dem ich aufgewachsen bin. Dass es in den Institutionen der DDR so beliebt ist, liegt wohl daran, dass es zumindest auf den ersten Blick nicht so propagandistisch daherkommt wie viele andere. Die üblichen Attribute, die dem DDR-Bürger den unbedingten Glauben an eine bessere, eine sozialistische Zukunft vermitteln sollen, fehlen hier. Kein Arbeiter steht an der Werkbank, kein Bauer thront stolz auf einem Traktor, niemand ballt die Faust zum kämpferischen Gruß. Stattdessen ein schlichter Strand, ein schlichtes Paar, sonst nichts. Trotzdem lässt sich das Motiv nicht aus der Zeit lösen, in der es entstanden ist. Als Walter Womacka das Paar 1962 malt, hat der

Maler bereits seine stabile Rolle gefunden, im sozialistischen System wie auch im Sozialistischen Realismus, und ist mit dem Generalsekretär des Zentralkomitees der SED Walter Ulbricht gut befreundet, dem Mann also, der ein Jahr zuvor den Befehl zum Mauerbau gegeben hatte. Dazu passt doch gut, dass auf diesem Gemälde zwei junge Menschen der Freiheit den Rücken zukehren. Nur einen stört es, den Holden Caulfield der DDR, Edgar Wibeau in Ulrich Plenzdorfs *Die neuen Leiden des jungen W.*: »Wenn ein Bild anfängt, auf jedem blöden Klo rumzuhängen, dann machte mich das immer fast gar nicht krank. (…) Ich will nichts weiter darüber sagen. Wer es kennt, weiß, welches ich meine. Ein echtes Brechmittel, im Ernst. Dieses prachtvolle Paar am Strand.« Als Walter Womacka zwanzig Jahre nach *Am Strand* ein weiteres, großes Strandbild in fünf Teilen malt, bekommt das weit weniger Aufmerksamkeit, dafür ist seine Botschaft komplexer und ambivalenter. Nackte Menschenmassen neben Autowracks, Müll und riesigen Lautsprechern. Hier warnt einer vor der Apokalypse und findet sich wieder in der Linie der großen Drei der Kunst in der DDR, die sich Anfang der 1970er Jahre ähnliche Strände imaginieren. Wolfgang Mattheuer lässt bereits im Titel seines Holzschnitts *Der Autostrand* keine Fragen offen, während Willi Sitte auf *Strandszene mit Sonnenfinsternis* und Werner Tübke – ihm war es vergönnt, der Kunst wegen nach Italien zu reisen – auf *Am Strand von Roma Ostia I* nackte Menschen so ineinander verkeilen, dass einem schon beim Betrachten der Bilder unwohl wird.

Dem Dichter Hanns Cibulka begegnen auf Hiddensee ähnliche Szenerien, seine Zeilen dazu lesen sich wie Bildunterschriften: »Das Fleisch wird gegrillt, die silbernen Antennen der Kofferradios glitzern in der Sonne. Hier ein Chanson, dort ein Fetzen

Jazz. Rufe, die an meinem Ohr vorüberfliegen. Geräuschkulisse von früh bis spät. Der Mensch wird auf Gnade oder Ungnade seinem Nachbarn ausgeliefert.«

Zumindest äußerlich schickt sich Hanns Cibulka in die Verhältnisse, sucht sich eine Nische, in der es sich aushalten lässt. Als Bibliotheksleiter in Gotha kann er sich ohne Not in die Bücher flüchten und tut das auch während seines Aufenthalts in einem Holzhaus auf dem Dornbusch, ganz im Norden von Hiddensee, wo die Insel hoch und breit ist. Kurz nachdem das Land sich eingemauert hat, liest er Gedichte von August von Platen, Reisebeschreibungen von Gerhart Hauptmann und, zum wiederholten Male, Homers *Odyssee*. Erst jetzt glaubt er den antiken Helden zu verstehen, seine Unruhe und Unbehaustheit, die ihn von Insel zu Insel treibt.

Es ist Weltliteratur, an die die Lektüreauswahl in meinem efeubewachsenen Quartier in Vitte nicht heranreicht. In einem Vitrinenschrank stehen Reiseführer, Bildbände und Ferienschmonzetten. Doch als ich eines der Bücher herausziehe, fällt mir eine vergilbte Zeitungsseite vor die Füße, die von eben jenen Jahren erzählt, in denen Hanns Cibulka über die Insel wandert und die DDR ihr Territorium mit allen Mitteln zu verteidigen beginnt. Es ist ein Ausschnitt der *Hannoverschen Allgemeinen Zeitung* vom 22. Juli 1964, eine Reportage, die mit *Sommerliche Fahrt nach Hiddensee. Auch Hauptmanns Insel verändert sich* überschrieben ist. Chefreporter Dieter Tasch erkundet den Zustand des einstigen Künstlerparadieses unter neuen politischen Vorzeichen und vermeldet zunächst die offiziellen Fakten: »›Der Perspektivplan sieht vor, das Bäderwesen dem Weltniveau anzugleichen‹, lautet die parteiamtliche Parole für den gesamten Ostseebezirk, der sicherlich ohne Übertreibung als ›größtes Erholungsgebiet der DDR‹ bezeichnet wird. Etwa 2,5 Millionen Menschen, über 13 Prozent der Mitteldeutschen, verleben hier ihren Urlaub.« Der Journalist aus Niedersachsen ist überrascht, dass die kleine Insel ohne Fahnen und Parolen auskommt, so als läge Hiddensee tatsächlich außerhalb der sozialistischen Wirklichkeit. »›Plan‹, ›Perspektive‹, Begriffe wie ›Ortsobjekt‹ und ›Komplexbrigaden‹ sind fortgewischt, aufgelöst in der klaren Luft.« Und dann drängen sich Dieter Tasch Erinnerungen an den Süden auf. Wenn auch weit weniger poetisch und nachdenklich als Hanns Cibulka – er ist ja auch Journalist und kein Schriftsteller –, formuliert er in nüchterner Zeitungsprosa, in der mir nur das »mitteldeutsch« aufstößt: »Die Bronzebräune, kostenfrei und ohne Plan vom sommerlichen Sonnen- und Salzwindspiel über die in den Strandkörben und Burgen hingestreckten Gestalten gegossen, steht der Nordsee- oder Mittelmeerfarbe nicht nach. Zweifellos ist das so heftig begehrte Weltniveau am besten an den Nacktbadestränden erreicht. Uns will scheinen, diese Art der Badefreuden, über die es vor Jahren die letzte ideologische Auseinandersetzung gab, da hierin ein textilfreies Treffen alter Sozialdemokraten vermutet wurde, findet an der mitteldeutschen Ostseeküste mehr Anhänger als im als dekadent verschrienen Westen.«

Dabei versucht die DDR anfangs auch in diesem Bereich, ihre Regeln durchzusetzen. DDR-Innenminister Willi Stoph schickt 1954 die Volkspolizei an die Ostseestrände, um Nacktbader aufzugreifen. Anlass dieser Maßnahme sind die sogenannten Kamerun-Feste am Strand von Prerow, bei denen Urlauber ihre nackten Körper schwarz anmalen, mit Muscheln behängen und wilde

Partys feiern. Die SED-Führung sieht darin eine »Schmähung der Sitten und Gebräuche« afrikanischer Völker. Auch Johannes R. Becher, mittlerweile zum Kulturminister aufgestiegen, stimmt in den Chor der Kritiker ein, weil er glaubt, Freikörperkultur sei »im Interesse der Ästhetik« nicht zu vertreten. »Habt Mitleid! Zeigt Erbarmen! Schont die Augen der Nation!«, ruft er den DDR-Bürgern zu, aber die lassen sich ihr letztes Refugium der Freiheit nicht nehmen und ziehen sich ungerührt weiter aus. Zwei Jahre später werden alle Verbote zurückgenommen, die »Anordnung zur Regelung des Freibadwesens« erlaubt nun das Nacktbaden an dafür gekennzeichneten Orten, die von den Besuchern großzügig ausgelegt wird. Bald erweist sich die Freikörperkultur als eine der größten nichtstaatlichen Bewegungen der DDR, die ihre Feierwut einfach umetikettiert. Von nun an jagen sich die Nudisten unter der Schirmherrschaft vom des Rassismus unverdächtigen Wassergott gegenseitig ins Meer. Kein Strandsommer, keine Campingsaison, kein Ferienlager ohne Neptunfest und Wassertaufe, wobei obligatorisch sehr viel Farbe, großes Geschrei und ungenießbare Getränke im Spiel sind.

Um das nackte Treiben am Strand auch offiziell abzusegnen, springt das DDR-Fernsehen bei und lässt eine unbenannte Ärztin – es muss sich um eine entfernte Verwandte von Richard Russell und Samuel Vogel handeln – etwas unbeholfen in die Kamera dozieren: »Der unbekleidete Aufenthalt in der freien Natur hat eine günstige Reizwirkung auf den ganzen Organismus und wird aus diesem Grunde aus medizinischer Sicht sehr empfohlen. Beim Baden und Schwimmen bewirkt das Wasser einen gewissen Massageeffekt, der ebenso wie die Sonnenbestrahlung und Lufteinwirkung vom Scheitel bis zur Sohle einen günstigen Einfluss auf den Kreislauf ausübt.« Wobei man davon ausgehen muss, dass an der Ostsee der günstige Einfluss auf den Kreislauf vor allem von den Wassertemperaturen herrührt, die die vom Leben abgehärteten Bürger der DDR stoisch ertragen, was bleibt ihnen auch anderes übrig. Achtzehn Grad gelten bereits als wohlig warm, und auch die Lufttemperatur ist dank nördlicher Brisen eher schwankend. Doch südeuropäische Strände mit mehr Sonne und wirklich warmen Wellen sind exklusive Reiseziele und stehen allein wegen ihrer vergleichsweise hohen Preise nicht jedermann offen. Angeboten werden Fernreisen vom Reisebüro der DDR, das mit dem gezimmerten Satz »Lernen Sie die Heimat unserer Freunde kennen!« für sich wirbt. Und so hört man von Leuten, die im Schwarzen Meer baden, in Bulgarien oder auf der Krim, auch soll es Kinder geben, die zur Kur an die jugoslawische Adria geschickt werden. Fernstmögliches Ziel aber ist Kuba, sozialistischer Insel- und Bruderstaat, wo auch DDR-Traumschiffe ankern, die *Fritz Heckert*, *MS Völkerfreundschaft* oder *MS Arkona* heißen und zwischen Leningrad, Sotschi und Havanna unterwegs sind. Es sind schwimmende Inseln des Sozialismus, auf denen penibel darauf geachtet wird, dass kein Passagier auf der Fahrt durch westliche Gewässer über die Reling springt. Obwohl die Freundschaft zur Sowjetunion in der DDR Dogma ist und kein anderes Land der sozialistischen Staatengemeinschaft mit ihr mithalten kann, wird die Beziehung zu Kuba auffallend herzlich zelebriert, als könnte man in Ost-Berlin nicht glauben, dass der Sozialismus auch unter karibischer Sonne funktioniert, als wünschte man sich ein wenig Wärme und Salsaschwung ins eigene Land. Und Fidel Castro macht es der SED-Führung auch wirklich nicht schwer, ihn zu mögen. Als der Máximo Líder 1972 die DDR besucht, breitet er eine Landkarte von Kuba aus und weist auf eine kleine unbewohnte Insel in der Schweinebucht. Die wird von nun an nach einem deutschen Antifaschisten benannt sein, der in der DDR allgegenwärtig ist: *Cayo Ernest Thaelmann*. Und auch der zwanzig Kilometer lange Sandstrand bekommt einen neuen Namen: Playa RDA – DDR-Strand. Zum Beweis stellt Kuba eine vier Meter hohe Büste von Ernst Thälmann auf, allerdings so nahe am Wasser, dass der arme Mann ständig vom Wellenschlag getroffen wird. Das macht aber nichts, weil es sowieso kaum jemand mitbekommt, die kleine Trauminsel bleibt ein menschenleeres Idyll. Nur Frank Schöbel, Schlagersänger und Publikumsliebling, wird 1975 hingeschickt und dabei gefilmt, wie er mit hochgekrempelten Hosen singend über den DDR-Strand wandert. Es sind Aufnahmen für das Fernsehen der DDR, das sich redlich bemüht, das große Fernweh im kleinen Land wenn schon nicht zu stillen, dann wenigstens zu bebildern. Mal mit launigen Liedern, mal in Serie. In den 1970er Jahren wird *Zur See* ausgestrahlt, Geschichten von einem Frachtschiff, das bis nach Mittel- und Südamerika fährt. Schon im Vorspann sind Palmen und große amerikanische Autos im Bild, von »flotter« Musik unterlegt. So wird *Zur See* zum veritablen »Straßenfeger« und tatsächlich zum Vorbild des westdeutschen *Traumschiffs*.

Auf dem Weg von Vitte nach Kloster kommt mir ein älteres Paar entgegen. Er ist in einem langen schwarzen Wollmantel gekleidet, sie trägt komplett rot. Mit ihren aus der Zeit gefallenen Fellmützen, Lederhandschuhen und kantigen Brillen wirken sie, als wären sie 1985 auf der Berliner Friedrichstraße unterwegs. Und vielleicht kommen sie tatsächlich von dort, haben sich ihr Inselquartier über die Jahrzehnte bewahrt und sehen nun nicht völlig schmerzfrei dabei zu, wie Funktionskleidungsträger und Auf-Badehosen-Besteher ihr kleines Paradies erobern. Die Reibung zwischen den Alten und den Neuen ist bis heute zu spüren, man erkennt sich am Dialekt und an den Erinnerungen. Mag sein, das Paar von der Friedrichstraße kommt nur noch im Winter, weil es den Sommer auf Hiddensee nicht mehr erträgt.

In den Jahrzehnten, in denen hier die Grenze der DDR verläuft, bilden sich jedenfalls zwei exklusive Insel-Kulturen heraus, die eher von- als miteinander leben. Da sind die handverlesenen Sommerfrischler, die über Jahre ihre immer gleichen Domizile beziehen, und da sind die Saisonkräfte, die zum Arbeiten kommen. Manche, weil sie sich bewusst für eine Existenz am äußersten Rand entscheiden, andere, weil ihnen nichts übrig bleibt. Lebensläufe mit literarischem Potential sind es allemal. Hoch über Kloster, tief im Wald, erwartet man im Gasthaus *Zum Klausner* einen stolzen Hinweis darauf, dass dieser Ort sich schon mehrfach in die Literatur eingeschrieben hat. Aber da ist nichts, keine Büchervitrine, keine signierten Fotos der Autoren. Stattdessen dunkel getäfelte Gemütlichkeit, Hering mit Bratkartoffeln, Streuselkuchen und Milchkaffee. Die Speisekarte ist so gutbürgerlich wie die Leute, die hier einkehren, nichts deutet darauf hin, dass dieses Gasthaus einst Auffangbecken für unangepasste und verträumte Existenzen war.

In Christoph Heins Erzählung *Der Tangospieler* ist es der Historiker Hans-Peter Dallow, der als Aushilfskellner in den Klausner kommt, weil er als entlassener Häftling nirgendwo sonst Arbeit findet. Während einer Kabarettvorstellung, bei der staatskritische Texte vorgetragen wurden, hatte er in Leipzig auf dem

Klavier einen Tango gespielt und war zu zwei Jahren Haft verurteilt worden. Wenn Dallow frei hat, flieht er vor dem Trubel im Klausner, geht spazieren, beobachtet Vögel und sucht sich einen ruhigen Ort hinterm Dornbusch, auf einem steinigen schmalen Streifen am Wasser. »Er nahm stets Bücher mit, las aber selten mehr als ein paar Seiten. Er war ausreichend damit beschäftigt, zu schwimmen und sich von der Sonne wärmen zu lassen. Oder er sah auf das Meer hinaus, auf das wechselvolle Spiel der Wellen, auf die unendlichen und sich nie wiederholenden Bewegungen des Wassers. Dieser einfachen Vergnügungen wurde er nie müde, und jeden Tag brach er erst in letzter Minute auf, um zur Gaststätte zu gehen, sich mit seinem Kellneranzug zu kostümieren und den Dienst anzutreten.« Die Arbeit langweilt ihn, aber er verdient im Klausner viel mehr als an der Universität, und auch seine Gäste sind dankbarer als seine einstigen Studenten und Kollegen. »Es waren zumeist ältere Leute, alte Ehepaare und einsame Frauen, die am Tage den Strand entlang oder über die Insel spazierten. Die Abgeschiedenheit der Insel, die fehlenden Bars und Möglichkeiten der Unterhaltung hielten Besucher fern, die sich nicht mit der kargen Landschaft, einem steinreichen, schmalen Strand und den beständigen, nach Salz schmeckenden Winden zufriedengaben.« Nicht zufällig lässt Christoph Hein seine Erzählung im Jahr 1968 spielen. Der Einmarsch der Truppen des Warschauer Paktes in Prag wird im Radio vermeldet und Dallow muss sich dazu verhalten. Doch das tut er nicht, weil er, wie er, von seiner Hafterfahrung gezeichnet, einmal sagt: »Ich bin nur ein Kellner.« Am Ende sorgt sein Opportunismus dafür, dass er wieder an der Universität anfangen kann, auf dem Festland, zwischen eindeutigen Leuten.

Wenn aber dieser Hans-Peter Dallow einmal nach Hiddensee zurückgekehrt wäre, sagen wir als alter Mann, sagen wir einundzwanzig Jahre später, aus nostalgischen Gründen und weil er ahnt, es könnte der letzte Sommer dieser Art sein, dann würde er da oben, im Klausner von Cavallo, Rimbaud und Chris bewirtet werden. Es sind die Kellner aus *Kruso*, dem Roman von Lutz Seiler. Der hat selbst mal einen Sommer lang im Klausner ausgeholfen und spinnt daraus einen poetischen Endzeitkosmos, der zugleich die Sehnsucht dokumentiert, für die so mancher alles aufs Spiel setzt. 1989 sucht Lutz Seilers Edgar »Ed« Bendler aus Halle an der Saale Zuflucht auf der »Insel der Seligen, der Träumer und Traumtänzer, der Gescheiterten und Ausgestoßenen« nicht aus politischen Gründen, sondern weil der Schmerz um den Verlust der »G.« ihm umtreibt. In der Spülküche, im »Abwasch« des Klausner, trifft er auf den charismatischen Alexander »Kruso« Krusowitsch, der ihn in das geheime Leben auf der Insel einweiht. Allabendlich treffen sich auf der Terrasse des Klausner, wenn der offiziell schon geschlossen hat, die »Schiffbrüchigen«, wie Kruso sie nennt, die »Aussteiger, Abenteurer, Antragsteller (…), Flüchtlinge in spe« und erklärt: »Sie alle gehören nicht mehr wirklich zum Land, sie haben das Land unter ihren Füßen verloren, verstehst du das, Ed?« Obwohl der Strand von Hiddensee des Nachts bewacht wird, suchen sie sich einen Schlafplatz im Sand, immer in Gefahr, von Soldaten der Grenzbrigade Küste entdeckt zu werden. Sie »graben sich ein, im Sand unter der Steilküste, mit einem Taschentuch über dem Gesicht und einem Schilfrohr zum Atmen im Mund« und »wissen nicht weiter. Zuerst die große Sehnsucht, die hier noch größer wird, und dann sitzen sie da und können weder vor noch zurück.«

Eine lange Treppe führt von der Klausner-Terrasse hinunter zum Strand, manche Stufen sind unterspült oder gleich ganz weggebrochen. Ich werde von Leuten gewarnt, die mir entgegenkommen, ich solle vorsichtig sein. Unten angelangt, will ich Richtung Süden laufen, den Inselrand einmal ganz bewandern, mit dem fahlen Wintersand unter den Schuhen. Aber der Weg ist versperrt, ein Stück Küstenwand hat sich gelöst und mit ihm mehrere Bäume, die nun kreuz und quer über den Strand ragen. Also noch ein paar Seiten *Kruso* mit Handschuhen, Mütze und Ed, der sich an diesem verlassenen Stück Strand allein wähnt, doch dann einen nackten jungen Mann bemerkt, der sich in einer Bucht sonnt. Eine unschuldige Szene, offen für Träume, aber dann: »Als Ed sich noch einmal nach ihm umsah, band er bereits das Koppel über die Jacke. Er zog sein Maschinengewehr aus einer Nische und winkte Ed.«

Wieder Soldaten am Strand, wie schon in Ostende und am Utah Beach. Dabei sind es doch vorgeblich Friedenszeiten auf Hiddensee. Doch der Frieden ist fragil, und der Preis, ihn aufrechtzuerhalten, ist zu hoch. Über fünftausend Menschen versuchen in den Jahren der DDR, das Land über die Ostsee zu verlassen, über neunhundert gelingt die Flucht nach Schleswig-Holstein oder Dänemark, fast zweihundert bezahlen den Fluchtversuch mit ihrem Leben, weil sie ihre Kräfte überschätzen oder mit ihren kleinen Booten kentern. Lutz Seiler widmet den Epilog von *Kruso* diesen Menschen, von denen viele namenlos geblieben sind. Der Erzähler fährt nach Kopenhagen und besucht dort den Friedhof Bispebjerg, wo es eine eigene Abteilung für die »deutschen Toten« gibt. »Das Tyske Grave war eine Anlage mit drei Steinkreuzen, drei Eichenbäumen und einer großen bronzenen

Gedenkplatte. Auf einer Reihe weiterer, kleinerer Tafeln wurden die Toten aufgeführt, alphabetisch geordnet, mit Geburts- und Sterbedatum. Die Liste schloss mit dem Hinweis auf ›siebzehn unbekannte deutsche Flüchtlinge‹.«

Ich klettere die Treppe wieder hinauf, am Klausner vorbei, durch den Wald bis zum Leuchtturm. Der ist geöffnet, weil die Wintersonne es gut meint und der Blick von oben reicht bis ans südliche Ende dieser Insel, die auch heute noch Grenzgebiet ist, aber nur geologisches, wie jeder Strand dieser Welt, erodiertes Gestein von Flüssen aus den Gebirgen ins Meer gespült, von Brandung, Gezeiten und Wind an die Küsten gedrückt. »Ablagerungsmilieu« nennen die Geologen diese Art Landschaft. Und je leichter und runder die Sandkörner sind, je weicher sich der Sand anfühlt, der durch unsere Finger gleitet, desto leichter wird er auch wieder fortgespült, mal mehr, mal weniger, je nachdem, aus welcher Richtung Wind und Strömung auf die Küste treffen. Auch Hiddensee verändert stetig seine Form. Die Steilküste verliert jedes Jahr dreißig Zentimeter, der Neubessin dagegen profitiert von den Sedimenten, die angespült werden.

Am nächsten Tag keine Wintersonne mehr. Es regnet fast ununterbrochen und der Wind, der gerade noch kein Sturm ist, zerrt an mir. Ich bin unterwegs zur Spitze des Altbessin, dem Teil der Halbinsel, der sich in die Hiddenseer Bucht hineinbeugt. Der Strand ist hier nur ein zarter Streifen Sand, wo auch im Sommer niemand sein Handtuch ausbreitet, aber das Naturschutzgebiet lässt sich durchwandern, ein schmaler Pfad schlängelt sich durch niedriges Buschland, das sich bis zur Schutzhütte zieht, in der ich auf ein trockenes Plätzchen hoffe. Als ich die schmale Holztreppe hinaufsteige, die schwere Tür öffne, steht ein Mann mit Fernglas an der nach Süden ausgerichteten Luke. Er beobachtet Vögel, während seine Frau eine größere Mahlzeit anrichtet, belegte Brote, Obst, Eier, Tee. Sie schiebt alles beiseite, damit ich mich setzen kann. Als der Regen nachlässt, mache ich mich wieder auf den Weg und weiß, auch Hanns Cibulka ist hier entlanggelaufen, beeindruckt vom »Sanddornwald«, von »riesenhaften Sträuchern mit dem Umfang einer Lindenkrone, drei bis vier Meter hoch«. Als der Schriftsteller 1985 noch einmal auf die Insel kommt und die Tagebucherzählung *Seedorn* entsteht, wundert er sich über seine frühere Begeisterung. Etwas hat sich in den vergangenen Jahren geändert, die unstillbare Sehnsucht der Menschen nach Sonne und Meer hat auf der Insel Spuren hinterlassen, weniger tief zwar als anderswo, aber sichtbar genug. »Nein, es ist nicht mehr der Ausblick von einst, in einer fast schon erschreckenden Weise versagt sich mir die Landschaft, das Meer. Da sind Verortungen geschehen, ich nehme Dinge wahr, die mich plötzlich erschrecken. Die Insel ist zersiedelt, aufgeteilt, lauter neue Bungalows, Einfamilienhäuser, kaum noch ein Steinwurf Luft zwischen den Dächern. Mutationen sind eingetreten, vielleicht auch in mir selbst.« Ist es Resignation oder nur Müdigkeit, die den Schriftsteller umtreibt, fühlt er sich angefasst vom Gang der Welt, vor allem und gerade in dem merkwürdigen kleinen Land, in dem er alt geworden ist? Oder ist sein »in mir selbst« doch ein universelles, ein Ausdruck davon, dass jeder Mensch ein Ablagerungsmilieu mit sich trägt, einen inneren Strand, an dem sich unfreiwillig Erfahrungen und Erinnerungen anlagern, fortgespült werden, anderswo wieder auftauchen? Hanns Cibulka kennt die Antwort längst. »Ich erinnere mich an die Zeit, als ich Jahr für Jahr unterwegs war, um neue Landschaften aufzusuchen. Wenn man die Sechzig hinter sich hat, trägt man die Landschaften, die man für sein Leben noch braucht, lange schon in sich.«

Auf dem Weg vom Altbessin zurück nach Vitte gehe ich wieder an den wilden Grenzstrand, die Kapuze tief im Gesicht lege ich mich schräg gegen die Böen und schiebe mich langsam voran. Mit dem Kopf nach unten, die Hände in den Taschen des Regenmantels vergraben, will ich mich nicht geschlagen geben, obwohl meine Wangen glühen und meine Ohren schmerzen. Der Sturm brüllt, ich brülle zurück, soll er doch zerren an mir, das ist auch mein Strand! Aber eine halbe Stunde später gewinnt er den Kampf, ich kann nicht mehr, ich will nicht mehr. Ich ziehe mich zurück hinter die Düne, flüchte ins Haus.

Am Morgen darauf, ich muss aufs Festland zurück, gibt die Fährgesellschaft bekannt, dass um halb acht noch ein Schiff ablegt, danach wird es zu gefährlich auf See. Ein kurzes Zögern. Ich könnte so tun, als hätte ich es nicht gehört, dann müsste ich auf unbestimmte Zeit bleiben, mich für eine Weile einrichten auf dieser Insel am Rande der Welt und der Glückseligkeit. Was für eine verführerische Vorstellung! Doch dann siegt die Vernunft, ich trabe in der Dämmerung zur Fähre, und während der Regen gegen die Fenster des Schiffes drischt, liegt der Horizont schief dahinter. Hoch am stahlgrauen Himmel hängen Möwen im Wind. Es ist ein Himmel, den man mögen muss, und vielleicht kann man ihn auch nur mögen, wenn man die Freiheit hat, ihn hin und wieder mit südlichen Himmeln zu vergleichen. Wie hatte Hanns Cibulka es formuliert? »Ich habe mir Hiddensee auf der Landkarte meines Lebens mit großen Buchstaben eingezeichnet.« Und das, nachdem es den Schriftsteller als jungen Mann nach Sizilien verschlagen hatte, unfreiwillig, aber doch so, dass es schien, keine Insel könne ihm je mehr bedeuten. Ich dagegen suche mir – aus freien Stücken – eine andere italienische Insel, will nach all dem Norden, dem Sturm, dem heißen und dem Kalten Krieg, den Süden sehen.

6
Ischia

»Zu meiner großen Enttäuschung war Nino nicht unter dem Sonnenschirm«

Man muss nur die steile Landstraße hinaufsteigen, den vorbeirasenden Mofas ausweichen, dann steht man etwas außer Atem in einer unscheinbaren, staubigen Kurve und wundert sich, dass die auf jeder Karte eingezeichnet ist, und wundert sich nicht, denn die Aussicht ist spektakulär. Tief unter der mit stacheligen Sträuchern dicht bewachsenen Steilküste legen sich die Häuser von Forio im weiten Bogen um die leuchtende Bucht des silbergrünen Mittelmeers. Der Blick reicht bis zu den Mauern der Chiesa del Soccorso am oberen Ende der Bucht, die im herbstlichen Dunst überm Wasser zu schweben scheint. Vormals galt ihr Name – Kirche der Rettung – den Seefahrern und Fischern. Heute gilt er eher ihren Besuchern, die, sind sie von nah, Kerzen anzünden und Gebete murmeln, sind sie von fern, im Reiseführer blättern oder sich vor Regen und Sturm retten, vor allem zwischen Oktober und März, wenn schwere Wetter über Ischia ziehen. Zwischen Kirche und Aussichtspunkt liegen Forios Strände. Der eine, Spiaggia di San Francesco, ist nach einer Kirche in der

Nähe benannt, der andere heißt wie ein wohlhabendes Viertel in der Altstadt von Neapel: Spiaggia della Chiaia. Es ist das Viertel, in dem Raffaella Cerullo, genannt Lila, nach ihrer Hochzeit mit Stefano Carracci Ende der 1960er Jahre ein Schuhgeschäft führt. Weil sie lange nicht schwanger wird, verordnet ihr der Arzt Stärkung. »›Was denn für eine Stärkung?‹«, fragt ihre Freundin Lenù. »›Ich soll im Meer baden.‹ ›Das verstehe ich nicht.‹ ›Strand, Lenù. Sonne und Salzwasser. Wenn eine Frau ans Meer fährt, wird sie offenbar kräftiger, und die Babys kommen.‹« Und das Meer ist ja auch nicht weit, mehrmals am Tag legen die Fähren von Neapel im Hafen von Ischia an. So lässt also Elena Ferrante in *Die Geschichte eines neuen Namens* – es ist der zweite Teil ihrer neapolitanischen Familiensaga – Lila und Lenù nach Ischia reisen. Lila, weil sie jung verheiratet ist und Kinder bekommen soll, Lenù, weil sie ihren Mitschüler Nino Sarratore anhimmelt, sogar als der schon längst mit Nadia zusammen ist. Ob er die Sommerferien mit seiner Familie verbringt, will sie eines Tages von ihm wissen. »›Ein Freund von mir hat ein Haus in Forio. Seine Eltern überlassen es ihm für den ganzen Sommer, wir werden dort lernen. Und du?‹ ›Ich arbeite bis September in Mezzocannone.‹ ›Auch an einem Feiertag wie Ferragosto?‹ ›Nein, da nicht.‹ Er lächelte. ›Dann komm doch Mitte August nach Forio, das Haus ist groß. Vielleicht kommt Nadia für zwei oder drei Tage auch.‹ Ich lächelte, war überwältigt. Nach Forio? Nach Ischia? In ein Haus ohne Erwachsene? Dachte er noch an den Maronti-Strand? Dachte er noch daran, dass wir uns dort geküsst hatten?«

Ans Meer fahren und von der Liebe träumen, dass diese Geschichte von einem italienischen Strand so anders klingt als die von

Hiddensee und Ahrenshoop, von Aussteigern und Ausgesetzten, liegt daran, dass wir uns mit Lila und Lenù auf der anderen, der offenen Seite des Eisernen Vorhangs befinden. Hier ist der Blick aufs Meer unverstellt von Küstenwachen, keine Scheinwerfer erleuchten den nächtlichen Strand, und das Gefühlsspektrum kehrt in den Bereich zurück, in dem es sich schon einmal bei Jane Austen und Thomas Mann bewegt hat. Dabei reicht vielen nördlich der Alpen allein das Wort Süden schon aus, um ins Schwärmen zu geraten, weil, so der Germanist Dieter Richter, unsere »Kompassnadel des Glücks« vor allem in diese Himmelsrichtung ausschlägt, zwar noch nicht immer, aber schon so lange, dass man sich kaum erinnert, dass es einmal anders war. Und wer Süden sagt, der meint in der Regel auch das Mittelmeer gleich mit, dieses mythische, drei Kontinente verbindende Wasser, an dessen Stränden man sich schon traf, als im Norden noch keiner außer den Fischern daran dachte, das Grenzgebiet zwischen Dünen und Meer zu betreten. Wer in den Süden kommt, wer nach Italien kommt, findet am Mittelmeer früheste Spuren antiker Badekultur, prächtiger Thermen und Badehäuser, die als Orte des intellektuellen Austauschs wie des Müßiggangs fungieren und an denen es mitunter so hoch hergeht, dass große Denker sich gestört fühlen. So berichtet der römische Philosoph Seneca in einem Brief an seinen Freund Lucilius, dass er direkt über einer Badeanstalt wohnt, wo der von Ballspielen und Kraftprotzen verursachte Lärm ihm unerträglich ist, und man wundert sich bei der Lektüre, wie manche Szenen sich auch nach zweitausend Jahren gleichen. »Nimm nun noch einen Zankteufel hinzu und einen ertappten Dieb und einen, der gern seine eigene Stimme im Bade ertönen hört; nimm ferner noch hinzu die, die unter lautem Klatschen des aufplätschernden Wassers ins Schwimmbassin springen! Außer diesen, deren Laute doch wenigstens natürlich sind, denke Dir noch einen Haarausrupfer, der, um sich bemerkbar zu machen, wieder und wieder seine dünne, schrille Stimme hervorpresst und erst schweigt, wenn er jemandem die Haare unter den Achseln ausreißt und so einen anderen an seiner Statt schreien läßt. Endlich die verschiedenen Ausrufe des Kuchenhändlers, der Wurstverkäufer, der Zuckerplätzler und aller Kellner der Kneipen, die sämtlich in ihrer eigentümlichen, durchdringenden Tonweise ihre Waren anpreisen.« Doch außer Seneca scheint sich die antike Welt im Heilbad von Baiae, von dem sein Brief handelt, durchaus zu amüsieren, selbst römische Kaiser kommen in den Ort unweit von Neapel, von dem sich heute noch die Ruinen besichtigen lassen. Es sind dieselben, die im 18. Jahrhundert auch schon die erst adligen, dann bürgerlichen Reisenden auf ihrer Grand Tour ansteuern, auf Streifzügen durch Kampanien, dieser südlichen Traumlandschaft, die man einmal im Leben gesehen haben muss, wie Alain Corbin schreibt: »Unter den wenigen Küstenstationen ist die Bucht von Neapel jedenfalls die schönste. Außerdem stellt sie den Endpunkt der Reise dar. Vor dem letzten Jahrzehnt des 18. Jahrhunderts war es nicht üblich, weiter zu fahren als bis Kampanien, wo Europa zu enden schien. Apulien, Kalabrien und Sizilien galten noch als heiße Gebiete mit afrikanischem Klima.« Ein Klima, das die Reisenden aus dem Norden zumindest davon abhält, den daheim endlich eingeübten Strandgang auch im Süden fortzusetzen. Denn heiße Winde und lauwarmes Wasser widersprechen der Idee der belebenden Funktion eines Meerbades im Sinne von Richard Russell und Samuel Vogel, man fürchtet krankheitserregende Fäule und die Schwächung körperlicher Kräfte. Auch lädt das kampanische Hinterland mit sonnenverbrannten, vom Vulkangestein gebildeten Felsen und nackten Hängen kaum zum Verweilen ein. Lieber belässt man es beim Blick über das offene Meer, von erklommenen Felsen oder den Terrassen der Villen aus, die hoch darüber thronen.

Umso mehr lohnt sich die Reise nach Ischia, wo sich der allseitigen Winde wegen die Hitze kaum staut. Als der irische Philosoph George Berkeley 1717 einen ganzen Sommer auf Ischia verbringt, kommt ihm die Insel im Tyrrhenischen Meer vor wie ein irdisches Paradies. Liest man die Zeilen, die er an Alexander Pope schreibt, den englischen Übersetzer der *Ilias* und der *Odyssee*, bleibt einem eigentlich nichts anderes übrig, als sofort die Segel zu setzen. »Die Insel Inarime (Ischia) ist ein Abriss der ganzen Welt, der im Umkreis von achtzehn Meilen eine wunderbare Vielfalt von Hügeln, Tälern, zerklüfteten Felsen, fruchtbaren Ebenen und kahlen Bergen aufweist, alles in einem höchst romantischen Durcheinander. Die Luft wirkt selbst in der heißesten Jahreszeit durch kühle Seebrisen immer frisch.« Johann Wolfgang Goethe, der seinerzeit wohl prominenteste deutsche Italienreisende, wird die Insel dagegen nie betreten, stattdessen führt ihn seine *Italienische Reise* ins »afrikanische« Sizilien. Auf dem Schiff dorthin erlebt er am 30. März 1787 den Tagesanbruch zwischen Ischia und Capri. Sein Begleiter, der Landschaftsmaler Christoph Heinrich Kniep, zeichnet eifrig die Küsten und Inseln, und es vergeht anders als heute, da die Fähre von Neapel nach Ischia keine zwei Stunden braucht, ein ganzer Tag auf dem Meer, ohne dass die Insel außer Sicht gerät. »Der Vesuv verlor sich gegen vier Uhr aus unsern Augen, als Capo Minerva und Ischia noch gesehen wurden. Auch diese verloren sich gegen Abend. Die Sonne ging unter ins Meer, begleitet von Wolken und einem langen, meilenweit reichenden Streifen, alles purpurglänzende Lichter. Auch dieses Phänomen zeichnete Kniep. Nun war kein Land mehr zu sehen, der Horizont ringsum ein Wasserkreis, die Nacht hell und schöner Mondschein.«

Mag sein, dass Goethe später in einem Weimarer Salon davon erfährt, was ihm auf Ischia entgangen ist, nämlich von zwei Frauen, die mit ihm bekannt, wenn nicht gar befreundet sind. Da ist Anna Amalia von Braunschweig-Wolfenbüttel, Herzogin von Sachsen-Weimar und Eisenach, die während ihres zwei Jahre dauernden Italienaufenthaltes, zu dem sie 1788 aufbricht, eine Woche auf Ischia verbringt. Dort fühlt sie sich – da ist sie ganz Tochter des Nordens und ihrer Zeit – nicht recht wohl, was auch an den heißen Quellen liegt, die auf dieser Insel allerorten sprudeln. Es sei ihr zu heiß, schreibt sie in ihr Tagebuch und: »Die Luft konnte ich nicht recht ertragen. Sie war für mich zu sulfurisch. Ich war immer wie betrunken.« In einem Brief jedoch lässt sich Anna Amalia ihre Trunkenheit nicht anmerken und beschreibt unter anderem eine unbeschwerte Szene am Strand. »Die Kinder sind sehr schön; man sollte sie für Raffaels Modelle ansehen: große schwarze Augen, schönes dichtes Haar, welches die Natur selbst gekräuselt hat. Es gibt gewiß kein schöneres Bild der Natur, als wenn Gruppen dieser kleinen Genies am Gestade des Meeres ihre kindlichen Spiele treiben und nackt in ihrer Unschuld herumhüpfen.« Und da ist Caroline von Humboldt, die älteste Tochter Wilhelm von Humboldts, die keine zwanzig Jahre später nach Ischia reist, gerade jener schwefelhaltigen Dämpfe wegen, die sich Anna Amalia aufs Gemüt legen. Deren heilsame Wirkung hat sich bis Berlin herumgesprochen, wo die Ärzte glauben, sie könnten

Carolines Gesichtsschmerzen heilen, und in der Tat sind sie nach einem längeren Aufenthalt »wie weggehaucht«. Romantisches Durcheinander, kindliches Spiel und heilende Dämpfe – wer danach sucht, wird auf Ischia glücklich.

Weil Herbst ist, hat die Insel dieser Tage bereits dichtgemacht. An geschlossenen Bars und Hotels vorbei spaziere ich durch enge Gassen Richtung Hafen und passiere Strände, die alle einen eigenen Namen haben. La Mandra, Spiaggia dei Pescatori, Spiaggia di San Pietro. Dort ist der Strand ein paar zotteligen Hunden überlassen, die anders als auf Hiddensee niemandem zu gehören scheinen, sie bilden eine kleine Bande, die sich um ein paar zusammengeschobene Strandliegen flegelt. Mit den Füßen im Wasser steht ein mächtiger tätowierter Mann und hält seine kleine Tochter auf dem Arm. Wieder und wieder taucht er sie ins Meer, wirbelt sie herum, drückt sie an sich, küsst sie. Das Mädchen juchzt und lacht. Noch ein paar hundert Meter, dann bin ich am Spiaggia Inglese, dem englischen Strand, wo einen dann doch wieder die Weltgeschichte einholt. Im August 1944, nur ein paar Wochen also nachdem er sich am Strand der Normandie über den Erfolg des D-Days informiert hat, macht Winston Churchill während einer Reise nach Algier und Neapel einen »netten Ausflug auf die Insel Ischia«, wo er vier Bäder nimmt, die ihm sehr guttun.

Seinerzeit hat es sich also schon herumgesprochen, dass nicht nur kaltes Wasser der Gesundheit dient, sondern auch warmes und heißes. Es kommt halt hier wie da auf die Dosierung an. Doch während man im Norden tatsächlich ins Meer steigt, mit Badekarren oder ohne, angezogen oder nackt, werden die heißen Quellen auf Ischia in Badehäuser geleitet, was längst nicht so aufregend und erregend ist wie ein Besuch am Strand. Als Ende des 19. Jahrhunderts der Schweizer Maler Arnold Böcklin nach Ischia kommt, weil eine Entzündung im rechten Arm ihn vom Malen abhält, lässt sein Enthusiasmus über die täglichen Bäder zu wünschen übrig, wie er in einem Brief an seine Frau schreibt: »Kaum könnte ich Dir sagen, was ich den ganzen Tag treibe, die Zeit tot zu schlagen. Um fünf Uhr stehe ich mit der Sonne auf und gehe in die Badeanstalt. Dort warten schon zwanzig Leute, fast alle alt, mit Krücken und reden eine Sprache, die ich nicht verstehe. Ich nehme einen schwarzen Kaffee und warte ungefähr eine Stunde, bis ich mein Bad nehmen kann. In der Wanne, die für mich viel zu klein ist, langweile ich mich ganz verdammt und schaue ständig auf die Uhr, die an der Wand hängt, ob die halbe Stunde immer noch nicht vorbei ist – fünf Minuten in der Wanne kommen mir so lange vor wie eine Stunde im Freien.« Doch nach einigen Tagen kann der Maler von Linderung berichten, die Lebensgeister kehren zurück, und wahrscheinlich ahnt er es noch nicht, doch auf Ischia findet Arnold Böcklin das Motiv seines Lebens. Es ist eine nächtliche Szene, ein Ruderer – oder ist es eine Ruderin? – bringt eine weißverhüllte Frau und einen Sarg auf eine Felseninsel, auf der Nischen in den Stein getrieben sind und in deren Mitte hohe Zypressen wachsen. In gleich fünf Versionen legt Böcklin die *Toteninsel* an, inspiriert vom Blick auf das prächtige Castello Aragonese, der in den Felsen geschlagenen Festung vor Ischia Porto. Es braucht viel Fantasie oder einen Stromausfall, um heute zu sehen, was Arnold Böcklin sah, jede Nacht wird das Wahrzeichen der Insel hell angestrahlt. Dennoch geht von ihm etwas Majestätisches aus und die Aura erreicht einen auch noch auf der Terrasse des Ristorante da Coco zu Füßen der Burg.

Vor allem ältere Menschen sitzen hier, die Männer da, die Frauen dort. Man erkennt sofort, dass es Einheimische sind. Sie sind nicht praktisch, sondern gut gekleidet, tragen dunkle Anzüge und Kleider, gestärkte Hemden, Strickjacken, Strumpfhosen, Lederschuhe. Das Leben hat ihre Gesichter faltig und ihre Körper schwer werden lassen, aber sie strahlen eine beneidenswerte Gelassenheit aus. Es wird nicht viel gesprochen, mehr geschaut, der eine oder andere Herr blättert in einer Zeitung. Den Fremden am Nachbartisch schenken sie keine Beachtung, warum auch, morgen werden es schon wieder andere sein, die dort sitzen.

Dann kommt Anna Migliaccio. Die Landschaftsarchitektin und Denkmalpflegerin wurde auf der Insel geboren, arbeitet in Neapel und kommt fast jedes Wochenende zurück nach Ischia, um ihre Batterien aufzuladen. Was in diesem Falle keine Floskel ist. »Die Insel verleiht mir Energie«, sagt sie, »denn Ischia ist kein neutrales Land. Die Atmosphäre ist hier elektrisch aufgeladen, wegen der heißen Quellen und des vulkanischen Gesteins.« Anna Migliaccios, nun ja, heiße Liebe zur Insel drückt sich allein schon in den Bildern aus, mit denen sie sie beschreibt. »Diese Insel ist wie ein großes schlafendes Tier oder, noch besser, ein Riese! Es ist ein träger Riese, der sich doch manchmal im Schlaf bewegt und mächtig schwitzt, oder was glauben Sie, woher das heiße Wasser der Thermen kommt?« Der Riese muss ein Verwandter des Typhon sein, Sohn der Gaia und des Tartaros, ein Ungeheuer mit Schlangenleibern statt Beinen, der es mit Göttervater Zeus aufnimmt. In seiner Wut wirft Zeus den Ätna auf Typhon, seitdem ist er gefangen und ihm bleibt nur, Feuer und Steine zu spucken. Am Strand von Ischia sitzen wir genau an der Stelle, an dem der Körper des Riesen aus dem Wasser ragt, und solange die Menschen ihn gut behandeln, wird der Riese sie wohl nicht abschütteln. Ein paarmal hat er es schon versucht – die Leute nannten es Erdbeben –, und er wird es wieder tun, denn auf seinem Rücken wird es immer enger. »Sicher gibt es auf Ischia keine Hochhäuser«, sagt Anna Migliaccio, »aber das bedeutet nicht, dass die Insel seit Mitte des 20. Jahrhunderts nicht komplett verbaut worden ist, nicht in die Höhe, aber in die Breite.« Grund dafür ist unter anderem die Reiselust der Westdeutschen. Die ist zwar nach dem Zweiten Weltkrieg noch einige Jahre gedämpft, man kümmert sich um den Wiederaufbau, vermeidet den Blick zurück oder hinaus, bleibt im eigenen Land oder fährt nach Österreich. Doch es dauert nur ein paar Jahre, dann entwickelt sich Italien zum liebsten Reiseziel.

Zwar liegt die Zahl der deutschen Touristen noch weit unter einer Million, aber schon 1952 schreibt die *Frankfurter Allgemeine Zeitung*: »Man könnte sagen, Deutsch sei zur Zeit die zweite Landessprache in Italien – in so großer Zahl strömen die Besucher von jenseits der Alpen in das in dieser Jahreszeit doppelt herrliche Land.« Doppelt herrlich, denn die Gäste erwartet ein bequemer Mix aus fremder Kulisse und heimischen Gewohnheiten. Dafür sorgen die Touristikunternehmen, die zu Hause die Träume vom Süden verkaufen und vor Ort den Hotelbesitzern ihre Bedingungen diktieren, und sei es nur, dass die ihren deutschen Gästen auf der Terrasse mit Blick aufs Mittelmeer nicht nur ein süßes italienisches Frühstück und Espresso, sondern auch Schwarzbrot und Filterkaffee servieren. Braucht es auf der anderen Seite Italiens, an der Adria, nicht viel mehr als Sonne, Strand und Meer, um die »Teutonen« glücklich und die Gastronomen wohlhabend zu machen, sorgen auf Ischia zusätzlich die deutschen Krankenkassen für Aufschwung, denn was Caroline von Humboldt und Arnold

Böcklin recht, ist den Kindern des Wirtschaftswunders billig. Sie lassen sich die warmen Bäder verschreiben und brüten wohlig unter südlicher Sonne, statt sich im Norden kühlen Meeresbrisen auszusetzen. »Aus der landwirtschaftlich geprägten Insel wird langsam ein großes Kurbad, eine deutsche Kolonie«, sagt Anna Migliaccio.

Tatsächlich lassen sich die Auswüchse der friedlichen Übernahme Ischias heute noch besichtigen, weil auch die deutschen Filmemacher die südliche Kulisse lieben und mit vollen Kinos rechnen können, wenn sie deutsche Publikumslieblinge zu Italienern erklären und Filme drehen, in denen Sätze fallen, die man eher in einem Werbeprospekt vermutet. Wie dieser hier: »Das hier ist Ischia, eine Insel im Mittelmeer, im Golf von Neapel. Traumhaft schön liegt sie unter blauem Himmel. (...) Die Sonneninsel nennt man Ischia, und Sonne ist gut für die Wäsche und die Fremden.« Es ist der Auftakt zu *Scampolo*, der rührenden Geschichte um ein Waisenmädchen, das auf Ischia als Fremdenführerin arbeitet, von der Liebe träumt und die auch findet, selbstredend. Zwischen zwei Sissi-Filmen übernimmt Romy Schneider 1958 die Titelrolle, in der sie in einem rot-weißen Bus über die Insel fährt, von deren Vorzügen schwärmend: »Alles auf dieser Insel ist schöner und größer als anderswo.« Wer in Westdeutschland bisher noch nicht wusste, warum er nach Ischia fahren soll, der weiß es jetzt.

Anna Migliaccio hat mittlerweile ihren Espresso ausgetrunken und muss los, die Gegenwart wartet. Nur eines noch: »Es war eine perfekte Maschine, eine kleine Schweiz im Süden Italiens, und die lokale Bevölkerung profitierte davon, viele arbeiteten in den Hotels und Restaurants und ihr Einkommen war vergleichsweise hoch.« *War*, denn nach 1990 ändern sich die Verhältnisse, die Deutschen müssen ihre Einheit bezahlen und haben kein Geld mehr für teure Kuren. Ischia muss nun mit der östlichen Adriaküste als Urlaubsziel konkurrieren und Airbnb sorgt ebenfalls für Verschiebungen auf dem Arbeitsmarkt, denn für die privat vermieteten Unterkünfte braucht es keine Zimmermädchen und keine Concierges mehr. »Ciao, Anna, ciao!«

Für den Fortgang einer neapolitanischen Saga ist es derweil förderlich, wenn sich das romantische Durcheinander nicht nur auf die natürlichen Gegebenheiten Ischias beschränkt, sondern sich auch auf die Protagonisten überträgt. Denn natürlich fährt Lenù, nachdem sie weiß, dass auch Nino dort sein wird, nach Ischia, gibt ihren Ferienjob in einer Buchhandlung auf und bezieht in einem Häuschen voller »Heiligenbilder und brennender Votivlämpchen« ein Zimmer, das gerade groß genug ist für ein Bett. Doch am Maronti-Strand, zu dem sie am nächsten Tag aufbricht, trifft sie nur auf die Familie Ninos, seine Geschwister und Eltern, von denen sich der älteste Sohn längst entfremdet hat. »Donato im schwarzen Sand, rücklings und mit aufgestützten Ellbogen; seine Frau Lidia auf einem Badetuch sitzend und in einer Wochenzeitung blätternd. Zu meiner großen Enttäuschung war Nino nicht unter dem Sonnenschirm. Ich suchte sofort das Wasser ab, erblickte einen kleinen, schwarzen Punkt, der auf der wogenden Meeresoberfläche auftauchte und verschwand, und hoffte, dass er es war.«

Am Strand von Forio bekommt man eine gute Vorstellung davon, wie es Ende der 1960er Jahre hier ausgesehen haben muss. Ein paar Strandcafés, die an Nord- und Ostsee als improvisierte Hütten firmieren würden, reihen sich aneinander. Selbstgemalte

Schilder weisen auf das Angebot aus Fisch und Wein und den geliebten Aperitivo. Es würde mich wirklich nicht wundern, wenn Lila und Lenù plötzlich auftauchten, barfuß und gestenreich ins Gespräch vertieft. Aber es ist kein Sommer mehr und dies ist kein Roman. Also reise ich noch knapp zwei Jahrzehnte zurück, wo sich die Annahme, die Zeit des Exils sei nach dem Zweiten Weltkrieg vorbei, als optische Täuschung entpuppt. Denn bei näherer Betrachtung wird Ischia noch in den 1950er Jahren für manchen deutschen Künstler zur Zuflucht, ein weit weniger existenzbedrohendes Schicksal als das der Schriftsteller von Ostende in den 1930er Jahren, aber doch. Eine kleine Malerkolonie aus lauter deutschen Männern entsteht, deren Biografien von den Jahren des Nationalsozialismus gezeichnet sind. Ernst Bursche, Meisterschüler von Otto Dix an der Dresdner Kunstakademie, findet nach dem Zweiten Weltkrieg weder in der DDR noch in der Bundesrepublik eine künstlerische Heimat und zieht sich zurück auf die neutrale Insel, malt in kräftigen Farben ihre Landschaften und Porträts ihrer Bewohner, trinkt sich am Strand das Leben schön. Auch Werner Gilles, der am Bauhaus Weimar von Lyonel Feininger unterrichtet wurde, kehrt nach Ischia zurück, wo er schon Anfang der 1930er Jahre einmal war, bevor ihn dasselbe Schicksal ereilt wie Max Beckmann und seine Werke in der Ausstellung »Entartete Kunst« landen. Eduard Bargheer aus Hamburg, Mitglied der Künstlergruppe Hamburgische Sezession, geht bereits nach deren Verbot ins italienische Exil und zieht 1947 ganz nach Forio, wo er kein Fremder bleibt, den Dialekt der Einheimischen spricht und Ehrenbürger wird. Die Männer sind alle nicht mehr jung genug, um völlig neue Kapitel in ihrem Leben aufzuschlagen, doch die Kulisse dieser Insel bietet ausreichend Motive fürs Spätwerk, das aus leuchtenden Schluchten, Küsten, Buchten besteht, aus Pflanzen und Bäumen und hin und wieder einem Gesicht.

Man stelle sich vor, wie die deutschen Maler beieinandersitzen, wie sie über ihre Vergangenheit sprechen, melancholisch oder bitter, wer weiß? Ob sie aufschauen, als ein Amerikaner sich auf der Terrasse vor dem Café an den Nachbartisch setzt, ein Notizbuch aufschlägt und ein paar Zeilen aufschreibt? Vielleicht wissen sie noch nicht, wer er ist, aber dass er, so wie sie, Männer Frauen vorzieht, dafür haben sie einen Instinkt. Überhaupt scheint es sich herumgesprochen zu haben, dass man auf Ischia wegen seiner sexuellen Neigungen eher nicht behelligt wird, dass der westliche Rand einer südlichen Insel ein guter Ort ist, um Diskriminierung und Verfolgung auf dem in dieser Hinsicht immer noch düsteren Kontinent aus dem Weg zu gehen.

Der junge Amerikaner am Nebentisch ist sich zunächst nicht sicher, ob die Insel nicht etwas zu unberührt für seine großstädtischen Bedürfnisse ist. Doch Ischia, die spröde große Schwester der weitaus populäreren Nachbarinsel Capri, gilt in europäischen Künstlerkreisen als Geheimtipp. Als er auf Ischia ankommt, hat Truman Capote ein märchenhaftes Erlebnis, das ihm sagt, hier bin ich richtig. »Nichts Böses oder Hässliches, denkt man, wird einem hier widerfahren. Schon als die *Principessa* in die Hafenbucht von Porto d'Ischia einlief und wir die blässlich blätternden Eiscremefarben der Häuser an der Uferstraße sahen, fühlten wir uns eigenartig zu Hause. Allerdings fiel mir in der Hektik des Aussteigens die Uhr runter und ging kaputt, was mir als symbolhaftes Geschehnis schon fast übertrieben vorkam. Offensichtlich war Ischia nicht der Ort, an dem es auf einzelne Stunden ankam, Inseln sind das nie«, notiert Capote 1950 in *Local Color*, seinem dritten Buch, in dem sich neben Reportagen aus New York, New Orleans, Hollywood und Haiti auch eine aus Ischia findet. »Es war ein Tag von klassischer Bläue, ein bisschen frisch vielleicht für März in Süditalien, aber mit einem gewaltigen Himmel, und unser Schiff, die *Principessa*, sprang über die Wellen wie ein ausgelassener Delfin.«

Wie leicht und unbeschwert auch diese Worte klingen, im Vergleich zu denen des anderen New Yorkers, der wenige Jahre zuvor am Utah Beach gelandet war. Dabei ist Truman Capote nur fünf Jahre jünger als J. D. Salinger. Geboren 1924 in New Orleans, ist er im Jahr des D-Day in einem Alter, in dem er gut und gern in den Krieg ziehen könnte, doch statt Soldat wird Truman Capote Copyboy beim *New Yorker*. Weil ihm Nervenzusammenbrüche und Kriegstraumata erspart bleiben, kann Europa in seiner Vorstellung der märchenhafte Kontinent bleiben, der ihm als Kind in Büchern begegnet ist. 1948 besucht er zunächst die vom Krieg gezeichneten Metropolen London und Paris, wo sich die intellektuellen Legenden von Christopher Isherwood bis Jean-Paul Sartre mit ihm treffen, weil sein Ruhm ihm nach dem Erfolg seines Debüts *Andere Stimmen, andere Räume* vorauseilt. Doch das europäische Land, das der kindlich imaginierten Landschaft Capotes am nächsten kommt, heißt Italien. Zuerst verliebt er sich in Venedig, hier ist er »vollkommen glücklich« und hat vielleicht sogar – belesen, wie er ist, schwul, wie er ist – das kleine Strandbuch von Thomas Mann dabei, *Tod in Venedig*, in dem Gustav Aschenbach zwischen den internationalen Gästen seines Hotels am Lido einen goldig dunkel gelockten Jungen entdeckt, von dem er hingerissen und entzückt ist und dem zuliebe er fast den Strandbesuch fahren lässt. Doch der Strand gewinnt einmal mehr. »Er ließ sich von dem barfüßigen Alten, der sich in Leinwandhose, Matrosenbluse und Strohhut dort unten als Bademeister tätig zeigte, die gemietete Strandhütte zuweisen, ließ Tisch und Sessel hinaus auf die sandig bretterne Plattform stellen und machte es sich bequem in dem Liegestuhl, den er weiter zum Meere hin in den wachsgelben Sand gezogen hatte.«

Nach Ischia kommt Truman Capote 1949 mit Jack Dunphy, einem schreibenden Tänzer, der bis zu seinem Tod sein Lebensgefährte bleiben wird. Die anfängliche Skepsis gegenüber der Insel weicht bald einer Begeisterung für die raue Landschaft, in der die Männer tagsüber auf Entdeckungstour gehen. »5. April. Ein langer, gefahrvoller Spaziergang. Aber wir haben einen neuen Strand entdeckt.« Das glaube ich gern, denn wie eine Perlenkette legen sich die Strände um die Insel, und es wäre reizvoll, sie mit bloßen Füßen einmal zu umrunden, es wäre auch leicht, die vierunddreißig Kilometer an einem Tag zu schaffen, oder sagen wir an zwei, aber weit kommt man dabei nicht. Denn während manche Strände leicht zugänglich sind, weil sie vor den Seebädern Ischia Ponte, Lacco Ameno oder Forio liegen, sind andere Strände versteckt unter dicht bewachsenen Felsformationen, lassen sich nur durch riskante Kletterpartien oder vom Meer aus erreichen. Truman Capote und Jack Dunphy scheint dies nicht zu schrecken, und lange müssen sie nicht nach ihrem Robinson-Crusoe-Strand suchen. »Es ist also nicht schwer, auf Ischia einen Strand zu finden, an dem man ganz allein ist. Ich kenne mindestens drei, an denen nie eine Menschenseele zu sehen ist.« Am Strand von Forio dagegen bleiben die Männer nicht allein und treffen ausgerechnet auf die Familie des Duce. »Die Witwe des früheren Diktators und drei seiner Kinder leben auf der Insel, in einer Art selbst gewähltem Exil. Irgendetwas an ihnen ist traurig und geht mir ans Herz.« Hier irrt Truman Capote, wenn er glaubt, Rachele Mussolini sei freiwillig nach Ischia gekommen. Nach der Hinrichtung Benito Mussolinis im April 1945 – sie hatte ihn kurz nach dessen faschistischer Machtergreifung geheiratet und fünf Kinder mit ihm bekommen – wird sie von der US-Armee aufgegriffen und nach Ischia verbannt, ein Zeichen dafür, dass die Insel seinerzeit tatsächlich nicht mehr ist als ein Geheimtipp unter Künstlern. Wenn die ihre Bilder gemalt und ihre Texte geschrieben, Strände entdeckt und im Meer gebadet haben, treffen sie sich auf der Piazza in der *Bar Maria*, die heute *Caffè Internazionale* heißt und bis auf den Corso Francesco Regine hinausreicht, die Hauptstraße der Fußgängerzone, in der sich Geschäfte und Cafés aneinanderreihen. Auf einer großen Terrasse, die gegen die herbstliche Witterung mit einem weinroten Plastikzelt überdacht ist, sind nur ein paar Tische besetzt. Die Kellner bringen die gängigen Speisen, Antipasti, *Insalata mista*, Spaghetti. Auf zwei großen Fernsehbildschirmen läuft ein italienisches Fußballspiel und drinnen, wo sich die Leute, nein, wo sich die Männer einst in der kleinen Bar drängten, steht statt Maria heute ein junger Mann an der Espressomaschine. Über ihm hängen die Schwarz-Weiß-Porträts der Gäste von damals. Ein großer ernster Mann, der immer wieder abgebildet ist, schaut etwas verlegen in die Kamera, so, als läge ihm nicht viel daran, fotografiert zu werden. Es ist Wystan Hugh Auden, der der Insel 1948 das Gedicht *Ischia* widmet. Ganz ergriffen ist der englische Dichter von der sonnenverwöhnten Partenopea und dankbar für das Glück, hier, wo ein günstiger Wind ihn hingeweht hat, mit teuren Freunden aus schmutzigen Städten jubeln zu dürfen. Und er stellt fest, dass diese Insel die verletzten

Augen heilt und einen unter gleichmäßigem Licht sanft lehrt, die Dinge wie die Menschen im rechten Verhältnis zu betrachten.

I am presently moved
by sun – drenched Parthenopea, my thanks are for you,
Ischia, to whom a fair wind has
brought me rejoicing with dear friends
from soiled productive cities. How well you correct
our injured eyes, how gently you train us to see
things and men in perspective
underneath your uniform light.

Auch W. H. Auden wird von seinem Geliebten begleitet, Chester Kallman, der ebenfalls Dichter ist. Die Insel ist viel zu klein, um sich aus dem Weg zu gehen, warum auch. Doch als Truman Capote einmal eine Party auf der Dachterrasse seines Hotels gibt, zu der »etwa fünfzig Leute, darunter die schönsten Fischer der Insel«, aber auch sein Freund Tennessee Williams und Frank Merlo erscheinen, unterhalten sich alle gut, wie Capote an Cecile Beaton schreibt, das heißt: »Alle mit Ausnahme von Wystan, der nicht tanzte und mit niemandem redete, sondern ganz allein in einer Ecke saß und so verdrießlich dreinsah, wie er konnte. Das ist mein Bild von Auden: er sitzt allein in einer Ecke und lässt die Kinnlade hängen.«

In einem Brief an seinen Lektor nennt Capote den siebzehn Jahre älteren Auden schließlich einmal »such a tiresome old aunty«. Ob es dieses alte ermüdende Tantchen mit Erleichterung zur Kenntnis nimmt, dass Capote nach diesem ersten Aufenthalt nicht wieder auf die Insel zurückkehrt, wer weiß das schon. Stattdessen sucht der sich Ziele diesseits und jenseits des Eisernen Vorhangs, die ihm aufregender scheinen, Spanien, die Sowjetunion, West-Berlin.

Auden dagegen kehrt bis Ende der 1950er Jahre mehrmals nach Ischia zurück und macht dort Bekanntschaft mit einem Mann aus Deutschland, der ihm freundlicher gesonnen ist als der smarte Dandy aus New York. Im Oktober 1953 nimmt er mit Hans Werner Henze in der *terme castaldi* ein Bad, was der Komponist sogleich seiner Freundin Ingeborg Bachmann berichtet, der er seit einer Tagung der Gruppe 47 im Jahr 1952 eng verbunden ist. Auch die Schriftstellerin aus Klagenfurt hatte gerade drei Monate auf der Insel verbracht, auf Hans Werner Henzes Einladung hin, der seine warmen Worte mit einer Aufforderung verbunden hatte, die jemandem, der sich ganz der Literatur verschrieben hat, bedrohlich und befreiend zugleich klingen muss: »wenig bücher mitnehmen, sich nichts besonderes vornehmen, abwarten, abwarten, der grosse pan lauert.«

Doch Ingeborg Bachmann, es kann gar nicht anders sein, nimmt sich den Rat zu Herzen und empfindet dabei ein großes Glück. Anfang September 1953 schreibt sie an Paul Celan, den man wohl die geheimste und zugleich größte Liebe ihres Lebens nennen darf: »Es geht mir so gut hier, dass ich nicht denken mag, was wird. Ich wohne in einem alten kleinen Bauernhaus, ganz allein, in einer wilden, schönen Gegend, die ›verbranntes Meer‹ heisst, und manchmal wünsche ich mir, nie mehr zurück zu müssen nach ›Europa‹.« Wenn mit Europa der Norden gemeint ist, ihre Heimat Österreich, der deutsche Sprachraum, der in den Nachkriegsjahrzehnten noch erfüllt ist vom unaussprechlichen und unbesprochenen Grauen des Nationalsozialismus, dann wird

Ingeborg Bachmann tatsächlich nie wieder ganz und gar dorthin zurückkehren. Italien wird zu ihrem Lebensmittelpunkt, nicht aus Gründen einer »romantischen Italiensehnsucht«, sondern weil sie sich zu Hause fühlt, weil sie, wie sie einmal sagt, »hier leben gelernt« hat. Und ja, man muss nur genau hinsehen, um zu erkennen, dass sich der Abschied von »Europa« bereits in ihrem Gedichtzyklus *Lieder von einer Insel* ankündigt, zu dem sie auf Ischia inspiriert wird.

Wenn einer fortgeht, muß er den Hut
mit den Muscheln, die er sommerüber
gesammelt hat, ins Meer werfen
und fahren mit wehendem Haar,
er muß den Tisch, den er seiner Liebe
deckte, ins Meer stürzen,
er muß den Rest des Weins,
der im Glas blieb, ins Meer schütten,
er muß den Fischen sein Brot geben
und einen Tropfen Blut ins Meer mischen,
er muß sein Messer gut in die Wellen treiben
und seinen Schuh versenken,
Herz, Anker und Kreuz,
und fahren mit wehendem Haar!
Dann wird er wiederkommen.
Wann?
    Frag nicht.

Elena Ferrante, Truman Capote, W.H. Auden, Ingeborg Bachmann – die literarischen Spuren, die sie auf Ischia hinterlassen, sind so unterschiedlich wie ihre Fußspuren im Sand, sind geprägt von Herkunft, Neigung, Charakter. Doch hinter dem Strand von Ischia Ponte sind sie einträchtig versammelt. Dort liegt in der Via Luigi Mazzella die Verlagsbuchhandlung *Imagaenaria*, eine literarische Schatzkammer erster Güte. Die Wände zweier Räume verschwinden hinter deckenhohen Regalen, auf Tischen stapeln sich die Bestseller von Roberto Saviano und Andrea Camilleri neben Klassikern von Italo Calvino und Elsa Morante. Natürlich sind auch Reiseführer, Hörbücher und Katzenkalender im Angebot, aber interessanter sind die alten Stiche und Zeichnungen, Filmplakate und Postkarten, die den hinteren Raum ausfüllen. Sie zeugen von der Zeit, als die Insel noch ein wildes, kaum verbautes Paradies war. Gemeinsam mit der Besitzerin Barbara Salamacha führt Antonietta Manzi die Buchhandlung. Schnell unterschreibt sie noch die Lieferpapiere eines Kuriers, bevor sie ihre Version der Geschichte Ischias erzählt, in der die kulturelle Blütezeit der Insel bereits in den letzten Zügen liegt, als die Schriftsteller und Künstler aus den USA und Nordeuropa anreisen. »Das goldene Zeitalter der Insel dauerte vom 19. Jahrhundert bis in die 1950er Jahre.« Auch Antonietta Manzi erwähnt Truman Capote und W. H. Auden, Hans Werner Henze, aber auch Pier Paolo Pasolini und Luchino Visconti, allesamt schwul, allesamt Außenseiter in einem Land, das, geformt vom katholischen Glauben und einer faschistischen Diktatur, Homosexualität als »gemeinschaftsschädliches Vergehen« ächtet. Dass sie in Forio eine scheinbar ungestörte Gemeinschaft bilden, mag idyllisch klingen, doch das Verhältnis zu den Bewohnern ist durchaus nicht ungetrübt. »Homosexualität war auf der bäuerlich und katholisch geprägten Insel verpönt«, sagt Antonietta Manzi. »W. H. Auden zum Beispiel bekam immer wieder junge Männer ›angeboten‹, in der Hoffnung, er würde für sie zahlen, aber zugleich wurden seine Katzen getötet, als Zeichen der Abscheu vor seiner Lebensweise.« Fast hätte ich diesen Satz vergessen, aber dann finde ich ein Gedicht, das mit dieser Information in ganz neuem Licht erscheint. Ist Lucina, die Katze, der Auden das Gedicht *In Memoriam, L. K. A. 1950–52* (alias Lucina Kallman Auden) widmet, womöglich gar keines natürlichen Todes gestorben? Der Nachruf jedenfalls ist herzzerreißend, zumindest wenn man bedenkt, dass er für ein, nun ja, schnödes Haustier geschrieben wurde. Unter dem Mandarinenbaum soll Lucina Frieden finden, die blauäuige Königin der weißen Katzen. Für sie soll Ischias Welle noch weinen, wenn sie, die sie vermissen, schon zu amerikanischem Staub geworden sind und der steile Epomeo in Krieg und Frieden majestätisch über das Grab wachen wird.

At peace under this mandarin, sleep, Lucina,
Blue-eyed Queen of white cats: for you the Ischian wave shall
weep,
When we who now miss you are American dust, and steep
Epomeo in peace and war augustly a grave-watch keep.

Doch wie gesagt, die Männer bleiben nicht lange unter sich. Dass die Blütezeit Ischias bereits in den 1950er Jahren endet, hat vor allem den Grund, den Antonietta Manzi in einem Satz zusammenfassen kann: »Später kamen die Touristen, viel zu viele Touristen.« Denn während die Reisenden der Grand Tour sich vorrangig für die reichen kulturhistorischen Schätze Italiens interessieren und das mit einem Abstecher ans Meer verbinden, ist es bei den modernen Touristen umgekehrt. Heute gebe es auf der Insel nur noch einen Dreiklang, mit dem man die Gäste locken könne, sagt Manzi: »Meer, Essen, Entspannung.« Selbst die Kultur – sie zeichnet zwei Gänsefüßchen in die Luft –, der man auf Ischia begegne, sei nur »gefälschtes Lokalkolorit«. Hoteliers und Wirte würden ihre Häuser mit bäuerlichen Attributen ausstaffieren, ein paar Tarantella-Tänzer buchen und *ecco*, schon würden die Leute glauben, sie hätten etwas von Ischias Geschichte verstanden. »Die echte Vergangenheit interessiert niemanden, selbst den antiken Nestorbecher im archäologischen Museum von Lacco Ameno halten viele für alten Ramsch.«

Ein wenig frustriert klingt das schon, aber Antonietta Manzi kennt zum Glück genügend Leute, die sich sehr wohl um die Kultur der Insel kümmern, Galeristen, Historiker und nicht zuletzt sie selbst mit ihrem Verlag, in dem Bücher zur Geschichte und Kultur erscheinen. »Diese Arbeit ist unsere Art zu zeigen, dass wir nicht aufgeben«, sagt sie, bevor sie einer älteren Dame hilft, einen Band über Heilpflanzen herauszusuchen. Zum Abschied empfiehlt mir die Buchhändlerin ein deutsches Werk, das in ihrem Verlag erschienen ist. *Gast auf Ischia. Aus Briefen und Memoiren vergangener Jahrhunderte* von Paul Buchner. Nachdem der 1886 in Nürnberg geborene Biologe 1944 von seinem jährlichen Sommerurlaub auf Ischia nicht nach Deutschland zurückkehrt, widmet er sich über dreißig Jahre lang Natur und Kultur seiner Wahlheimat. In *Gast auf Ischia* zitiert er bekannte und weniger bekannte Persönlichkeiten, die die Insel zwischen 1550 und 1883 besuchen, trägt Schriften von anonymen Mönchen, prominenten Adligen, Malern, Schriftstellern zusammen. Und als wolle er Antonietta Manzis These bekräftigen, beklagt er schon in den 1950er Jahren die »Überfüllung der Strände«. Es sind die melancholischen, kulturpessimistischen Zeilen eines alt gewordenen Wissenschaftlers: »Heute überfluten die Gäste die Insel, die Statistik überschreitet schon längst eine Million Übernachtungen pro Jahr. Aber die große Masse kommt nicht mehr, um sich wenigstens für eine Weile vom Gewirre des Lebens zu befreien, sondern um sich zu amüsieren, die Tage auf den nun überfüllten Stränden zu verbringen oder die vielen Boutiques zu durchmustern und abends in den Nachtlokalen am Hafen zu sitzen, deren Musik die Umgebung bis tief in die Nacht hinein stört.« Es würde Paul Buchner vermutlich das Herz brechen, würde er erfahren, dass die Zahl der Besucher heute das Fünffache seiner Zeit erreicht.

Wie wohl eine Begegnung zwischen Paul Buchner und Angelo Rizzoli verlaufen wäre? Ob sie sich überhaupt etwas zu sagen gehabt hätten? Immerhin sind sie fast gleich alt, aber – vermutlich – vom Temperament her sehr verschieden. Denn während dem deutschen Gelehrten die sich mehr und mehr füllende Insel ein Graus ist, sorgt der italienische Unternehmer zur selben Zeit dafür, dass die Schönheit der Insel sich in exklusiven Kreisen herumspricht. Im grauen Anzug, mit Krawatte und Einstecktuch steht er, die Hände über dem Wohlstandsbäuchlein gefaltet, auf einer Fotografie neben einer strahlenden blonden Frau und einem verlegenen Mann in Badehose am Strand von Lacco Ameno im Nordosten von Ischia und wirkt sichtlich zufrieden. Das kann er auch sein, schließlich gilt der Produzent und Verleger aus Mailand als Erfinder des Edel-Tourismus auf Ischia. Er ist so berühmt, dass eine Zeitung ihn gar zum *l'uomo del secolo* ausruft, zum Mann des Jahrhunderts. Nun, wenn man seinen Einfluss auf das italienische Filmgeschäft der 1950er und 60er Jahre betrachtet, mag das tatsächlich so sein, denn Angelo Rizzoli produziert unter anderem *Dolce Vita* von Federico Fellini und umgibt sich gern mit den Stars des italienischen Films, der Mitte des 20. Jahrhunderts in voller Blüte steht.

Zeugnisse davon finden sich in der ehemaligen Villa Rizzolis in Lacco Ameno. Die Einrichtung der kleinen Museumsräume ist ein wenig aus der Zeit gefallen, und der Staub auf den Vitrinen ist wohl als Zeichen dafür zu deuten, dass zumindest an diesem Ort der Andrang der Besucher nicht sonderlich groß ist. Jede Wand ist dicht behangen mit gerahmten Fotografien und Zeitungsausschnitten, die immer denselben Mann zeigen, meistens in Begleitung einer oder mehrerer Frauen, die dem Ideal ihrer Zeit entsprechen, hohe Frisuren, enge Taillen, tiefe Dekolletés. Einige der Damen sind weltberühmt, so wie Sophia Loren und Jackie Onassis. Wenn sie nach Ischia kommen, bietet Angelo Rizzoli ihnen nicht nur seine ungeteilte Aufmerksamkeit, sondern auch eine luxuriöse Unterkunft. Das von ihm errichtete *Hotel Regina Isabella* befindet sich nur ein paar Straßen weiter, natürlich direkt am Strand. Und wie es sich gehört, steigt der Ruhm mit den Skandalen. So treffen Richard Burton und Elizabeth Taylor 1962 während der Dreharbeiten zum Monumentalfilm *Cleopatra* zum ersten Mal aufeinander und verlieben sich unverzüglich. Als die beiden, zu diesem Zeitpunkt noch anderweitig verheiratet, von Paparazzi fotografiert werden – küssend auf einer Jacht im Mittelmeer –, schlägt dies, um im Bilde zu bleiben, so hohe Wellen, dass selbst der Papst sich genötigt sieht, das »erotische Vagabundieren« zu verurteilen. Eine US-amerikanische Parlamentsabgeordnete will gar die Rückkehr der beiden Filmstars in ihre Heimat verhindern, was jedoch nicht gelingt.

Glamouröse Zeiten, von denen außerhalb des kleinen Erinnerungstempels für Angelo Rizzoli nur noch wenig zu merken ist. Ende Oktober ist es rund um das Regina Isabella genauso still wie auf dem Rest der Insel. Gäste sind nicht in Sicht und auch kein Personal. Aber das Haus scheint geöffnet, im Foyer brennen ein paar Lampen, die so aussehen, als hätten sie hier auch schon für Taylor und Burton geleuchtet. Links vom Hotel führt ein Weg in den Wald, und bald weist ein Schild darauf hin, dass sich hier irgendwo Luchino Viscontis Villa La Colombaia befinden muss. Dort angekommen, sind alle Tore verriegelt, und auch ein dazugehöriges Filminstitut, das auf einer großen Tafel angekündigt wird, gibt es längst nicht mehr. Stattdessen blitzen auf dem Wanderweg zwischen Lacco Ameno und Forio immer wieder atemberaubende Ausblicke auf verlassene Strände in kleinen Buchten auf. Doch etwas später ist vom Meer nichts mehr zu sehen. Weit über dem felsigen Ufer reihen sich hochgesicherte Feriendomizile aneinander. Es sind wahre Trutzburgen, die sich vor den Blicken der Passanten hinter übermannshohen Mauern und mit Kameras versehenen Eisentoren verbergen. Dahinter, so ist zu vermuten, liegen die Zugänge zu privaten Stränden. Während die High Society des 20. Jahrhunderts noch exklusive Etablissements aufsucht, sich freiwillig oder unfreiwillig ablichten lässt und dabei doch immer auch für gute Unterhaltung bei denen sorgt, deren Leben weniger glitzernd ist, bleibt der selbsterklärte Jetset unserer Tage unter sich und fügt der Gemeinschaft nichts hinzu außer einer versperrten Sicht übers Mittelmeer.

Doch gibt es einen Ort, von dem aus man alle Strände Ischias zugleich sehen kann, von weit oben zwar, aber völlig unversperrt.

Man muss nur den Epomeo besteigen. Der schroffe Berg, aufgeworfen aus vulkanischem Gestein, bildet den magischen Mittelpunkt der Insel. Zugegeben, die Wallfahrt einer Besteigung vom Meer her, wie sie Paul Buchner noch erlebt, nehmen die wenigstens auf sich, stattdessen fahren Busse, die ihre besten Zeiten hinter sich haben, aber offensichtlich stabil genug sind für die kurvenreiche Fahrt durch Berg und Tal, um Felsschluchten herum, durch die engen Straßen der Dörfer weit über dem Meer. In Fontana, unterhalb des Epomeo, hält der Bus an einem Vormittag genau vor einer Bar, die winzig und dunkel ist. Der Wirt erklärt mich für eine Stunde zu seiner Tochter, drückt mich auf einen Plastikstuhl und bringt mir einen Cappuccino, der nach italienischen Maßstäben viel zu groß ist. Im hinteren Teil der Bar sitzt der Rest der Familie, vier alte Männer spielen Karten, wenn einer den anderen beim Schummeln erwischt, wird es laut. Doch selbst der Priester, der hier seinen *caffè* nimmt, verzeiht ihnen ihren Müßiggang, denn sie haben ihren Teil zum Aufschwung längst beigetragen und dafür, unübersehbar, auch einige Zähne hergegeben. Ich stelle mir vor, dass es hier jeden Tag so zugeht, jeden Monat, jedes Jahr, dass selbst Paul Buchner zugeben müsste, dass sich an diesem Ort seit Jahrzehnten nichts geändert hat. Und ich stelle mir vor, wie es wäre, wenn ich hier leben dürfte, müsste, könnte. Würde ich dieses Gleichmaß ertragen, diese ewige Wiederkehr, die der der Wellen gleicht, die an den Strand schlagen? Ich weiß es nicht und habe doch schon die Antwort, denn am nächsten Tag bin ich schon wieder ganz woanders.

Lenù wartet derweil am Strand von Forio immer noch auf Nino, den sie für sein Wissen und seine Redegewandtheit bewundert, seit sie ihn einmal über den drohenden Atomkrieg hat diskutieren hören, über den Niedergang Frankreichs und Italiens, über die »Öffnung nach links«, über den Friedensaktivisten Danilo Dolci, den Bürgerrechtler Martin Luther King, den Philosophen Bertrand Russell. Nicht, dass sie alles von dem versteht, worüber er spricht, aber eines Tages will sie es verstehen, deshalb liest sie unentwegt, auch in ihrer Kammer auf Ischia, während Lila und ihre Freundinnen auf ihre Ehemänner warten, die am Wochenende von Neapel herüberkommen. Ein Ritual, das sich an allen Stränden Italiens allwöchentlich wiederholt, die Frauen und Kinder verbringen den Sommer am Strand, die Männer arbeiten in der Stadt und kommen nur am Wochenende dazu. Nachts lauscht Lenù den Geräuschen der Paare, ihrem Lachen und Stöhnen, tags erträgt sie ihr vergnügtes und beschwipstes Geplapper und kann doch selbst erst wieder lächeln, als Nino endlich am Strand auftaucht. »Ich war glücklich und wurde umso herzlicher und schlagfertiger, je mehr sich dieses Glück aus Bestätigungen speiste – Nino breitete sein Handtuch neben mir aus, machte es sich darauf bequem und wies auf ein Stück des blauen Stoffes, so dass ich, die als Einzige im Sand gesessen hatte, mich gleich zu ihm gesellte.« Es ist ein kurzes Glück, das in Enttäuschung endet, als Nino sich mehr und mehr für Lila interessiert, die eigensinnige Freundin. Die lässt sich auf ihn ein, obwohl sie mit Stefano verheiratet ist. Statt Nino ist es nun dessen Vater Donato, der sich Lenù nähert, als sie eines Nachts am Maronti-Strand darüber nachdenkt, warum alles so gekommen ist. Donato, das Raubtier, dem sie zur leichten Beute wird. »Bis er sich plötzlich zurückzog, sich im Sand auf den Rücken drehte und so etwas wie einen erstickten Schrei ausstieß. Wir schwiegen, das Meer kehrte wieder, der flackernde Himmel, ich war wie betäubt. Das trieb Sarratore erneut in seinen plumpen Gefühlsüberschwang, er glaubte, mich mit zärtlichen Worten wieder zu mir kommen lassen zu müssen. Aber ich ertrug nur wenige Sätze. Ich stand abrupt auf, schüttelte mir den Sand aus den Haaren und vom ganzen Körper und brachte meine Sachen in Ordnung.« Es sind die 1960er Jahre, noch glaubt Lenù, es müsse so sein.

Von meinem Quartier oberhalb der Altstadt von Ischia Ponte gehe ich zwischen wilden Gärten hinunter zum Strand, vorbei an schiefen Garagentoren und unaufgeräumten Hinterhöfen. Aus Küchenfenstern weht mir Kaffee und Popmusik entgegen, Kätzchen räkeln sich in der Sonne. Auf der Via Luigi Mazzella haben die Kleider- und Schuhgeschäfte geschlossen, auch in der Imagaenaria brennt kein Licht, es ist Mittagszeit. Vor dem Café Monzù stehen drei Tische, an denen niemand sitzt, drinnen wird Espresso an Männer in bunten Poloshirts ausgeschenkt. Viel passiert nicht auf der Piazzale Aragonese, nur ein paar Sammeltaxis warten auf Kundschaft. Dann hält ein sehr alter Mercedes an, ein sehr alter Mann hilft seiner Frau aus dem Wagen, sich gegenseitig stützend gehen sie zum Ristorante da Coco auf der anderen Seite des Platzes, wo man sie schon erwartet. Noch einmal nehme ich den Weg am Wasser entlang, vom Castello Aragonese bis zum Hafen, wo die Fähren und Schnellboote vom Festland an- und ablegen, wo der Busbahnhof ist und wo vor jeder Osteria, Trattoria, Pizzeria ein Ober steht und Passanten in sein Lokal bittet. »Haben Sie keinen Hunger?«, fragt mich einer auf Deutsch, und als ich mit dem Kopf schüttele, wundert er sich. »Warum haben Sie keinen Hunger?«

7
Benidorm

»Dann verwandelt sich die Stadt am Meer zu einer riesigen Werkstatt«

Sie ist die erste am Strand und es scheint ihr zu gefallen. Stolz schaut sie sich um, ob es auch wahr ist. Es ist wahr, für heute hat sie das Wettrennen gewonnen. Doch bevor sich die ältere Dame niederlässt, wirft sie ein großes weißes Handtuch über ihre Strandliege, stellt die Sandalen in den Sand, hängt die Badetasche in den Sonnenschirm, läuft ein paar Schritte ins Meer, sieht dabei zu, wie die Wellen ihre Knöchel umspielen, und benetzt ihre Arme mit Wasser, vorsichtig, ganz vorsichtig. Dann kehrt sie zu ihrer Liege zurück, setzt sich, zupft erst das Handtuch, dann ihr hochgestecktes Haar, dann ihren silbern glänzenden Badeanzug zurecht, kontrolliert ihre lackierten Fingernägel, rutscht in eine bequeme Lage und schließt die Augen.

Es ist ein früher Morgen, bis auf die siegreiche Lady liegt der Strand von Benidorm verlassen da, nur die zahlreichen Strandmöbel ganz vorn am Wasser, die irgendwer noch vor Sonnenaufgang dort aufgestellt haben muss, künden davon, dass es nicht so bleiben wird. Je höher die Sonne steigt, desto mehr Menschen schlendern, schlurfen, tänzeln und marschieren zielgerichtet hin zu einer ganz bestimmten Liege, einem ganz bestimmen Sonnenschirm, der das Strandquadrat markiert, in dem sie in diesem Sommer zu Hause sind. Weil ich keinen Sonnenschirm habe und auch keine Liege, habe ich mir ganz hinten am Strand einen Platz unter einer der wenigen Palmen gesucht. Ich schaue aufs ruhige Mittelmeer, beobachte Jogger und Gassigeher auf der Promenade und lese zwischendurch ein paar Seiten in Rafael Chirbes Roman *Krematorium*. Es ist die Geschichte des Bauunternehmers Rubén Bertomeu, der hier in der Gegend, an der Costa Blanca, mit Apartmenthäusern sehr viel Geld verdient hat und nach dem Tod seines Bruders Matias auf sein Leben zurückblickt. Es ist die Geschichte einer Stadt am Meer, die in diesem Roman Misent heißt, aber genauso gut Benidorm heißen könnte. Als Rubéns Tochter Silvia ihren Sohn Félix zum Flughafen bringt, denkt sie darüber nach, was aus Misent geworden ist, viel übrig hat sie nicht für den auch vom Vater verbauten Ort: »Félix ist jetzt da oben. Wenn er die Nase an das Kunstglas des Fensters presst, kann er diese kranke Landschaft sehen, all die sich auftürmenden Bauten, die Leergrundstücke, die Kräne und das Meer, still wie ein Leichentuch unter dem schmerzhaften Mittagslicht.« Doch die Leute, die mehrmals am Tag aus den Flugzeugen steigen, aus England, Deutschland, Schweden, Polen, Russland, die kommen trotzdem, haben kleine rollende Koffer dabei mit wenig Gewicht, weil sie unter südlicher Sonne kaum etwas brauchen. Ich habe sie gesehen in Alicante, wo man ankommt, wenn man nach Benidorm will. »Auf dem Parkplatz bewegen sich die Menschen im Grüppchen zwischen den Autos, knapp bekleidet mit Shorts und kurzärmeligen, weiten, bunten Hemden, die sie halb aufgeknöpft tragen; viele von denen, die ihr entgegenkommen, schützen sich mit Stoff- oder Strohhüten vor der Sonne. Die meisten Frauen, selbst die älteren, tragen ganz kurze Röcke mit seitlichen Schlitzen, die beim Gehen das Unterteil des Bikinis oder den Slip zeigen und viel Fleisch, das nicht unbedingt ästhetisch wirkt, kein angenehmer Anblick.«

Als ich aus dem Roman auftauche, bin ich nicht mehr allein. Ein älteres spanisches Ehepaar hat sich zu mir gesellt, Campingstühle aufgebaut, Hosen und Kleider über meinem Kopf in die Palme gehängt und sitzt nun so nah bei mir, dass ich die Poren auf der Haut des tiefbraun gebrannten Mannes zählen könnte und mir eine Mischung aus Schweiß und Kokosöl in die Nase zieht. Weder er noch seine Frau würdigen mich eines Blickes. Irgendwann kommt ein weiteres älteres Paar, das etwas zu überschwänglich begrüßt wird. Wie beiläufig wird der Raum, den sie mir, der Fremden, zugestehen, mit Stühlen, Zeitungen und Handtüchern noch etwas enger abgesteckt. In mir regt sich Widerstand und ich nehme mir vor, durchzuhalten und zu bleiben. Das ist doch ein öffentlicher Ort, nicht wahr? Ich war doch zuerst da, oder? Doch irgendwann komme ich mir so fehl am Platz vor, dass ich aufgebe und gehe. Als ich mich nach ein paar Metern umdrehe, steht da, wo ich eben noch saß, eine gelbe Kühltasche.

An diesem Strand hat jeder seinen Ort, die Dame am Wasser genauso wie die beiden Paare unter der Palme, die mich als Neuankömmling identifizieren und entsprechend behandeln. Denn sie sind die Herrscher im »Königreich der Nicht-Ereignisse und Nicht-Erlebnisse«, wie Jean-Didier Urbain den touristisch erschlossenen Strand einmal nennt, und als ob er dabei gewesen wäre, kommentiert er meinen Abgang: »Was hier auf dem Spiel steht, ist die Intimität der Gruppe versus die gesamte Außenwelt.« Voilà, die nüchterne Erklärung des Kultursoziologen. Dass der überhaupt an den Strand kommt – und zwar dienstlich –, dass sich nach Abenteurern, Malern und Dichtern in der zweiten Hälfte des 20. Jahrhunderts mehr und mehr Gesellschaftstheoretiker, Historiker und Anthropologen aufmachen, um nicht mehr Individuen, sondern Gruppen und Klassen in den Blick zu nehmen, liegt vor allem daran, dass der Strand langsam unter diesen Gruppen und Klassen verschwindet. Die frühen Klagen über den Andrang an den europäischen Stränden klingen wie Anstellerei, wenn man sie in Zeiten liest, in denen sich die Mengen der sich quer über den Kontinent an seine Strände bewegenden Menschen ins Millionenfache addieren. Der Strand ist zum massenkulturellen Schauplatz geworden, der entsprechend vermessen werden muss. Und wo lassen sich die Messungen besser durchführen als im touristischen Epizentrum Europas, in Spanien?

Noch liegt die Bohème der DDR auf Hiddensee am Nacktbadestrand, noch versammeln sich auf Ischia Kurgäste, Künstler und Filmstars, als ein deutsches Nachrichtenmagazin schon die großen Verschiebungen beschreibt, die sich an südwesteuropäischen Stränden abzeichnen. Unter der Überschrift »Spanien: Alptraum Tourismus« schreibt *Der Spiegel* 1973: »Während das Image des klassischen Reiselandes Italien sinkt, scheint der Law-and-Order-Staat Spanien, der Sonne, Toreros und Flamenco bietet und durch billige Charterflüge nähergerückt ist, für viele Deutsche die Erfüllung alter Sehnsüchte zu sein (…). Ein Land, das noch vor kurzem durch geographische und politische Schranken isoliert am Rande Europas lebte, wurde Ziel der wohl größten Völkerwandung aller Zeiten.« Begründet wird dieser Superlativ damit, dass 1973 genauso viele Touristen nach Spanien kommen, wie das Land Einwohner hat, vierunddreißig Millionen. Abgesehen davon, dass es heute mehr als doppelt so viele sind – Touristen, nicht Einwohner –, ist diese Zahl der Beweis, dass der Plan aufgegangen ist. Innerhalb von zwei Jahrzehnten hat sich ein Land neu erfunden, das anders als Italien auf den Sehnsuchtslandkarten der Nordeuropäer lange kaum verzeichnet war. Umso schneller und einfacher lässt sich diese leere Fläche nun mit frischen Farben ausmalen, die wenig mit der realen Vergangenheit, aber alles mit einer imaginierten Zukunft zu tun haben. Es ist der Diktator Francisco Franco, seit dem Militärputsch 1936 an der Macht, der in den 1950er Jahren mit wirtschaftsliberalen Reformen für den Aufschwung seines Landes sorgt und dabei bewusst auf den Tourismus setzt. Dabei kommt ihm zugute, dass sich die Formel für das kleine Urlaubsglück mittlerweile in drei simplen, von landschaftlichen oder nationalen Eigenheiten weitgehend gelösten Attributen zusammenfassen lässt: Sonne, Strand und Meer. Und davon hat Spanien mehr als genug. Allein die Balearen finden ihre Liebhaber vergleichsweise früh, George Sand schreibt mit *Winter auf Mallorca* schon 1842 einen Klassiker der Reiseliteratur, Albert Vigoleis Thelen bleibt in den 1930er Jahren fünf Jahre, von denen er zwei Jahrzehnte später in *Die Insel des zweiten Gesichts. Aus den angewandten Erinnerungen des Vigoleis* erzählt. Um nun die Strände des Festlands auch für weniger exklusive Besucher zu erschließen, werden die klingenden Namen der spanischen Küsten ins Spiel gebracht, von denen die bekanntesten Costa de la Luz (Lichtküste), Costa de Sol (Sonnenküste), Costa Blanca (Weiße Küste) und Costa Brava (Wilde Küste) heißen. Über hunderte

Kilometer liegt hier ein Strand am anderen, mal in lieblichen Buchten zwischen schroffen Felsen, mal in weiten flachen Bögen. Pures Gold im sonst eher rohstoffarmen Land, das sich einem *boom turístico* verschreibt, für den es gar nicht so viel braucht. Für Westeuropäer wird die Visapflicht abgeschafft, man vergibt günstige Baukredite und überschreibt die Geschichte.

»Dieses Land ist ein schmutziges Land gewesen«, erinnert sich Silvia in Rafael Chirbes' Roman. »Hungernde Bauern und Handwerker, hungrige und schmutzige Maler, hungrige und schmutzige Schriftsteller, ein Drecksland, nur kurz mal durchs Wasser gezogen (so ihre Mutter).«

In kürzester Zeit wird aus dem Armenhaus Europas *el país de camareros*, das Land der Kellner. Dabei interessieren sich die Touristen aus Deutschland, Großbritannien oder Skandinavien vor allem für preiswerte Unterkünfte, für Geselligkeit und weniger für die politischen Verhältnisse in einem Land, in dem der Bevölkerung kaum demokratische Rechte zugestanden werden, jegliche politische Opposition unterdrückt wird und die allgegenwärtige katholische Kirche dieses System stützt, wie die Historikerin Sina Fabian bemerkt: »Die Veranstalter profitierten davon, dass das Regime den Ausbau des Tourismus offensiv betrieb. Autokratische Strukturen waren dabei teilweise förderlicher als demokratische. Die gängigen Reiseführer erwähnten das politische System höchstens am Rande. Vorgaben, wie sich die Touristen in dem streng katholischen Land verhalten sollten, fanden sich dort ebenfalls nur sehr wenige.« Statt landeskundliche Informationen zu verbreiten, die schon aufgrund ihrer historischen Komplexität Interessenten von einer Reise abhalten könnten, richten die Reiseprospekte ihre Werbung ganz auf das universelle Bedürfnis nach

Licht und Wärme und mixen es mit einem Hauch unverfänglicher Exotik, das den Nordeuropäern das Gefühl geben soll, in eine fremde Welt einzutauchen, die doch vertraut genug ist, um nicht vor ihr zurückzuschrecken. »Hierzu zählen vor allem die Bildelemente Esel, Gitarre, Kleidung, Fisch und Meerestiere«, schreibt die Kulturwissenschaftlerin Sabrina Beiderbeck und führt aus, wie das von der Werbung vermittelte Strandbild sich dem Zeitgeist geschmeidig anpasst. So werden anfangs noch leere und ruhige Sandflächen angepriesen, auf denen hier und da ein Einheimischer auftaucht, später werden sie von Frauen in Bikinis und noch später von jugendlichen Gruppen abgelöst. »Belebte Strände sind beliebte Strände«, schreibt Sabrina Beiderbeck, und dass sie sich in Spanien mehr und mehr beleben, dafür sorgen die internationalen Reiseorganisationen, die sich in den frisch errichteten Hotels an den spanischen Küsten ihre Kontingente für Pauschalreisen sichern, so wie sie es in Italien bereits eingeübt haben. Fast drei Viertel der Reisen in das neue Lieblingsland der Deutschen werden pauschal gebucht, nicht nur weil es besonders bequem ist, sondern auch weil es Sicherheit in einem bis dahin unbekannten Land bietet. Für deutsche Reiseveranstalter jedenfalls brechen mit der touristischen – und völlig risikofreien – Eroberung Spaniens, die vorzugsweise im Ferienflieger erfolgt, große Zeiten an. 1968 schließen sich die vier größten in Deutschland zusammen: Aus Touropa, Scharnow-Reisen, Hummel-Reise und Dr. Tigges Fahrten wird die Touristik Union International, kurz TUI. Die einstigen Fischerdörfer an den spanischen Mittelmeerküsten wachsen zu prosperierenden Wirtschaftsregionen zusammen, die dafür sorgen, dass der Wohlstand, wie man ihn aus Nord- und Westeuropa kennt, auch im Süden ankommt. Allerdings nicht bei allen, wie der *Spiegel* 1973 feststellt: »Die Touristen-Society lebt – ohne den geringsten Anpassungszwang an die spanische Gesellschaft – nach ihren eigenen Gesetzen, in ihren eigenen, meist luxuriösen Gettos. Sie hat den Status, so ein barcelonesischer Journalist, ›einer riesigen Super-Oberschicht‹ gewonnen – und schuf zugleich ein neues ›Sub-Proletariat‹ (…): Scharen von Zimmermädchen, Kofferträgern, Putzfrauen und Kellnern schuften ›unmenschlich viele Stunden am Tag‹ (…) für die Fremden, nicht selten von morgens um acht bis nachts um eins. Aus den umliegenden Orten zugewandert, leben sie getrennt von Familie und Freunden, wie Gastarbeiter im eigenen Land.« Spanien mag zum Land der Kellner geworden sein, den Gewinn der Neuerfindung als Urlaubsparadies streichen andere ein. Leute wie die, die dem fiktiven Bauunternehmer Rubén Bertomeu wie aus dem Gesicht geschnitten sind. Der macht seinen Kreditgebern vor, er errichte vor allem Luxusrefugien unter südlicher Sonne, doch das große Geld macht er mit vorgefertigten Bungalows auf minderwertigem Bauland.

Nach einem milden Morgen wird es schnell heiß in Benidorm. Am Strand liegen die Leute wie Ostender Seehunde bewegungslos im Sand, aber an den Schattierungen ihrer Hautfarben kann man erkennen, wie lange sie schon hier sind. Es gibt die Blassen, die Roten und die Braunen, und je dunkler einer ist, desto selbstbewusster läuft er über den Strand, hinunter zum Meer, wo kaum jemand schwimmt. Eher steht man im lauen flachen Wasser herum, in Grüppchen und in Paaren, oder läuft hin und her wie auf einer Promenade. Das Meer liegt ja auch ganz ruhig und blau und stört nicht, das schöne große Mittelmeer ist hier tatsächlich nicht mehr als ein Fußbad.

Gilt anfangs noch das andalusische Torremolinos als der Ort, an dem sich Fluch und Segen des Massentourismus besonders offensichtlich zeigen, so holt Benidorm schnell auf. Denn dort schwebt Bürgermeister Pedro Zaragoza Orts Mitte der 1950er Jahre eine besonders glitzernde Version des *boom turístico* vor. Selbst Sohn eines Seemanns, ist er weitsichtig genug zu erkennen, dass im traditionellen Fischfang keine Zukunft liegt, im Menschenfang aber schon. Also lässt er in dem verschlafenen, unterentwickelten Ort, dem er vorsteht, Straßen asphaltieren und Wasserleitungen legen, um einen bis dahin einzigartigen Bebauungsplan zu verwirklichen, der langfristig dazu führen wird, dass drei Viertel der Urlaubsquartiere an der Costa Blanca sich in seiner Stadt, nun ja, stapeln. Denn was den deutschen Nationalsozialisten auf Rügen nicht gelungen ist, ein monumentales quasi-demokratisches Ferienobjekt für tausende Menschen zu vollenden, gelingt Orts an seiner Mittelmeerküste spielend. Bald ist Benidorm so dicht bebaut, das es den Spitznamen *Little Manhattan* bekommt, weil sich hier knapp siebzigtausend Einwohner und fast zwei Millionen Touristen jährlich die Fläche einer Kleinstadt teilen und an den zwei langen, weich geschwungenen Buchten, der Playa de Levante und der Playa de Poniente, dreihundert Wohntürme in den Himmel ragen. Dass das Höher-Schneller-Mehr seine Schattenseiten hat, zeigt sich, als man mit der Nachfrage nach Hotelbetten kaum noch mithalten kann und zu improvisieren beginnt. Nicht umsonst nennt Rafael Chirbes seinen Roman *Krematorium*, sein Protagonist verkaufe Frieden wie ein Bestattungsunternehmer, heißt es einmal. Es ist eine gnadenlose Abrechnung. »Überall steht Halbfertiges herum, das aber schon in Betrieb genommen ist, alles ist eine Baustelle, alles wird viel zu klein geplant, für eine Einwohnerzahl, die gerade einmal die Hälfte der ständigen Bevölkerung ausmacht und nur ein Viertel der Sommerbelegung. Juan sagt, man muss sich damit abfinden, dass Paradies und Hölle nun mal zusammengehören und immer im selben Waggon reisen.«

Ob die Bauherren des Intempo den Roman gelesen haben? Als größtes und höchstes Bauwerk der Stadt geplant, sind die beiden siebenundvierzig Stockwerke umfassenden Wohntürme schon aus weiter Ferne unübersehbar, ihre höchsten Etagen sind durch eine Konstruktion verbunden, die an einen Diamanten erinnern soll. Doch weil man die Fahrstuhlschächte zu schmal geplant hatte, wurden die Türme bisher nicht zu Ende gebaut. Und nachdem das Intempo (das Wort bedeutet »zeitlos«) ursprünglich Maßstäbe für eine neue Architektur, gar für eine neue Philosophie des Bauens setzen sollte, gilt es mittlerweile als Symbol von Megalomanie und Inkompetenz, als »Testament des Immobilienbooms an der spanischen Küste«, wie der englische *Guardian* einmal schreibt. Allerdings scheint der Fall des Intempo weder Bauherren noch Bürgermeister zu schrecken, immer weiter frisst sich Bauland in die felsige und hügelige Landschaft hinter der Stadt, und man kann davon ausgehen, dass dabei die Grenzen der Legalität planmäßig überschritten werden. Mit den Zeitungen, die über Korruption und mafiöse Verstrickungen berichten, ließe sich jedenfalls so manche Bauruine verhüllen.

Dabei sind die Wohntürme von Benidorm nur die besonders extreme Variante einer zersiedelten Landschaft entlang der gesamten spanischen Küste, an der sich jegliche denkbare Form des Feriendomizils findet, vom schlichten Bungalow bis zum exklusiven Chalet, gern auch als Siedlung mehrerer Häuser im gleichen

Stil errichtet. Und wenn die Küste verbaut ist, wird eben im Inland weitergemacht, wo fehlende Strände durch Golfplätze kompensiert werden, auf denen man herumsteht und herumgeht wie im flachen Meer, nur die Füße bleiben trocken.

Zumindest vom Strand aus wirkt Benidorm wie ein dichter Stelenwald, den Archäologen zukünftiger Zivilisationen nur als Huldigung des Sonnengotts werden deuten können, warum sonst sollten all diese Betonburgen zu ihm hin ausgerichtet sein? Immerhin bieten die Wolkenkratzer zur Mittagsstunde den Schatten, der am Strand fehlt, also gehe ich zwischen ihnen spazieren. Außer mir sind kaum Leute unterwegs. Nur ab und an kreuzt ein Hausmeister oder ein Zimmermädchen meinen Weg, die einen daran erinnern, dass an diesem Ort auch gearbeitet wird, gearbeitet werden muss, denn wie sonst soll das »Königreich der Nicht-Ereignisse und Nicht-Erlebnisse« funktionieren. Obwohl der Strand nicht weit ist, verfügt fast jedes große Hotel über einen oder mehrere Swimmingpools, die von hohen blickdichten Zäunen eingefasst sind. Hin und wieder sind Kinderstimmen zu hören und das Geräusch, das Menschen machen, wenn sie ins Wasser springen. Es riecht nach Chlor und Sonnencreme. Irgendwann gelange ich zum Parc L'Aiguera, einer grünen Schneise mit Amphitheater, die das Hotelviertel von den Wohnvierteln Benidorms trennt. Man erkennt sie bereits an der Straßenführung. Hier liegen die Straßen quer zur Sonnenbahn, die Häuser ducken sich eng aneinander, so wie es in historisch gewachsenen mediterranen Städten üblich ist. Je weiter ich gehe, desto mehr verwandelt sich Benidorm in einen realen Ort. Die Straßen sind belebt, Busse fahren an und ab, Mofas umkurven Müllwagen. Vollständig bekleidete

Menschen gehen ihren Geschäften nach, kaufen in Läden alltägliche Dinge. Erst weiter unten, unweit der Strandpromenade, wird diese Normalität wieder abgelöst von den Auswüchsen der Erlebnisgesellschaft, in denen es vor allem darum geht, den Alltag auszusperren. Geschäfte mit Spielzeug, Schmuck und billigen Souvenirs wechseln sich mit Pizzerien, Döner-Läden und Pubs ab. Die Fußgängerzone gleicht einem endlosen Biergarten, in dem es mit jeder Stunde voller wird. Denn obwohl der Name an ein Schlafmittel erinnert, wird das Benidorm der Touristen kurz vor Sonnenuntergang erst richtig wach. Anders als am Atlantik gibt es kein Innehalten in diesem Moment, wenn die Sonne ins Meer sinkt. Hier verschwindet sie einfach irgendwann hinter den verbauten Hügeln, und wenn die Leute am Strand von den Schatten der Wohntürme zugedeckt werden, ist es für sie das Zeichen, die Handtücher einzupacken, in ihre Hotelzimmer oder Apartments zurückzukehren, die Badesachen zum Trocknen über die Balkonbrüstung zu legen, sich vorzubereiten für die glitzernde Nacht.

Tatsächlich wird der Strand als Landschaft, als Grenzstreifen zwischen den Elementen, immer mehr zum »anderen Raum« im Sinne Michel Foucaults. Als der französische Philosoph 1967 darüber nachdenkt, hat er Gärten, Kinos, Museen und Bibliotheken, Altersheime und Gefängnisse im Sinn und meint damit Räume, in denen sich die Gegensätze zwischen privat und öffentlich, kulturell und nützlich, Freizeit und Arbeit mehr und mehr auflösen. Er nennt sie Heterotopien und beschreibt sie als »realisierte Utopien, in denen die wirklichen Plätze innerhalb der Kultur gleichzeitig repräsentiert, bestritten und gewendet sind, gewissermaßen Orte außerhalb aller Orte, wiewohl sie tatsächlich geortet werden können«. Auch wenn Foucault am Vorabend des Massentourismus den Strand nicht explizit erwähnt, findet sich doch ein Hinweis darauf, dass sich sein Bild auf den Strand anwenden lässt, nämlich wenn Foucault Feriendörfer als Heterotopien ausmacht, »diese polynesischen Dörfer, die den Bewohnern der Städte drei kurze Wochen einer ursprünglichen und ewigen Nacktheit bieten«. Und was ist Benidorm anderes als ein riesiges, aus den Fugen geratenes Feriendorf am Strand der Costa Blanca?

Auf der Hauptachse dieses Feriendorfes, der Avinguda Alcoi, sitze ich gegen Abend auf einer Bank, lasse die Leute, die nicht ahnen, dass sie als Anschauungsmaterial für Philosophen und Soziologen herhalten müssen und sich gerade in einem »anderen Raum« bewegen, an mir vorüberziehen. Es ist die Stunde, da wir nichts voneinander wussten. Auftritt von links: Ein Mann, eine Frau, ein Hund. Der Mann trägt Hut, die Frau trägt Lippenstift, der Hund hat nur drei Beine. Auftritt von rechts: Zwei Männer, drei Frauen. Alle sind tätowiert und haben Bierflaschen in der Hand. Ein Mann spricht, eine Frau rückt ihren Busen zurecht. Auftritt von links: Zwei Müllmänner mit Handschuhen tragen schwarze Säcke über den Schultern. So geht es weiter, immer weiter. Paare, Passanten. Manche sind festlich gekleidet, Kostüme in leuchtenden Farben, sommerliche Anzüge, pastellfarbene Hemden, Absätze und feste Schuhe, die ihnen eine würdige Haltung verleihen. Sie fallen auf zwischen denen, die sich die Mühe gespart haben und immer noch tragen, was sie am Morgen aus dem Koffer gezogen haben. Shirt, Shorts, Flip-Flops. Diese Stranduniform dominiert die Promenade in Benidorm genauso wie den Palace Pier in Brighton. Hier wie dort erkennt man die Gruppen aus dem Vereinigten Königreich daran, dass es kurz lauter und aus dem Handke-Stück eine englische Sitcom wird. In *Benidorm* – zehn Jahre lang sehr erfolgreich im britischen Fernsehen gelaufen – ist jeder Tag in dieser Stadt eine bittersüße Komödie, die kein Klischee auslässt, nicht das schwule Pärchen, das am Hotelpool seine Sexualpartner auswertet, nicht die pedantischen Rentner, die mit ihren Elektromobilen Leute umfahren, nicht das verliebte Teenage-Girl, das glaubt, der spanische Kellner meine es ernst, wenn er ihr »te amo« ins Ohr flüstert – »I will miss you!« »And you will miss your plane.«

Überhaupt bilden neben den Einheimischen die Touristen aus Großbritannien die größte Gruppe in der Stadt. Sie scheinen es für selbstverständlich zu nehmen, dass ihnen alle Aufmerksamkeit gilt und das Angebot in den Cafés, Bars und Hotels ganz auf sie ausgerichtet ist. Am Morgen *baked beans and sausages* zu *Daily Telegraph* und *Sun*, am Abend Bingo und Tanz im Hotel Bristol, wo eine Frau mit goldenen Locken englische Schlager aus den Siebzigern singt, begleitet von einem Mann am Keyboard. Unter einer Diskokugel versuchen sich drei ältere Paare nicht anmerken zu lassen, dass sie seit Jahren nicht mehr getanzt haben. Ich kann sie durch die großen Fenster des Hotels beobachten. Sie drinnen, ich draußen, es ist ein seltsamer Moment. Denn obwohl es eine traurig-melancholische Szene ist, bemerke ich, dass ich die Leute beneide. Weil sie ganz selbstverständlich in der *beach society* aufgehen, dieser seltsam erregten und zugleich trägen Menge, die an jedem späten Morgen von der Stadt an den Strand rollt und am frühen Abend vom Strand zurück in die Stadt. Ich weiß nicht, woran es liegt, dass ich mich nicht recht einfügen will in dieses frei schwebende Universum, ich kann es nicht einfach losgelöst von dem betrachten, was ich höre und lese. In einem Essay, der explizit von Benidorm handelt, schreibt Rafael Chirbes: »Die Aussicht war von unbestreitbarer Schönheit, auch wenn diese keineswegs unberührt war, vielmehr schamlos die Vermischung des Natürlichen mit dem Menschlichen ausstellte. Das Licht und die weiche Luft, die laue Sonne und das Blaugrün des Meeres entsprachen der Maßlosigkeit dieser menschlichen Bienenkörbe und brachten mich zum Grübeln über die Ethnologie des Menschen im postindustriellen Zeitalter und über seine wiederaufgelebte Berufung zum Zugvogel bzw. -säugetier, die sich heute auf das zwanghafte, saisonbedingte Aufsuchen von Sanktuarien beschränkt, wo man heliophile Kulthandlungen zelebriert, von geografischen Räumen, wo die Sonnenstrahlen als Quell des Lebens angebetet werden, das hier ein klein wenig ewig ist.«

Weshalb es übrigens nicht verwundert, dass Benidorm sich über die Jahrzehnte zu einem Paradies für Pensionisten entwickelt hat, die ihren Aufenthalt im Feriendorf ins Unendliche verlängern, den Strand im Winter ganz für sich haben und auch im Sommer einen allzu menschlichen Gegenpart bilden zu dem, was die Idee vom Strand an Klischees so hergibt. Allen voran die Strandfigur und der Bikinikörper, die medial so offensiv propagiert werden, dass es einen mittlerweile wirklich langweilt. Jeder und jede, die sich an diesen Bildern von vermeintlich idealen Körpern messen lassen will, kann am Strand von Benidorm einen Blick in seine und ihre Zukunft werfen, und vielleicht ist dieser Blick ja sogar heilsam. Aber möglichst unauffällig bitte, denn Starren und Glotzen ist hier genauso verpönt wie an jedem anderen öffentlichen Ort, was ja gerade den Kitzel ausmacht, es trotzdem zu tun. Oder um es einmal mehr mit einem französischen Soziologen zu sagen, diesmal mit Jean-Claude Kaufmann: »Der größte

Teil des Strandlebens spielt sich vielleicht in den Köpfen und in der Fantasie der Badegäste ab. Bevor sich die Blicke in der Weite des Meeres verlieren, streifen sie nackte Haut. Das Dösen auf dem Liegestuhl wird zum prickelnden Genuss, erhascht doch das Auge Szenen ahnungsloser Intimität. Hinter Sonnenbrillen bleibt so manche Observierung entkleideter Körper verborgen. Ist sich das Objekt seiner Unschuld bewußt und hat die Blicke aus der Ferne längst gespürt, so kann auch eine gespielte Ahnungslosigkeit, das Inszenieren des ›Sich-unbeobachtet-fühlens‹, vor Publikum seinen Reiz entfalten.« Womit Monsieur Kaufmann eine Szene beschrieben hat, die sich universell weiterverarbeiten lässt, wahlweise zu Liebesschmonzette, Ehedrama oder Softporno.

Was die Frage aufwirft, ob und wie sich der massentouristische Strand bei aller soziologischen und philosophischen Vermessung noch künstlerisch verwerten lässt, ohne ganz und gar zur Karikatur zu verkommen. Es scheint, als hätte die Fotografie hier der Malerei den Rang abgelaufen. Anfang der 1990er Jahre entsteht die Serie *Beach Portraits* der niederländischen Fotografin Rineke Dijkstra. An Stränden weltweit stehen junge Menschen, keine Kinder mehr, aber auch noch nicht erwachsen, in Badesachen am Meer. Mal allein, mal zu zweit oder in kleinen Gruppen. Eher skeptisch schauen sie in die Kamera, die Unsicherheit über ihre unfertigen Körper ist ihnen ins Gesicht geschrieben. So versuchen sich ein polnisches Mädchen im hellgrünen Badeanzug und ein amerikanisches Mädchen im orangefarbenen Bikini in einer Pose, von der sie wahrscheinlich nicht wissen, dass man sie Kontrapost nennt. Wie auf Sandro Botticellis ikonischem Gemälde *Die Geburt der Venus* stehen die beiden Mädchen da, zwar nicht nackt, aber in ebenso entwaffnender Unschuld. Doch es sind vor allem die Fotografien von Martin Parr, die wie ethnografische Illustrationen zu den wortreichen Ausführungen der Soziologen wirken. Der Mann, der auf seiner Strandliege eingeschlafen ist, der stiernackige Kerl, der mit nacktem Oberkörper über die Promenade von Benidorm läuft, die vielen glänzenden Leiber fern von Bikinifigur und Strandkörper, die verlebten Gesichter – der englische Meister fängt sie ein, ohne sie bloßzustellen. Und obwohl Orte und Jahre ihrer Entstehung in seinem Bildband *Life's a Beach* erwähnt werden und man Unterschiede erkennen kann zwischen Jalta und Florida, sind sie doch auch Zeugnisse, wie globalisiert die *beach society* längst ist. Benidorm ist überall. Zwischen dem belgischen Knokke und dem chinesischen Beidaihe liegen, stehen, sitzen, posieren, essen, lesen, reden, sonnen sich die Leute und frönen ihrer kleinen privaten Glückseligkeit. Je länger ich die Bilder betrachte, desto wärmer wird mir ums Herz, weil ich denke, eigentlich wollen wir doch alle dasselbe, am Strand liegen, hin und wieder die Füße ins Meer halten und nicht alleine sein.

Umso merkwürdiger kommt es mir vor, dass fast jeder Text über Massentourismus früher oder später von Entmenschlichung handelt. In der Masse verliere das Individuum sein Gesicht, es gehe ganz in der Masse auf und so weiter. Ob Hans Magnus Enzensberger jemals in Benidorm war, vermag ich nicht zu sagen, aber sein vielzitierter Essay *Eine Theorie des Tourismus* aus dem Jahr 1958 erinnert stellenweise an eine Kampfschrift, die dieser Masse immerhin eine eigene, wenn auch verkannte Energie zuspricht. »Es ist in der Tat sehr leicht, sich über den Massentourismus unserer Tage (…) lustig zu machen. Gewaltig aber ist die Kraft, welche heute überall auf der Welt die Massen an den Strand ihres kleinen Urlaubsglückes wirft. Es ist die Kraft einer blinden, unartikulierten Auflehnung, die in der Brandung ihrer eigenen Dialektik immerfort scheitert. Es stellt der politischen Verfassung, in der wir uns befinden, ein vernichtendes Zeugnis aus, daß allein Omnibusunternehmer und Bettenhändler diese Kraft ernst nehmen.« Wobei man annehmen muss, dass diese die Strandmassen vor allem ernst nehmen, weil sie an ihnen verdienen.

Rafael Chirbes schlägt sogleich den ganz großen gesellschaftskritischen Bogen und beschreibt Benidorm – nicht im Roman, sondern in seinem Essay – als einen Ort, an dem die namenlosen, vom Kapitalismus verbrauchten Arbeiter aus ganz Europa aufgepäppelt werden, um bei der Rückkehr in die Industriestädte, aus denen sie stammen, nach drei Wochen Sonne, Strand und Meer wieder reibungslos zu funktionieren. »Dann verwandelt sich die Stadt am Meer zu einer riesigen Werkstatt, in der die verschlissenen oder defekten Einzelteile der gigantischen Maschinerie des europäischen Kapitalismus repariert werden, ein Zwischenlager, in dem die geplatzten Blasebalge aus den walisischen Minen entgegengenommen werden, die abgenutzten Tischtücher Amsterdamer Kneipen, die in Clermont-Ferrand zerhämmerten Schrauben, die Brillengläser, die im tristen Licht einer Schreibtischlampe in einem Hamburger Kontor gesprungen sind, der blaue Stoff, der von den Funken eines Hochofens an der Ruhr versengt wurde.« Der Vergleich klingt brutal, vor allem, wenn man zwischen diesen Einzelteilen des europäischen Kapitalismus am Strand sitzt und ihnen dabei zuschaut, wie sie sich bei ihrer Wiederherstellung wohlig in der Sonne räkeln. Sind diese Menschen wirklich nicht mehr als Rädchen im kapitalistischen Getriebe, sind sie wirklich nur »gespensterhafte Wesen, einzigartig und leer, unbedeutend«? Ich will und kann das nicht glauben. Was ich dagegen gerne glaube, ist, dass sie in ihrer massenhaften Anwesenheit den Strand zusehends hinter beziehungsweise unter sich verschwinden lassen. »Die Masse ist der Strand«, schreibt Jean-Didier Urbain und führt aus, dass Urlauber, die an Orte wie Benidorm kommen, hier gerade die Gemeinschaft suchen, was der Sehnsucht nach dem leeren Strand gar nicht unähnlich ist, wenn man »leer« nicht wörtlich nimmt, sondern mit ruhig und friedlich übersetzt, mit stressfrei, familiär und vertraut. Die Kunst liegt darin, als Paar, Familie oder Gruppe innerhalb der Masse am Strand die Balance zwischen Distanz und Nähe zu finden. Weil ich die Balance am Morgen unter der Palme gestört habe, bin ich vertrieben worden und hätte wohl statt Rafael Chirbes Arthur Schopenhauers *Parerga und Paralipomena* lesen sollen, wo er das Stachelschwein-Paradox erklärt. Um einander zu wärmen, rücken sie im Winter zusammen, dürfen sich aber ihrer Stacheln wegen auch nicht zu nahe kommen. Und so rücken sie hin und her, bis sie die richtige Entfernung zueinander gefunden haben. Auf die Menschen bezogen, ist das Urteil Schopenhauers erwartbar schlecht gelaunt. Denn einer, der glaubt, dass alles Übel nur daher komme, dass der Mensch nicht allein sein könne, dem muss jede Menschenansammlung ein Graus sein. Und ja, da steht es auch schon: »So treibt das Bedürfnis der Gesellschaft, aus der Leere und Monotonie des eigenen Innern entsprungen, die Menschen zueinander; aber ihre vielen widerwärtigen Eigenschaften und unerträglichen Fehler stoßen sie wieder voneinander ab.« Alter Misanthrop.

Unbestritten ist, je mehr Menschen sich am Strand versammeln, desto mehr müssen sie sich sortieren und muss die unausgesprochene subtile Strandordnung permanent neu austariert werden. Nicht nur in Benidorm liegen die besten Plätze nah am Wasser oder unter einer Palme. Weil der Streifen am Wasser schmal ist und es nur wenige Palmen gibt, gehört der, der hier seine Strandliegen aufstellt, zum Establishment, so wie die Lady am Morgen. Sobald sie ihren Platz am Nachmittag verlässt, wird er sofort von niederen Nachrückern besetzt. Vielleicht von mir, wenn ich schnell genug bin, oder von dem Paar, das auf halbem Weg zwischen Wasser und Promenade unter einer weißen Stange sitzt, an deren oberem Ende ein kugelrunder gelber Plastikfisch mit blauen Flossen und knallroten Lippen hängt. Dass die beiden neu sind und auch nicht so recht zum Rest der Strandgemeinschaft passen wollen, zeigt sich daran, dass die Frau keine Badesachen trägt, sondern ein schwarzes Top, eine lange braune Hose und einen weißen Sonnenhut. Skeptisch schaut sie auf das Treiben um sich herum, während ihr Mann sich, ein dickes Buch lesend, nicht für seine Mitmenschen interessiert. Jean-Didier Urbain fasst es so zusammen: »Verstohlene Dialoge, Blicke, Lächeln, unverhohlene Bewegungen oder gerade deren Abwesenheit – die gesamte Strandkommunikation basiert auf Höflichkeit, Verführung oder Einschüchterung, Zugangscodes zum Gemeinschaftsleben, die mit darüber bestimmen, ob stillschweigende Verträge der Nähe, die temporäre Grenzüberschreitungen besiegeln, anerkannt werden oder nicht.« Im Übrigen beziehen sich diese Grenzüberschreitungen nicht nur auf das Geschehen an einem Strand, sondern auch auf das zwischen den Stränden. So gut wie an jedem sommerlichen Strand gibt es eigene Zonen für Jugendliche, für Familien, für Homosexuelle, für Nackt- und Textilbader, für Urlauber oder für Einheimische. Manchmal muss man nur den Schildern folgen, meistens aber sind die Zonen »überliefert«, jeder weiß, wohin er will und gehört.

Doch während sich die gebräunten Massen über die spanischen Strände schieben und in der großen Badewanne Mittelmeer planschen, vielleicht nicht gerade leer und gespensterhaft, aber wohl doch gedankenverloren und ganz auf sich bezogen, zeichnet sich am Horizont die Frage ab, wie die schlichte Glücksformel »Sonne, Strand und Meer« künftig noch funktionieren kann. Die zerstörerische Kraft der globalen Massenbewegung hin zu den Stränden und Küsten ist dokumentiert und unübersehbar. Allein die Tatsache, dass nicht Naturforscher und Geologen den touristisch erschlossenen Strand erforschen, sondern Ethnologen und Soziologen, spricht Bände, und das Bild, der Strand verschwinde mehr und mehr unter der Masse Mensch, zeugt ebenso von den Auswirkungen des Anthropozäns, unseres gegenwärtigen Zeitalters, in dem der Mensch in ungekanntem Ausmaß in das geologische, biologische und atmosphärische Getriebe der Erde eingreift. Die Folgen von Klimawandel, Artensterben und Raubbau an natürlichen Ressourcen lassen sich in allen Landschaften und also auch an den Stränden besichtigen, deren Rolle als Sehnsuchtsort zunehmend in Frage steht. Fast wünschte man, dass sich das wohlige, egozentrische Gefühlsspektrum, in dem sich der gegenwärtige Strandgänger eingerichtet hat – »hier bin ich, was kostet die Welt« –, auf seine frühe Variante der respektvollen Erregung zurückdrehen ließe. Aber die Wahrscheinlichkeit, dass das gelingt, ist schon deshalb gering, weil wir am Meer kaum noch die ursprünglichen Strände finden, die in ihrer landschaftlichen Unberührtheit und mit der Wucht ihrer Naturschönheit solche Gefühle auslösen konnten. Irgendjemand war immer schon vor uns da, irgendjemand hat immer schon seine Spuren hinterlassen, den Strand nach seiner Fasson eingehegt und geglättet.

Dennoch ist die Idee »Strand« offensichtlich so stark, dass sie sich längst von ihrem eigentlichen Schauplatz, sei es nun zwischen Meer und Dünen oder zwischen Meer und Promenade, gelöst hat und in unterschiedlichsten Weisen andernorts auftaucht. Seit 2002 mit den *Paris Plages* die erste Strandsimulation in einer Großstadt eingerichtet wurde, hat sich die Erfindung des Stadtstrandes – oder auch Stattstrandes – in ganz Europa verbreitet. Vorzugsweise an Flüssen wird Sand aufgeschüttet, werden Liegestühle und Sonnenschirme aufgestellt, und niemanden scheint es zu stören, dass der Horizont von S-Bahndämmen und Häuserreihen verstellt ist. Tom Holert und Mark Terkessidis halten solche Strände für »deplatziert« und beobachten eine seltsame Rollenverschiebung derer, die an diesen Stränden sitzen. Sind sie noch Einwohner der Stadt oder schon Touristen? Oder beides? »Der deplatzierte Strand fordert dazu auf, ein touristisches oder besser: post-touristisches Verhältnis zur Stadt zu entwickeln. Das ironische Abhängen in artifiziellen Dünen, bei dem die irreal-theatrale Situation um ihrer selbst willen genossen wird, stellt überkommene Vorstellungen von Urbanität auf die Probe und transformiert sie zugleich. Das Theater der touristischen Individuen findet auf einer vielfach verspiegelten Bühne statt, so als wäre man für die anderen mindestens ebenso sehr ein Schauspiel, wie die Position des Zuschauers für einen selbst ein narzisstisches Spektakel ist.« Und so beliebt die Stadtstrände auch sind, tragen sie auf ihre Weise doch zur »Touristisierung der Städte« bei, wie es Holert und Terkessidis nennen, in denen ursprüngliche urbane Lebensräume sich mehr und mehr zu Schauplätzen von Freizeit und Konsum entwickeln. Ein Trend, der einen geflügelt gewordenen Spruch der 68er Bewegung in ganz neuem Licht erstrahlen lässt: »Sous les pavés, la plage«. Unter dem Pflaster der Strand.

Eine andere, individuellere Art, den Besuch an einem »echten« Strand in den Alltag zu verlängern, besteht darin, ihn in kleinen Dosen mit nach Hause zu nehmen, vom Mittelmeer zum Beispiel. Der Sand scheint dabei wie eine Art Fetisch zu wirken, um sich an das kleine Glück zu erinnern und sich den Glauben an die Rückkehr zu bewahren. Allein auf Sardinien finden sich im Sommer 2019 in den Taschen und Koffern von Urlaubern insgesamt zehn Tonnen Sand. Eine Menge, mit der sich vermutlich schon ein kleiner Strand anlegen ließe, den man allerdings gut bewachen sollte. Denn – als bedürfte es noch eines konkreten Beweises für das real existierende Anthropozän – weil der Rohstoff Sand als Baumaterial heiß begehrt ist, sind auch ganze Strände nicht vor Diebstahl sicher. Vierzig bis fünfzig Milliarden Tonnen Sand werden mittlerweile jedes Jahr weltweit verbraucht, und nicht jede Sorte Sand ist dafür geeignet. Die Körner des Wüstensands zum Beispiel sind zu glatt. Sand aus Flüssen und Meeren eignet sich dagegen gut und wird bereits in großen Mengen abgebaut, besser gesagt abgesaugt, wobei man sich die Folgen für Flora und Fauna nicht vorstellen will. Und wenn das nicht reicht, schrecken manche Bauherren eben auch nicht vor kriminellen Mitteln zurück. 2010 hält die *Süddeutsche Zeitung* es noch für ein Kuriosum: »Räuber sollen einen ganzen Küstenstreifen davongekarrt haben«, heißt es da über einen Vorfall auf Jamaika, bei dem vierhundert Meter Strand über Nacht verschwunden sind, eine Menge, die für fünfhundert LKW-Fuhren gut ist. Obwohl man vermutete, dass

Eigentümer privater Ferienanlagen dahintersteckten, wurde der Diebstahl nie aufgeklärt. Auf den Kapverden bedroht der illegale Abbau von Sand die Existenz der Inseln, deren Strände bisher eine natürliche Schutzzone gebildet hatten. In Indonesien sollen achtzig Inseln bereits ganz und gar verschwunden sein. So zögert man schließlich, ob man den Vorschlag von Mario Gaviria, Benidorm zum Weltkulturerbe zu erklären, tatsächlich für so verrückt halten soll, wie er klingt. Schließlich sorge, so glaubt der spanische Soziologe, die Verdichtung der Massen auf wenige Quadratkilometer in dieser Stadt dafür, dass viele Quadratkilometer Landschaft von der massentouristischen Erschließung verschont bleiben (was natürlich so nicht stimmt, weil sich deren Erschließung höchstens um ein paar Jahre verschiebt). Benidorm, so Gaviria, solle als Beispiel dienen für Weltklasse in den Kategorien Nachhaltigkeit und Respekt für die natürlichen Ressourcen. Aber Benidorm in einer Reihe mit der Alhambra, mit der Kathedrale von Burgos, mit der Altstadt von Santiago de Compostela? Nun, die Spanier scheinen selbst nicht so recht daran zu glauben, auf ihrer offiziellen Vorschlagsliste für das Weltkulturerbe sucht man Benidorm vergeblich.

Doch wer braucht schon Weltkulturerbe, wenn man eine moderne Schöpfungsgeschichte schreiben kann, wie sie sich der im Sterben liegende Bauunternehmer Rubén Bartomeu in Rafael Chirbes' Roman für das fiktive Misent imaginiert: »Das nicht Nennbare war der Gott, der sagte, es werde, *fiat*, und es ward Licht; er sagte, es werde eine Feste zwischen den Wassern, und da teilte sich die Welt, es sammelten sich die blauen Wasser der Swimmingpools, und der vielstöckige Abgrund ragte auf, in dessen Mauern bald die Klimaanlagen zu schnurren begannen; in den

Waben all dessen, was da aufgerichtet wurde, gingen die Backöfen, die Glaskeramikplatten an, und alles ward erfüllt mit Leben; diese Hohlräume füllten sich mit dem Geschrei der Kinder, die treppab liefen, beladen mit aufblasbaren Schwimmringen und -flügeln und mit Taucherbrillen: das Glück der Ferien am Meer.«

Während die Strandpromenade von Benidorm mit Einbruch der Dunkelheit zum hell erleuchteten Laufsteg geworden ist und die Musik unzähliger Bars und Clubs das Meeresrauschen übertönt, sammeln am Strand junge Männer die Liegen, Campingstühle und Sonnenschirme ein, stapeln und vertäuen sie. Die Playa de Levante ist fast leer, nur ein paar Jugendliche sitzen noch am Wasser und ein Liebespaar liegt aufeinander im Sand. Am nächsten Morgen laufe ich sehr früh durch ein stilles Wohngebiet hinauf zum Busbahnhof, wo man das Meer nur noch in weiter Ferne liegen sieht. Hier stehen die Wohntürme der Kellner, Zimmermädchen, Müllmänner, Krankenschwestern, Animateure, von denen ein paar schon unterwegs sind zur Arbeit. Der Bus fährt im hohen Bogen über die Hügel hinter der Stadt. Das Mädchen neben mir trägt ihre rosafarbenen Gefühle auf der Brust: »I love Benidorm«. Ein letzter Blick auf Little Manhattan, der Stelenwald macht von hinten weit weniger her als von vorn. Es wird nicht mehr lange dauern, dann wird eine ältere Dame sich ganz nah am Wasser niederlassen, ein Paar sich unter die Palme legen, wie jeden Tag in diesem Sommer und im Sommer davor und im Sommer danach. Die Zeit tröpfelt dahin, das Leben ist im wohligen Fluss. Kein Drama, keine Tragödie nirgends.

8
Lesbos

»Wo bin ich?«

Wie ein dicker weicher Teppich hat sich das Seegras über den Sand gelegt. Von der Sonne getrocknet und gebleicht, bedeckt es die schmale Bucht an der türkisblauen Ägäis, die mittagsmatt ans Ufer schwappt. Niemand hat das Kraut weggeräumt, weil hierher keiner kommt außer den Leuten, die in der Gartensiedlung hinter dem Strand wohnen. Große Grundstücke mit Bungalows und aufgebockten Booten, mit Hunden, Katzen und Ziegen. Direkt am Wasser sitzt im Schatten einer selbstgezimmerten Terrasse ein alter Mann an einem Tisch, der gedeckt ist mit Fisch, Brot, Tomaten und Oliven. Die Sonne steht hoch, außer mir sind nur Frauen am Strand, drei sitzen in Badesachen plaudernd auf schiefen Plastikstühlen, eine vierte schwimmt parallel zum Ufer und winkt mir, denn wer hier sitzt, gehört wahrscheinlich dazu. Es ist windstill, die Luft ist klar und sorgt für gute Sicht, hinüber zu den türkischen Hügeln, auf denen sich Wälder, Felsen und Häuser abzeichnen. Man sieht es diesem Strand unweit von Molyvos nicht an, aber auch hier sind im Sommer 2015 unzählige Flüchtlingsboote angekommen, meistens überfüllt und meistens nachts. Manche erreichten das Ufer, andere blieben auf dem Meer zurück und ihre Passagiere schwammen und wateten die letzten Meter, bevor sie durchnässt und erschöpft auf dem weichen Teppich landeten, bevor sie sich durch die griechischen Gärten am nordöstlichen Rand dieser Insel schlugen. Die Bewegungen, die im 20. Jahrhundert von der Mitte Europas an seine Strände ausliefen, setzen sich im 21. Jahrhundert auf Lesbos fort. Wie in Ostende stranden hier Menschen auf der Flucht vor diktatorischen Regimen, wie Hiddensee ist auch diese Insel zum streng bewachten Grenzposten geworden, wie Benidorm ist es ein Ort des Tourismus. Es sind Bewegungen, die sich gegenseitig behindern und blockieren und Lesbos aus seiner beschaulichen Randlage im äußersten Südosten Europas ins Zentrum der Aufmerksamkeit katapultiert haben. Dabei geht es um Menschen, die eigentlich nichts weiter trennt als die Orte ihrer Herkunft: Touristen und Flüchtlinge. Obwohl zwischen beiden rein rechnerisch ein immenses Gefälle herrscht – weltweit stehen knapp anderthalb Milliarden sogenannter »Reiseankünfte« jährlich achtzig Millionen Menschen auf der Flucht gegenüber –, lässt sich an vielen Stränden Südeuropas der eine Strom nicht mehr ohne den anderen denken. Während Touristen aus Europas Norden in eingeübter Praxis nach Spanien, Italien und Griechenland kommen, um der Welt den Rücken zuzukehren, erreicht sie eben diese Welt von vorn, vom Meer her. Das gesellschaftliche Gefühlsspektrum, das doch laut Jean-Didier Urbain immer auch und besonders gut am Strand zu Geltung kommt, ist im 21. Jahrhundert weiter gefächert denn je, zu wohliger Mattigkeit und angenehmer Erregtheit fügen sich Angst, Wut und Verzweiflung. Wieder muss der »privilegierte Ort« neu vermessen werden, all jene, die an den Strand kommen, lassen sich nicht mehr als eine halbwegs homogene Masse identifizieren. Der südliche Strand als »Sehnsuchtsort« ist nicht mehr nur denen vorbehalten, die aus dem Norden kommen und der Idee einer sorglosen Sommerfrische am Meer nachhängen. Denn während sie ihre alltägliche Existenz im wahrsten Sinne des Wortes hinter sich lassen wollen, hoffen die Menschen, die übers Meer kommen, ihre Existenz genau hier zu retten. Auch die Beschreibung als Ziel und Endpunkt sonnenhungriger Europäer funktioniert an den südlichen Stränden nicht mehr, seit sie zu Transiträumen derer geworden sind, die von hier aus so schnell wie möglich weiterreisen wollen. Dass sie es nicht können, ist eine Facette dieser Geschichte, die mehr noch als von Stränden vom Stranden handelt.

Als ich auf Lesbos lande, entfaltet die Insel ihre Pracht gleich am Flughafen, wo mich bei der Ankunft niemand aufhält, weil der Zufall der Geschichte dafür gesorgt hat, dass ich in der Mitte Europas geboren wurde. Nur ein paar Meter sind es vom Gate bis zum Meer, das einem bis zur Hauptstadt Mytilini nicht mehr von der Seite weicht und sich glitzernd an den schmalen Sandstreifen unterhalb der Straße schmiegt. Und ist es nicht ein ebenso prächtiges Zeichen, dass dieser Flughafen nach einem großen Dichter benannt ist? Nach Odysseas Elytis, dessen Familie von der Insel stammt und der 1979 für seine expressive Dichtung, die immer wieder auch von dieser Insel handelt, den Literaturnobelpreis bekommt. In einem schmalen zweisprachigen Band stoße ich auf ein schwermütiges Gedicht, das so wirkt, als habe Elytis – er ist 1996 gestorben – die Ereignisse der letzten Jahre vorausgeahnt.

Aber vielleicht will ich die Zeilen auch nur so lesen, weil ich eine Verbindung zur Gegenwart suche.

> Ich weiß nicht mehr die Namen einer Welt, die mich
> verleugnet
> Klar lese ich in Muschelschalen, Blättern, Sternen
> Mein Haß ist sinnlos auf den Wegen des Himmels
> Es sei denn, es wäre ein Traum, der mich wieder
> weinend das Meer der Unsterblichkeit queren sieht
> Abendstern, unter dem Bogen deines goldenen Feuers
> Weiß ich die Nacht, die nur Nacht ist, nicht mehr.

In Mytilini angekommen, trägt der zentrale Platz ebenfalls einen lyrischen Namen. Den der antiken Dichterin Sappho, um die sich so viele Legenden ranken. Vor allem, weil sie allein war als Frau unter griechischen Dichterhelden und dann auch noch so frei, die Liebe weiter zu fassen als jene, sich nicht auf Mann und Frau (oder Mann und Knabe) beschränkend. Trotzdem und gerade deswegen hat sie die Jahrtausende überdauert und beobachtet sanft lächelnd, eine Harfe in der Hand, vom weißen Marmorsockel aus, wie auf dem nach ihr benannten Platz am Hafen Taxis und Lieferwagen sie umkurven, Menschen kreuz und quer ihrer Wege gehen und die Fischer auf ihren Booten die Oktopusse sortieren. Von hier ist es nicht weit bis an den Strand, der unterhalb der Freiheitsstatue liegt. Seit 1930 erinnert sie an die Opfer des Ersten Weltkrieges und grüßt wie ihre große Schwester in New York mit einer Fackel übers Meer. Es muss ein schöner Anblick sein, wenn man im nahe gelegenen Fährhafen ankommt, von Athen, Thessaloniki oder der türkischen Hafenstadt Ayvalık.

Ein Anblick, der nicht jedermann vergönnt ist, denn so wie es ein Vorrecht ist, mit dem Flugzeug auf Lesbos zu landen, ist es auch eines, hier mit der Fähre an- und abzulegen. Davon zeugen die übermannshohen, mit Stacheldraht aufgerüsteten Metallzäune, die die Hafenanlage einfassen und in deren Schatten junge Männer sitzen, denen man ansieht, dass ihnen der Zugang zu den Fähren verwehrt ist, weil sie der Zufall der Geschichte nicht in Europa hat zur Welt kommen lassen. Nicht weit von den Männern liegt ein schmaler Streifen Sand, über den eine Frau mit etwas Mühe einen Kinderwagen schiebt, während nahe am Ufer ein paar Leute im Meer schwimmen. Viel los ist hier nicht, was an der seltsam bedrohlichen Kulisse liegen mag. Dafür ist der offizielle Strand weiter drüben gut besucht. Auch der ist umzäunt, doch für ein paar Euro bekommt man Zutritt und ein bisschen Komfort, es gibt Liegen und Duschen, einen Spielplatz und einen Kiosk. Ein kleiner Strand für zwischendurch, die Leute aus der Stadt kommen vor oder nach der Arbeit her, auch ihre Kinder, die Ferien haben. Die großen weißen Strände, mit denen Lesbos als Urlaubsparadies für sich wirbt, finden sich anderswo, in Petra, Agios Isidoros, Eftalou, wo man vom Tourismus lebt. Oder sollte ich sagen, lebte? Denn seit Geflüchtete aus Afghanistan, Syrien, aus Somalia, dem Iran und dem Kongo Lesbos zu ihrer Rettungsinsel erklärt haben, ist die Zahl der Touristen aus Nord- und Westeuropa stark zurückgegangen. Die medialen Bilder von Flüchtlingen am Strand, von Menschen am Ende ihrer Kräfte, die aus Schlauchbooten steigen und in Wärmefolien gewickelt im Sand sitzen, zeigen Wirkung. Wahrscheinlich ist, dass die Sätze, die Hans Magnus Enzensberger 1958 in seinem Aufsatz über den Massentourismus schrieb, immer noch gültig sind, auch wenn die von ihm beschriebene Fluchtbewegung eine andere meint als die gegenwärtige: »Die Flut des Tourismus ist eine einzige Fluchtbewegung aus der Wirklichkeit, mit der unsere Gesellschaftsverfassung uns umstellt. Jede Flucht aber, wie töricht, wie ohnmächtig sie sein mag, kritisiert das, wovon sie sich abwendet.« So ist die gegenwärtige Fluchtbewegung eine zweifache. Während die Flüchtlinge übers Meer an den Strand kommen, flüchten die Touristen vom Strand und haben, im Unterschied zu den Gestrandeten, eine Wahl. Sie können sich andere Strände suchen, die von der Wirklichkeit weit genug entfernt liegen. Allerdings werden sie immer seltener von ihr verschont, denn längst stranden die Menschen an allen südlichen Küsten Europas. Selbst auf den Kanaren kommen Flüchtlingsboote an, nach tagelangen Odysseen vom hunderte Kilometer entfernten Festland Afrikas. Schon sind von dort Stimmen zu hören, man wolle kein zweites Lesbos werden.

Dort trennen Europa und den Rest der Welt nur ein paar Kilometer, vor allem im Osten und Norden liegt die türkische Küste zum Greifen nahe. Es kann gar nicht anders sein, als dass man von drüben schon die Umrisse von Mithymna erkennt, der kleinen Stadt im Norden, die alle nur Molyvos nennen, weil sie früher einmal so hieß. In ihrer pittoresken Schönheit scheint sie fern jeglicher Zeitgeschichte zu liegen, doch die geografische Lage hat auch hier die politische Gegenwart mit aller Macht einbrechen lassen. Eine Stunde fährt man von Mytilini hinauf, eindrucksvolle Berglandschaften mit tiefen Binnenseen und üppigen Olivenhainen durchquerend, quer über die *Elytisinsel*, die der Dichter so herrlich preist.

Das Kap umrundend in fallenden Reihen
Die Weinberge auf einer Milchstraße aus Grün
früherer Zeit. Krönender Schaum
Hergetragen von den weißen Madonnen der
Wellen
auf zweihundert Meter Breite reines Paradies.

Auf der letzten Erhebung vor dem Meer kündigt sich Molyvos bereits an, eine enge, steile Straße führt hinunter zum Hafen. Im Halbrund liegen dort Fischerboote, Jachten und die grauen Schiffe der griechischen Küstenwache am Kai, der mit einem Rondell aus Kafenia, Restaurants, Eiscafés und einer kleinen orthodoxen Kirche ein Bild makelloser griechischer Folklore präsentiert. Hinter der Kirche wirbt ein Plakat mit riesigem gelbem Herzen für *Com.Travel – Excursions, Flight Tickets, Ferry Boat Tickets*. Über dem Plakat stehen die bunten Häuser der Altstadt dicht an dicht in kopfsteingepflasterten Gassen voller Souvenir- und Modeläden. Eine mittelalterliche Burganlage thront über allem. Da, wo sie heute steht, muss schon in byzantinischen Zeiten eine Festung gestanden haben, die der (fast) unverwundbare Achill im Trojanischen Krieg erobert haben soll. So jedenfalls berichtet es Homer in der *Ilias* und erzählt darin auch zum ersten Mal jene Sage, die am Strand von Sidon, im heutigen Libanon, beginnt. Dort fällt das Auge des Göttervaters auf ein spielendes Mädchen, Tochter des phönizischen Königs Agenor. Als weißer Stier kommt Zeus an den Strand, zeigt sich »groß, herrlich von Gestalt, mit schwellenden Muskeln am Halse und vollen Wampen am Bug«, was dem Mädchen so gefällt, dass es auf den Rücken des Stiers klettert. Der nutzt die Gunst des Moments und rast mit ihr davon, erst über den Strand, dann übers Meer bis nach Kreta, wo Zeus sich endlich zu erkennen gibt, als »herrlicher, göttergleicher Jüngling«. Schließlich ist es die Liebesgöttin Aphrodite, die das Mädchen, das sich dem verlassenen Vater gegenüber schuldig fühlt, mit den Worten tröstet: »Du bist die irdische Gattin des unbesiegten Gottes; unsterblich wird dein Name werden, denn der fremde Weltteil, der dich aufgenommen hat, heißt hinfort Europa.«

Und hinfort trennt das Mittelmeer Europa und die Welt und kein Göttervater ist in Sicht, sie wieder zu vereinen. Dennoch eignete sich gerade der mythische Strand von Sidon gut als Ausgangspunkt, um den Wurzeln aktueller Flüchtlingsbewegungen nachzugehen. Denn ganz in seiner Nähe liegt Ain al-Hilweh, das größte und – 1948 nach der Gründung des Staates Israel für Palästinenser errichtet – auch älteste Flüchtlingslager des Libanon. Heute ist Ain al-Hilweh eine wilde improvisierte Siedlung am Meer, eine »gesetzlose Zone«, wie es heißt. Wie viele Menschen hier leben, weiß niemand ganz genau, aber es sind vermutlich mehr als einhunderttausend, und es werden immer mehr, seit in den letzten Jahren auch zehntausende Flüchtlinge aus Syrien hier stranden, denn Damaskus liegt keine einhundertzwanzig Kilometer entfernt.

Es ist die Stadt, aus der auch Amel Alzakout flieht, nachdem der Arabische Frühling, für den sie sich als Studentin engagiert, vom Regime des Präsidenten Baschar al-Assad gewaltsam niedergeschlagen wird und in einem anhaltenden Bürgerkrieg gegen das eigene Volk mündet. Das erste Ziel Amel Alzakouts ist Istanbul. Zwei Jahre lang hofft sie dort vergebens darauf, zurückkehren zu können. Doch schließlich zwingt sie der drohende »Deal« – die Absprache zwischen der Türkei und der Europäischen Union über die Rückführung von Geflüchteten – zu einer Entscheidung. »Alle gingen weg, sie wussten, dass es nicht mehr lange gutgehen würde, wegen des Deals, also musste auch ich handeln«, sagt Alzakout. Weit weg von Damaskus, von Istanbul, von Lesbos erzählt sie davon, in einem Wohnzimmer im Leipziger Osten, wo sie heute lebt. Bei Schleusern, die wie Reiseagenten auftreten, kauft sie sich teuer ein, fährt an die türkische Mittelmeerküste, in einem Bus, in den immer mehr Menschen zusteigen. So viele, dass die Luft schwer wird von Schweiß, Erwartung und Angst. Nach fünfzehn Stunden steht Amel Alzakout an einem schmalen türkischen Strand, der von einem europäischen kaum zu unterscheiden ist. »Da war diese kleine graue Steinmauer unweit vom Strand und ich dachte, sie sieht so griechisch aus. Es war ein strahlender Tag und drüben sah ich schon die Hügel von Lesbos.« Alzakout kann sehen, dass schon viele Menschen vor ihr da waren, auf den Wegen liegen Plastikflaschen, Kleider, Kinderbücher. Ein letztes Mal fragt sie sich, ob es das Risiko wert ist, sich den fremden Männern anzuvertrauen, die behaupten, sie wüssten, wo es langgeht. Sie erinnert sich daran, dass sie als Kind einmal fast in flachem Wasser ertrunken wäre. »Ich mag das Meer nicht, diese unbekannte Tiefe macht mir Angst. Ich dachte, ich steige in das Boot, schließe meine Augen und öffne sie erst wieder, wenn wir angekommen sind.« Um sie herum sind Männer, Frauen, Kinder, ganze Familien, eine unüberschaubare Menge. Einen kleinen Jungen hört sie sagen: »Mama, schau mal, ist das Meer nicht wunderschön?« »Ja, mein Sohn, aber du darfst ihm nicht vertrauen.« Mit über dreihundert anderen Menschen klettert Amel Alzakout in ein Holzboot. Wer sich weigert einzusteigen, wird von bewaffneten Männern bedroht, die ein paar Meter mitfahren, dann aus dem Boot springen, die Passagiere sich selbst überlassen. Eine Stunde soll die Überfahrt dauern, höchstens, es sind ja nur zehn Kilometer bis zur anderen Seite, bis nach Europa, dessen Name anders klingt, wenn man dort nicht zu Hause ist. »Uns geht es doch gar nicht um Europa«, sagt Alzakout und formuliert dann einen Satz, der wohl für die meisten Geflüchteten gilt, zu allen Zeiten, an allen Orten dieser Welt, den wir jedoch, die wir auf der sicheren Seite sind, zu selten hören, hören wollen: »Von Europa haben wir nie geträumt. Es geht nur darum, wo wir herkommen.«

Ich muss an diesen Satz denken, als ich auf weiterschreiben. jetzt einen Text des syrischen Journalisten Abdullah Alqaseer finde. Das Berliner Online-Portal veröffentlicht Texte von Schriftstellern aus Kriegs- und Krisengebieten, stellt Musikerinnen und Künstlerinnen vor, die zeitgemäße Variante eines Exilverlags. »Flucht beginnt in den eigenen vier Wänden und nistet sich dort für immer ein«, schreibt Abdullah Alqaseer in *Erste Flucht,* und das Meer, von dem wir lange glaubten, wir müssten es nicht mehr fürchten, wird bei ihm zur Metapher einer unberechenbaren Kraft, die alles mitreißt. »Das Meer brauste in meine Wohnung, es folgten ganze Städte samt Bewohnern, Bergdörfer, einsame Wälder, Berge, Täler, Soldaten, Milizen, Banden, Wegelagerer, Opfer, Entführte, Vermisste, Frauen, Kinder. In Revolutionen und Kriegen dringt die Welt in deine Wohnung und mischt sich in alles ein: Der Sessel ist verblichen, du brauchst einen neuen. Das Bild an der Wand hängt schief. Eine Spinne ist bereits dabei, ihr neues Heim oben in der Zimmerecke zu weben. Der kurze Weg vom Wohnzimmer ins Bad führt im Krieg über mehrere Kontinente. Und dann entdeckst du, dass deine erste Flucht fortdauert. Für immer.«

»Da haben bestimmt hundert Leute drauf gesessen«, sagt Stratis Kabanas und zeigt auf das rostige Gerippe eines kleinen Bootes, das in einer felsigen Bucht halb am Strand, halb im Wasser liegt und unter normalen Umständen vielleicht für ein Dutzend Menschen Platz geboten hätte. Braungebrannt und mit wilden grauen Locken steht der selbsterklärte Seemann am Steuerrad seines in die Jahre gekommenen Motorbootes, mit dem er »Alternative Boat Trips« anbietet. Alternativ, weil er zwischendurch zum Spaß ins Wasser springt und es, wenn er wieder an Bord geklettert ist, nicht bei Schwärmereien für seine Insel und historischen Anekdoten belässt, sondern auch davon erzählt, wie sie sich in den letzten Jahren verändert hat, seit Lesbos zu einem zentralen Haltepunkt der Flüchtlingsbewegung geworden ist. »2015 kamen jede Nacht hunderte Boote«, erzählt Kabanas, während wir von Molyvos aus die nördliche Küste von Lesbos entlangfahren. Manche seien gerade noch seetüchtig genug gewesen, um das griechische Ufer zu erreichen. »Natürlich habe ich Leute aus dem Wasser gezogen, was sollte ich denn machen. Ich kann die doch nicht ertrinken lassen. Ich hab' sie zum Hafen gebracht und da standen schon Einheimische und haben sich gekümmert, sie brachten Essen und trockene Kleidung.« Doch irgendwann seien die Straßen und Plätze von Molyvos so voll gewesen, dass auch die Busse nicht mehr reichten, die die Menschen weiter in den Süden bringen sollten. Sie seien dann einfach losgelaufen, eine Prozession biblischen Ausmaßes über staubige Fahrstraßen und durch Olivenhaine bis nach Mytilini, wo sie sich registrieren lassen mussten. »Stunden und Tage sind die Menschen unterwegs gewesen, manche Inselbewohner wollten ein paar der Schwächsten mit dem Auto mitnehmen, aber wer dabei erwischt wurde, dem drohte eine Anklage wegen Schlepperei.«

So nahe es mit seinem Motorboot geht, fährt Stratis Kabanas jetzt an die Strände von Molyvos heran und deutet immer wieder auf scheinbar Unscheinbares, auf Plastikflaschen, Reste von Kleidung und Rettungswesten, die sich im Gestrüpp an den felsigen Steilküsten verhakt haben. Wie das italienische Ischia ist auch Lesbos vulkanischen Ursprungs, die schroffen Felsreliefs sind eindrucksvoll, an Land kann man sie auf schmalen Wegen und mit weitem Blick übers Meer bewandern. Als wir schließlich auch an ausgewiesenen Badestränden vorbeifahren, sitzen nur ein paar Menschen im Sand, obwohl es ein heißer, sonniger Tag ist. Ich kann nicht erkennen, ob sie die Einsamkeit genießen oder sie sich verlassen fühlen, weil hier doch wie in Benidorm die längste Zeit der Strand unter der Masse verschwand. So wie man in Utah Beach den Strand kaum betreten kann, ohne an den Zweiten Weltkrieg erinnert zu werden, fällt es an den Stränden von Lesbos schwer, die Gedanken an die Geflüchteten auszublenden. Auch deshalb kommen weniger Leute, weil sie »ihre Ruhe haben wollen«, »nicht konfrontiert werden wollen mit Not und Elend«, um nur zwei Sätze von Touristen zu zitieren, die sich im Internet darüber austauschen, warum man nicht mehr nach Lesbos reisen kann. Ein Zwiespalt, der auch den griechischen Seemann umtreibt, schließlich lebt er wie fast alle in Molyvos vom Tourismus. Doch sein Herz ist zu groß, um die Leute, die übers Meer kommen, zu verfluchen oder ihnen die Schuld an seiner wirtschaftlichen Not zu geben. »Die Touristen sollen herkommen. Wir brauchen sie«, sagt Stratis Kabanas, als wir wieder am Hafen vom Molyvos ankommen. Dann lacht er, steigt auf ein klappriges Motorrad und rauscht davon.

Auf dem Weg zurück nach Mytilini ertappe ich mich dabei, wie ich allen Passanten insgeheim dieselbe Frage stelle: Bist du

Tourist, Flüchtling oder Einheimischer? Manchmal bilde ich mir ein, in den Gesichtern etwas zu erkennen, aber ist ein suchender, ein fragender Blick – sind ernsthafte Züge schon Hinweis genug auf eine Fluchtgeschichte? Ich gebe das lächerliche Experiment schnell auf, auch weil ich dabei die Menschen vergessen habe, die in keine der Kategorien passen. Es sind die *volunteers*, die Freiwilligen der Hilfsorganisationen, von denen Dutzende auf der Insel aktiv sind und die mancherorts den Zulauf von Touristen zumindest ein wenig wettmachen, denn auch Freiwillige brauchen Unterkunft und Verpflegung. Vor dem Panellinion, einem Grand Café unweit des Sappho-Platzes, sitzt Nick Powell von *Refugees 4 Refugees*, dreht sich eine Zigarette, nippt an seinem Freddo Cappuccino und fasst die Lage in einem Satz zusammen: »It's a constant battle«. Nachdem er durch den Nahen Osten gereist war und ein Freund ihm riet, sich die Situation auf Lesbos anzuschauen, wollte Nick Powell drei Wochen bleiben. Daraus sind fast zwei Jahre geworden, und wie lange er den ständigen Kampf noch führen will, weiß der junge Australier selbst nicht. Er macht einfach weiter, koordiniert im Büro die Arbeit der Freiwilligen, verteilt Essen im Flüchtlingslager, hält am Strand Ausschau nach Booten. Vor allem am Strand von Skala Sikameneas, knapp fünfzehn Kilometer östlich von Molyos, dem *Beach of Refugees*, wo trotz Deal und Pushbacks – Aktionen türkischer und griechischer Grenzwächter – immer noch viele Geflüchtete ankommen. »Einmal waren es über fünfhundert«, erzählt Nick Powell und sucht in seinem Handy nach dem genauen Datum. »Hier, das war am 29. August 2019.« Er zeigt mir ein Foto von einigen Dutzend Menschen, die mit Rettungswesten am Strand sitzen und liegen. »Dabei ist es wirklich nicht die Hauptaufgabe der NGOs, überfüllte

Boote an Land zu ziehen, sondern das, was danach kommt.« Nick Powell klingt, als müsse er sich für irgendetwas entschuldigen. Er kennt das billige Vorurteil gegenüber den freiwilligen Helfern, die angeblich den Flüchtlingsstrom noch verstärken. »Aber viele der Menschen aus Kriegsgebieten sind traumatisiert, krank oder verwundet, und alles, was sie bräuchten, wäre ein sicherer Hafen.« Doch den gibt es auf Lesbos nicht, weil die Insel ursprünglich auch gar kein »Hafen« sein sollte, sondern bloß Transitraum vor den Zentren Europas. Dennoch harren auf Lesbos über dreißigtausend Menschen in Zelten und Containern aus, wo die NGOs versuchen, ihnen das Leben mit einfachen Mitteln zu erleichtern. Zum Beispiel durch Stationen, wo Lebensmittel dezentral verteilt werden, um die *food lines* zu verkürzen, an denen die Menschen für Wasser, Milch, Brot und eine Handvoll Gemüse stundenlang anstehen. »Wenn wir aus drei Schlangen fünf machen können, dann bedeutet das für die Leute, dass sie endlich wieder Zeit für andere Dinge haben, zum Beispiel, um in die Schule zu gehen«, erzählt Nick. Es ist wahrscheinlich Zufall, dass Nick gerade dieses Beispiel erwähnt. Doch es gibt da diese Sage um eine Nymphe, die genauso heißt wie das einst größte Lager der Insel: Moria. Der byzantinische Dichter Nonnos von Panopolis erwähnt sie in seinem Epos *Dionysiaka*. Darin stirbt Morias Bruder Tylos am Biss einer Schlange, woraufhin Moria den Giganten Damasen – wie der unterm Ätna verschüttete Typhon ist auch er ein Sohn Gaias – um Hilfe bittet. Damasen erschlägt die Schlange mit einem Baumstamm. Doch dann sieht Moria, wie das Weibchen der Schlange eine »Blume des Zeus«, eine Nelke, aus dem Wald holt, ihren Liebsten damit berührt und ihn so wieder zum Leben erweckt.

Auch Moria nahm nun die Blüte des Dionys
und tat sie auf des Toten Leben erzeugende Nase,
die Leben erweckende Pflanze,
und das belebende Kraut
weckte beseelend den Leib des Toten zu Atem und Leben.

Ein antikes Wunder, mit dem die Gegenwart nicht dienen kann. Denn hier sind Wunder eher selten und Nick Powell glaubt sowieso nicht an sie. Für ihn zählen nur Momente, »there are these moments«. Momente mit den Leuten im Flüchtlingslager, in denen ihm Dankbarkeit entgegengebracht und er daran erinnert wird, warum er überhaupt hier ist. Und dann sprechen wir darüber, wie ihn die Arbeit in der Flüchtlingshilfe verändert hat. »Vermutlich bin ich schneller erwachsen geworden als andere in meinem Alter«, sagt er und grinst dabei. Aber ja, emotionale Intelligenz, soziale Intelligenz, die würden hier schon geschult, fügt er hinzu. Und auch, dass man nicht immer allen sofort helfen könne, ist eine Lektion, die er schnell gelernt habe. Man müsse nach dem »no harm principle« arbeiten, also jede Geste daraufhin überprüfen, ob sie langfristig helfe und ob sie denjenigen, der die Hilfe bekommt, nicht entmündigt. Nur so könne man tatsächlich etwas bewirken. Nick Powell nimmt einen letzten Schluck Kaffee, er muss wieder los, wie gesagt, »it's a constant battle«. Ein Kampf, den niemand führen müsste, wenn man wie die syrische Dichterin Lina Atfah nur einmal innehalten und sich völlig naheliegende Fragen stellen würde. Aus Damaskus geflüchtet, zeugt ihr Gedicht *Die Grenzen* von der Willkür, die mit der Entscheidung einhergeht, wer bleiben darf und wer nicht, denn:

Wer hat die Welt gemalt?
Ich schlage das Buch auf
und sehe rechtwinklige Länder
zerknitterte Länder
Meere als Leere
die die Erde Schluck für Schluck trinken
Was sind das für Flecken?
Wer hat die Orte benannt?
Wer baute Grenzen aus Urin
Blut
Steinen
Stäben
Stacheldrähten?
Wer zog die Mauern aus Beton hoch
und malte die Welt?
Er malte die Welt fertig
doch die Menschen suchen weiter nach ihren Gesichtern.

Orange, Blau, Schwarz – wie auf einem abstrakten Gemälde liegen große Farbflächen aufeinander, nebeneinander. Die Farben rutschen weg, tauchen wieder auf, dann verschwimmen die Konturen. Da ist Wasser, da ist eine Hand, viele Beine. Man hört das Geräusch von Plastik, das sich über Plastik schiebt, auch ein hohes Rufen, Pfeifen, Rauschen. Das Bild taucht auf, die Farben bekommen eine Funktion. Orange: eine Rettungsweste. Blau: der Himmel. Schwarz: die Tiefe des Meeres. Es kracht, es wirbelt, es ächzt. Ein Gesicht, ganz kurz nur, im Profil, bleiche Haut, dunkle nasse Locken, fragender Blick. Dann geht es wieder hinab, ein gelbes Seil, ein Hosensaum, ein schwebender Gürtel, eine schwebende Hand, weich und faltig vom kalten Salzwasser der Ägäis. Über den Bildern ist eine Stimme zu hören: »I see everything. I close my eyes. I am invisible.« Es ist die Stimme von Amel Alzakout. Mit wenigen Worten hat sie *Purple Sea* unterlegt, den Film, den die kleine Kamera an ihrem Handgelenk für sie gedreht hat. Weil sie einfach weitergelaufen ist, während die junge Frau am 28. Oktober 2015 auf Rettung hofft, im Golf von Edremit, ein paar Kilometer vor Lesbos.

Ein Holzboot sei sicherer als ein Schlauchboot, hatten die Männer gesagt, und Amel Alzakout hatte darauf vertraut. Doch so wie ein Schlauch reißen kann, kann Holz brechen, wenn die Last zu groß wird. Irgendwo im Niemandsland, auf dem Niemandsmeer zwischen der Türkei und Griechenland bricht das Holz, das das Boot zusammenhält. Über dreihundert Menschen bleiben nur Schwimmwesten und Bretter, um sich über Wasser zu halten. Doch sie haben Hoffnung, gerettet zu werden, schließlich ist helllichter Tag, sie haben laute Stimmen und Trillerpfeifen, jemand muss sie doch sehen und hören. Doch lange passiert nichts. »Es gab den Moment, dass ich dachte, ich ergebe mich, ich lasse mich sinken«, sagt Amel Alzakout fünf Jahre später. Aber sie fürchtet doch das Meer, die dunkle Tiefe, also hält sie durch, hält die Kälte aus und die verzweifelten Schreie der Menschen um sie herum, von denen einige Kinder an sich drücken, anderen die Kraft langsam ausgeht. Ein Helikopter, der über ihnen schwebt, wühlt die Wellen auf. »Was wollen die?«, fragt sich Alzakout. »Filmen die uns? Ist das das rote Licht einer Kamera?« Irgendwann kommen Männer auf Jetskis und ziehen Kinder aus dem Wasser. Irgendwann kommen Boote und Schiffe. Ob Stratis Kabanas' Ausflugsboot dabei ist? Vielleicht. Amel Alzakout wird schließlich von einem Mann der Küstenwache wie ein Tier im Nacken gepackt und an Bord gezerrt, wo sie ohnmächtig liegen bleibt. Als sie im Hafen von Molyvos wieder aufwacht, wähnt sie sich in einer Zauberwelt, weil es überall um sie herum golden glitzert. »Wo bin ich?«, fragt sie sich und muss erkennen, dass sie vom Gold der Wärmefolien geblendet wird, die unterkühlten und durchnässten Menschen über den Schultern liegen. Bald erkennt Amel Alzakout auch den Zaun, der um das Hafengelände gezogen ist, so als müsste man die Ankommenden davon abhalten, weiter in den Ort und auf die Insel vorzudringen. Doch die Einwohner von Molyvos werfen trockene Kleidung hinüber, und die kleine orthodoxe Kirche wird zur Garderobe. In einer Taverne am Hafen bittet Alzakout um ihre erste Mahlzeit in Europa. Es gibt Pommes und Rotwein.

Erst später wird sie erfahren, dass von den über dreihundert Menschen, mit denen sie am türkischen Strand das hölzerne Boot bestiegen hat, nach dem Schiffbruch zweiundvierzig tot sind, mindestens. Zweiundvierzig von über zwanzigtausend Menschen, die seit 2014 auf der Flucht übers Mittelmeer gestorben sind und von denen wir nur selten überhaupt die Namen erfahren. Nur hin und wieder dringt ein Name durch, wenn die Weltöffentlichkeit tatsächlich einmal aufschaut, um ein totes Kind zu betrachten, das rote T-Shirt verrutscht, die blaue Hose zerknittert, der kleine Kopf mit dem Gesicht im Sand. Es ist Alan Kurdi, dessen Leib am 2. September 2015 an den Strand von Bodrum gespült wird, nachdem das Boot, mit dem seine Familie die griechische Insel Kos erreichen wollte, gekentert ist. Auch sein Bruder Galip und seine Mutter Rehan ertrinken, doch es ist das Bild des kleinen Jungen, das um die Welt geht und über das die türkische Fotografin

Nilüfer Demir sagt: »Ich dachte, das wäre der einzige Weg, dem Schrei seines stillen Körpers Ausdruck zu verleihen.« Als sie auf den Auslöser drückt, ahnt sie wahrscheinlich nicht, dass ihre Fotografie zum Politikum wird. Denn während die, die die Flüchtlingsbewegung nicht wahrhaben oder verhindern wollen, seine Authentizität anzweifeln, wird es denen, die viel wollen, aber wenig erreichen, zu einem (weiteren) Symbol einer völlig verfehlten Flüchtlingspolitik. Dass das *Time Magazine* das herzzerreißende Bild von Alan Kurdi zu den hundert einflussreichsten Fotografien aller Zeiten zählt, mag aus emotionaler und kunsthistorischer Perspektive stimmig sein, aus humanitärer Sicht ist »einflussreich« jedoch eine reichlich zynische Formulierung. Denn seit dem Tod Alan Kurdis sind die Gefahren, in die sich Menschen auf der Flucht begeben, aufgrund der europäischen Abschottungsversuche nur noch größer geworden. Daran ändert sich auch nichts, wenn ein chinesischer Konzeptkünstler sich auf Lesbos an den Strand legt und Alan Kurdi nachahmt. »Ich bin sicher, es war nicht sehr bequem, sich so auf die Kieselsteine zu legen. Das weiche Abendlicht fiel aber auf sein Gesicht, als er sich niederlegte«, sagt der indische Fotograf Rohit Chawla über Ai Weiwei, als der 2016 für das Magazin *India Today* posiert, es als Gedenkakt für die ertrunkenen Flüchtlinge etikettiert und damit die Scheinwerfer vor allem auf sich selber lenkt. Das tut auch der dänische Künstler Ólafur Elíasson, der 2017 für sein Projekt *Green Light* Geflüchtete auf die Biennale nach Venedig einlädt und sie dort grüne Lampen basteln lässt, die für »Asylsuchende, Flüchtlinge und Migranten« leuchten und zu zivilem Engagement ermutigen sollen. Hier sind zwei Männer eindeutig an den Küsten ihrer Egozentrik gestrandet.

Ganz anders dagegen die Zeilen von Ramy Al-Asheq, der, so sagt er einmal, bereits als Flüchtling geboren wurde, als Sohn von Palästinensern in Syrien. Wie Amel Alzakout und Lina Atfah muss auch er vor dem Assad-Regime fliehen und schlägt in einem seiner Gedichte ungeahnte Brücken zwischen den Stränden im Norden und Süden Europas. Es sind Verse voller Déjàvus, die ihn beim Schreiben eingeholt haben müssen, so wie sie mich beim Lesen einholen. Denn hatte ich nicht gerade noch Gedichte über diesen Strand notiert, der auch einmal Grenze war, nicht zwischen Kontinenten, sondern zwischen Systemen? Und hatten sie nicht einen ganz anderen Klang als dieses, das *Ahrenshoop* heißt und in dem Ramy Al-Asheq unter anderem diese Zeilen notiert:

»Du bist eine Welle«
Sagte Ahrenshoop zu mir
Während es das Meer am Ohr zog
»Du kamst aus dem Nichts
Der Wind trieb dich hierher
Du wuchsest, bis du glaubtest, du seist frei
Du nahmst Boote, Möwen und Strohhalme mit
Du dachtest, du seist stark
Schäumtest eine schwere Gischt auf
Und tanztest
Du erhobst dich, zogst dich zurück
Und schwollst wieder an
Bis du mich schließlich erreicht hast, schwach und alt
Eine Welle, die an meinem Strand stirbt und verschwindet«

In einem weiteren Gedicht beschreibt Al-Asheq die Angst um seine Mutter Fatma, die auf dem Weg zu ihm das Meer überquert, in seiner Ungewissheit über ihr Schicksal schwört er »Sie wird überleben. Wie denn nicht?« Ich weiß, dass Fatma überlebt hat, ich weiß nicht, an welchem Strand sie angekommen ist. Doch stelle ich mir vor, dass es einer auf Lesbos ist und dass sie einmal durch Mytilini läuft und dort, im alten Hafen, diese Frau entdeckt, die auch eine Mutter ist. Es das Denkmal *Mikrasiatisa Mana*, Mutter Kleinasiens, das genauso gut Mutter aller Geflüchteten dieser Welt heißen könnte. Eine Frau trägt ein kleines Kind auf dem Arm, zwei weitere drängen sich dicht an ihren langen Rock, die Gesichter ernst und müde. Es gibt Bilder von dieser Statue, auf denen jemand den Figuren orangefarbene Rettungswesten und Banner mit der Losung »Save passage to all« übergezogen hat. Dabei sollte die kleine Familie doch nur an die andere Fluchtbewegung erinnern, die ein Jahrhundert zurückliegt. Nach dem Ersten Weltkrieg rechnet sich Griechenland mit der Schwächung des Osmanischen Reiches Chancen für eine Ausweitung seines Territoriums auf Kleinasien aus. Besessen von der *Megali Idea*, der Idee eines »Großen Griechenlands«, und unterstützt von Großbritannien, wird Smyrna, das heutige Izmir, erobert und seine Bevölkerung massakriert. Obwohl der 1920 geschlossene Vertrag von Sèvres die Neuverteilung des Osmanischen Reiches festlegt, bleibt Smyrna griechisch. Doch die Türken wehren sich, drängen die Besatzer zurück und erklären den 30. August 1922 zum »Tag des Sieges«. Es folgen Zwangsumsiedlungen und Vertreibungen der Griechen, von denen nicht wenige auf die Inseln in der Ägäis fliehen, wo man sie wie Fremde behandelt. Hundert Jahre später sind die Ähnlichkeiten der überlieferten Schwarz-

Weiß-Bilder der »kleinasiatischen Katastrophe« mit denen der gegenwärtigen Tragödie unübersehbar. Menschen dicht gedrängt, bepackt mit ein paar Habseligkeiten. Noch heute, hört man, gebe es kaum einen Bewohner auf Lesbos, der nicht mit einem der damaligen Flüchtlinge verwandt ist. Und man hört auch, dass deshalb die Hilfsbereitschaft gegenüber den Geflüchteten im 21. Jahrhundert auf Lesbos größer sei als anderswo. Oder besser: größer war. Denn etwas hat sich verschoben. Die Bewohner von Lesbos sind so erschöpft wie die Flüchtlinge selbst, vor allem davon, dass die Wege aufs Festland versperrt und die bürokratischen Hürden unüberwindbar sind, um den Transitraum zu verlassen. Doch äußert sich diese Erschöpfung auf unterschiedliche Weise, mal in Aggression, mal in Resignation.

In Molyvos werden manche von denen, die immer noch helfen, beschimpft oder gemieden. Freunde und Nachbarn besprechen Gott und die Welt, nur die Flüchtlinge sind Tabu, um den Frieden nicht zu stören. Auch in Moria, das nicht nur ein Lager, sondern vor allem und zuerst ein Dorf ist, ist die Gemeinschaft tief gespalten. »Es ist eine paradoxe Situation, viele schimpfen so sehr auf die Flüchtlinge, verdienen aber gleichzeitig ihr Geld als Sicherheitsleute im Lager.« sagt Maria Psomadaki. Die ehemalige Deutschlehrerin lebt in Moria und erzählt, wie der Umgang mit den Geflüchteten Nachbarn und Freunde entzweit hat und wie alle darunter leiden. Jeder Fremde werde misstrauisch beäugt und auch jeder, der den Flüchtlingen helfe. Angeblich sei man nicht mehr sicher im Ort, heißt es, viele Bewohner hätten sich Hunde angeschafft und ihre Gartenzäune mit Stacheldraht aufgerüstet. An allem seien nun die Flüchtlinge schuld, an jedem gestohlenen Schaf, an jedem zerstörten Olivenbaum. Sogar dass sie in Unterwäsche im Meer badeten, nehme man ihnen übel. »Ich schäme mich dafür, aus Moria zu kommen«, sagt Maria Psomadaki leise. »Aber«, fügt sie hinzu, »ich kann ja nicht mal weg. Wer kauft schon ein Haus in Moria.«

Von diesem prächtigen Haus mit einem großen Garten ist das andere Moria nur einen Fußmarsch entfernt. Es ist das Moria, das Schlagzeilen macht, das die Insel stigmatisiert, es ist die Siedlung, wo die Menschen leben, als hätten Krieg oder Erdbeben alle festen Unterkünfte zerstört. Hütten und Buden, zusammengezimmert aus Plastikplanen, Holzlatten, Blech und Draht, dunkle Verhaue. Um Licht hineinzulassen, werden die losen Planen, die als Türen dienen, tagsüber aufs Dach geworfen. Ungefähr zweitausend Menschen sollen in diesem Teil des Lagers leben, mehr als zehnmal so viele sind es insgesamt in Moria, und es ist erstaunlich, wie schnell sich noch in der widrigsten Lage urbane Strukturen bilden. Die niedrigen Steinmauern, die Olivenbauern einst errichteten, um die Hügel zu ebnen, sind zu Abgrenzungen der Parzellen, zu Wäscheständern und Sitzbänken geworden. Es gibt Haupt- und Nebenstraßen, die nicht viel mehr sind als staubige Wege neben schmalen Gräben, die als offene Kanalisation dienen. Viele Kinder sind unterwegs, allein oder in kleinen Gruppen streunen sie über das Gelände, sonst gibt es wenig zu tun. Ein Mädchen kommt vorbei. Sie hat ein junges Kätzchen im Arm, das sie mir zeigen will. »What's your name?«, frage ich. »Bash«, antwortet sie. »And what's the name of your cat?« »She.« Das Mädchen lächelt und streichelt das kleine Tier. Sie sei sieben und komme aus Afghanistan, erzählt Bash noch. Dann verschwindet sie in dem Zelt, das ihr Zuhause ist und von dem sie vermutlich nicht weiß, dass es gar nicht ihr Zuhause sein dürfte. Ist doch ein Zelt per definitionem eine vorübergehende Behausung, für Tage, vielleicht Wochen, aber sicher nicht mehr. So war es bei den Soldaten, die in Jane Austens Roman von Lydia Bennet angehimmelt werden, so war es an Stefan Zweigs Strand von De Haan und so war es auf den Campingplätzen an der Ostsee. Nichts weiter soll ein Zelt sein als Teil der provisorischen Besiedlung und Organisationslogik, die Jean-Didier Urbain in seiner Beschreibung vom »privilegierten Strand« erwähnt. Doch das Zelt von Bash und ihrer Familie bricht mit dieser Regel, weil Europa mit der Regel bricht, dass der Aufenthalt der Flüchtlinge in den Lagern temporär zu sein habe. Was als »Eindämmungspolitik« und »regionale Lösung« deklariert wird, bedeutet in der Praxis, dass diejenigen, die an den südeuropäischen Küsten stranden, sich selbst und dem guten Willen der Bewohner am Rande Europas überlassen sind. Längst ist Lesbos zum »Wartesaal Europas« geworden, wie es die *Washington Post* einmal formuliert, jedoch ist es ein Warten, das mürbe macht, weil keiner weiß, wann es endet. So sind die Flüchtlingslager zu »Nicht-Orten« ohne Identität und Geschichte geworden, an denen sich die Gegenwart ins Unendliche ausdehnt, weil die Vergangenheit abgeschlossen und die Zukunft ungewiss ist. Es scheint sogar, als würde in Moria das Raum-Zeit-Verhältnis auf den Kopf gestellt. Als mich ein junger Mann in fließendem Deutsch anspricht, setzen wir uns auf eine Bank und Mohammed erzählt mir von seinen Jahren in Franken, wo er einmal eine Zukunft als Fliesenleger hatte, bevor man ihn, als er achtzehn wurde, nach Afghanistan abgeschoben hat. Nun sitzt er bereits zum zweiten Mal in Moria fest.

Einige Wochen nach meiner Rückkehr von Lesbos geht das Lager Moria in Flammen auf. Zwar ist die EU-Kommissionspräsidentin einmal mehr »tief besorgt«, der EU-Ratspräsident erklärt seine »volle Solidarität« und der deutsche Außenminister spricht von einer »humanitären Katastrophe«. Doch die Aufnahme einiger kranker Kinder und ihrer Familien muss als Geste des Mitgefühls reichen. Diejenigen, die gezwungen sind zu bleiben, werden von den Hügeln, auf denen Moria liegt, dahin zurückgeschickt, wo sie angekommen sind, hinunter an den Strand, an dem Europa im wahrsten Sinne des Wortes endet, denn dahinter ist nur noch das Meer. Dort wird ein neues Lager errichtet, Kara Tepe, das aus der Ferne wie ein großer Campingplatz wirkt. Nur ein paar Meter vom Wasser stehen in engen Reihen hunderte weiße Zelte im Sand. In großen blauen Lettern leuchtet auf jedem Zelt das Logo der Flüchtlingsorganisation UNHCR, ein Ährenkranz und zwei beschützende Hände über einem schmalen Menschen. Wirklich beschützt ist an diesem Ort jedoch niemand, die Zustände, von denen die Bewohner den Journalisten aus aller Welt berichten, sind noch elender als oben in Moria. So nahe am Meer verfangen sich im Herbst und Winter eisige Sturmböen in den Zelten. So nahe am Meer fließt Regenwasser nicht ab, die Kinder werden krank, die Verzweiflung wächst. Man hätte es wissen können, denn die Bilder gleichen denen der sogenannten *camps de la plage* unweit der südfranzösischen Stadt Argelès-sur-Mer. Als Robert Capa 1939 – fünf Jahre bevor er in der Normandie landet – in dieses »Strandlager« kommt, fotografiert er windschiefe, aus Ästen und Planen errichtete Zelte, ausgezehrte Frauen und Kinder im Sand, Zäune, hinter denen Männer hocken. Damals sind es Spanier, die zu hunderttausenden vor Francos Truppen nach Frankreich flüchten, wo sie als *indésirables*, als »Unerwünschte«, hinter Stacheldraht und unter so erbärmlichen Bedingungen interniert werden, dass bald nur noch von der »Hölle am Strand« die Rede ist. Es ist ein Vergleich, der auch auf Lesbos die Runde macht, in einem Bericht aus Kara Tepe wird eine junge Frau aus Syrien mit den Worten zitiert: »Wir sind immer noch in dieser Hölle und ich weiß nicht, wann es zu Ende geht.«

Das Überschwemmungsgebiet, das sich die Menschen frohen Mutes erobert haben, das sie zur gesellschaftlichen Bühne erhoben, zum Zuflucht- und Sehnsuchtsort erklärt haben. Das weite Feld, auf dem sie für die Freiheit Europas gekämpft haben. Der heiß geliebte sandige Streifen am Meer, wo man die ganze Welt im Rücken hat. Das alles mag andernorts zutreffen. Auf Lesbos ist der Strand des 21. Jahrhunderts vor allem eines: Grenzgebiet der Menschlichkeit.

Epilog

Vom Wind getrieben, legt sich der Sand wie ein körnig-durchsichtiger Hauch über die ockerfarbene Fläche. Die grünblaue Nordsee ist außer sich, schäumend greift sie mit großer Geste nach der Insel der grauen Mönche. Ich bin auf den Balg zurückgekehrt, wo sich die Farben von Himmel, Meer und Strand diesmal deutlich voneinander absetzen. Die Sicht ist so klar, dass am Horizont Rottumerplaat auftaucht, das vom Balg ungefähr so weit entfernt liegt wie Lesbos von der Türkei. Auf die östlichste Wattinsel der Niederlande findet allerdings außer zwei Vogelwärtern kein Mensch, es ist das Reich der Silbermöwen, Brandgänse, Küstenseeschwalben, Alpenstrandläufer, Sandregenpfeifer, der Rückzugsort der Seehunde. Umso mehr erinnern sich ältere Niederländer bis heute an ein Experiment, bei dem im Sommer 1971 zwei Männer je eine Woche lang auf dieser unberührten Insel ausgesetzt wurden und ihre Gefühlsspektren im Radio besprachen. Jeden Tag berichteten die Schriftsteller Godfried Bomans und Jan Wolkers einem Reporter von ihren Erlebnissen jenseits der Zivilisation, die unvermutet weit auseinandergehen. Godfried Bomans wird von seinen eigenen Ängsten überrascht, findet nachts in seinem kleinen Zelt am Strand kaum Schlaf und fühlt sich so allein wie ein Vorfahre von Adam. Trost bieten ihm nur die vom Meer angespülten Zeichen menschlichen Lebens. »Ich habe Flaschen gefunden, an denen noch die Etiketten kleben, und es ist merkwürdig, mit welchem Interesse man diese Texte liest. Es ist nämlich die einzige Lektüre hier. Zum Beispiel ›Nach Gebrauch ausspülen‹ oder ›Diese Flasche ist pfandfrei‹, das lese ich wie Botschaften aus einer anderen Welt.« Jan Wolkers dagegen genießt die Einsamkeit über alle Maßen. Stundenlang läuft er selig und wie Gott ihn schuf über den Strand und durch die Dünen. Er rettet junge Seehunde und spricht mit den Vögeln, die seine ständigen Begleiter sind. Die einzige Furcht, die Jan Wolkers umtreibt, ist gerade die vor der Gesellschaft, nach der Godfried Bomans sich sehnt. »Gestern sah ich in unendlicher Ferne die gelben Jacken von Wattwanderern, das hat mir Angst gemacht, da fühlte ich mich wie Robinson Crusoe und dachte, die einzig wirkliche Gefahr hier sind die Menschen.«

Es ist eine skurrile Versuchsanordnung, die in die niederländische Radiogeschichte eingegangen ist, nicht nur weil hier zwei eigensinnige Männer auf einer Insel gestrandet sind, die so unberührt ist wie kaum ein Ort sonst in Europa. Hört man heute ihre vom Rauschen des Äthers und des Meeres begleiteten Berichte, fühlt man sich gleich zweifach in die Vergangenheit zurückversetzt, zum einen in die Zeit, die gerade noch vor den globalen Massenbewegungen liegt, und zum anderen in jene, die noch vor der »Erfindung des Strandes« liegt, als das sandige Gebiet zwischen Dünen und Meer tatsächlich noch das Revier der Tiere ist, kein Segelwagen über den Sand rast, kein Maler seine Staffelei aufstellt. Fast möchte man der Illusion erliegen, dass Rottumerplaat ein irdisches Paradies sei, doch dann sprechen die Männer über den Ramsch und Abfall, der die Insel erreicht, und es erweist sich: Unberührt ist hier längst nichts mehr. Die kleine Vogelinsel genauso wenig wie der Balg auf Schiermonnikoog, auch wenn ich mir das so gern einreden will, weil die menschlichen Spuren mit bloßen Augen nicht sichtbar sind. Der schwarz-weiße Turnschuh ist irgendwo tief im Sand versunken oder fortgespült und die abermillionen Styroporkügelchen, die die *MSC Zoe* verloren hat, sind über die Dünen und Heidelandschaft geweht. Im Anthropozän muss der Mensch einen Strand nicht mal mehr betreten, um Spuren zu hinterlassen.

Am Wasser sitzend, müssen die wiederkehrenden Nordseewellen meine hilflose Empörung lindern. Auch der Wind gibt sein Bestes, bläst mir ins Gesicht, dass es zwischen den Zähnen salzig knirscht, während die Hände wie von selbst nach dem weichen Sand greifen. Spitze Hügel wachsen links und rechts vor mir, und am Horizont ziehen die acht Strände auf, die ich besucht habe, als Reigen aus mehr oder weniger verbauten Ebenen, aus Menschen und Ereignissen. Fernab von den Zentren Europas spiegelt sich an den sandigen Rändern seine Geschichte und setzt sich fort, der technische und der medizinische Fortschritt, der heiße und der Kalte Krieg, Massentourismus und Massenflucht. Anfangs versammeln sich die fortschrittsgläubigen Träumer am Strand, Naturwissenschaftler, die die Unendlichkeit und den labilen Grund nicht fürchten, der Scheveninger Segelwagenbauer Simon Stevin ist aus demselben Holz geschnitzt wie Brightons Doktor Richard Russell. Dann kommen diejenigen an den Strand, für die hier die Welt endet, Irmgard Keun rettet sich während ihres Exils in Ostende genauso ins Schreiben wie J. D. Salinger im Krieg am Utah Beach. Als der Kontinent wieder halbwegs steht, wandern Hanns

Cibulka und Truman Capote – der eine nur vier Jahre älter als der andere – an den Stränden von Hiddensee und Ischia und werden sich nie begegnen, denn sie wandern an den äußeren Enden zweier sich widersprechender Welten. Schließlich endet der Reigen in der Gegenwart und im Widerspruch, denn die Namenlosen, die nach Benidorm fliehen, um in der Masse zu verschwinden, haben wenig gemein mit denen, die nicht weniger zahlreich an den Ufern von Lesbos stranden.

Seltsam nur, dass diese geschichtsschweren Erzählungen das kollektive Verlangen nach dem Strand nicht schmälern. Es mag daran liegen, dass der reale, der schmutzige, der überfüllte, der gefährliche Strand sich stets mehr von seiner Idee entfernt. Die ist als »Strand« – und mehr noch als »Beach« – zur glückseligen Chiffre geworden, die auch ohne reale Bezugspunkte funktioniert, als analoges Bild auf T-Shirts und Kaffeebechern, als instagramtaugliches Image macro (»Glück beginnt da, wo das Salzwasser den Strand küsst« – »Ich möchte bitte am Strand vergessen werden«), als individuell ausfüllbarer Inbegriff der »Freiheit von«. Während einst die Menschen aus meerfernen Zonen die Strände eroberten und sich allmählich zur Strandgesellschaft, zur *beach society* formten, diffundiert diese nun zurück in die Zentren fernab der Meere. In Strandkleidung flaniert sie durch Europas Städte, verspeist rohen Fisch und Meeresfrüchte im rauen Mengen und liegt in gestreiften Hängematten, ohne dass ein Schiff je ablegen würde, denn der nächste Hafen ist weit.

Wie stabil das Gefühl der Zugehörigkeit zu dieser urbanisierten und globalisierten Strandgesellschaft ist und wie reizbar auch, wenn man ihr den realen Bezugspunkt vorenthält, davon zeugt die Corona-Pandemie. Als ihretwegen Menschenansammlungen verboten werden, sind es immer wieder Bilder von verlassenen Stränden, die deren Ausmaße dokumentieren müssen. Während der imaginierte einsame Strand zum Traumstrand (Chiffre hoch zwei) verklärt wird, ist der reale leere Strand offensichtlich furchteinflößend. Jedenfalls, diese Einschränkung ist wichtig, wenn es sich um einen Sommerstrand handelt. Denn nur der ist Maßstab für all die eingeübten Rituale der Strandgesellschaft, das Liegen im Sand, das Stehen im Meer, das Präsentieren und Betrachten halbnackter Körper, die gedankliche Leere.

Wie anders sind dagegen die Strände im Herbst, Winter und Frühjahr, wenn man nicht liegen kann, sondern laufen muss, mit dem Wind, gegen den Wind, und sich anders als im Sommer tatsächlich die »Urmonotonie des Naturbildes« zeigt, wie Thomas Mann es im *Zauberberg* nennt. Sofort stellt sich ein ganz anderer Gemütszustand ein als am Sommerstrand, weil sich das eigentliche, das natürliche Grenzgebiet viel schärfer abzeichnet, weil nicht Selbstvergessenheit das Gebot der Stunde ist, sondern Selbstbefragung und Selbstvergewisserung. Dabei kann sich das Meer, wenn man es nur lässt, als überaus kluger Gesprächspartner erweisen, wie der französische Historiker Jules Michelet einmal feststellt. »Wie vieles haben wir uns gesagt in den geruhsamen Monaten, wenn die grenzenlosen Strände zwischen Scheveningen und Ostende, zwischen Royan und Saint-Georges nicht von der Menge heimgesucht sind! Dort stellt sich in langem Zwiegespräch ein wenig Vertrautheit ein. Man wird wie mit einem neuen Sinn begabt, um die große Sprache zu verstehen.« Wenn nun einmal auch die sommerliche Strandgesellschaft für einem Moment ihre Gedankenlosigkeit aufgeben und auf diese große Sprache hören könnte, es hätte möglicherweise heilende Wirkung, die weit über die Wirkung kalten Wassers und heißer Quellen hinausginge, auf den, der spricht, und den, der hört.

Am Balg sind Wolken aufgezogen, große prächtige Nordseewolken, die einem holländischen Meister alle Ehre machen würden. Ich stehe auf, klopfe mir den glitzernden Sand aus den Kleidern und ziehe mir die Mütze über die Ohren. Das Meer brüllt, es will mich wohl vor Unwetter warnen, doch noch ist der Wind gnädig und schiebt mich sanft vor sich her. Nach zwei Stunden bin ich wieder unter Menschen und Hunden.

Dank

Ich danke allen Menschen, mit denen ich über die europäischen Strände sprechen konnte, jenen, die im Text erwähnt werden, aber auch all jenen, deren Gespräche indirekt eingegangen sind. Ich danke Sue Berry und Geoffrey Mead in Brighton, Anna Migliaccio mit Daniele und Antonietta Manzi auf Ischia, Anne Panier, Gérard Viel, Ulrike Bünner, Marc Landwehr, Boris Peter und seiner Familie in Utah Beach, Nick Powell, Maria Psomadaki, Stratis Kabanas und Helge-Ulrike Hyams auf Lesbos, Amel Alzakout in Leipzig. Mark Wildschut danke ich für seine aufmerksame Begleitung, seine Geduld und seine Liebe.

Ausgewählte Literatur

Al-Asheq, Ramy / Alqaseer, Abdullah / Atfah, Lina, Gedichte und Texte, aus dem Arabischen von Leila Chammaa, Youssef Hijazi, Lilian Pithan, Suleman Taufiq und Osman Yousufi, www.WeiterSchreiben.jetzt

Austen, Jane, *Stolz und Vorurteil*, aus dem Englischen von Helga Schulz, dtv, München 1997

Austen, Jane, *Sanditon*, aus dem Englischen von Elisabeth Gilbert, dtv, München 1994

Awsiter, John, *Thoughts on Brightelmston, concerning sea-bathing and drinking sea-water*, J. Wilkie, London 1768

Bachmann, Ingeborg, *Werke 1, Gedichte, Hörspiele, Libretti, Übersetzungen*, Piper, München 2010 © 1978 Piper Verlag GmbH München

Bachmann, Ingeborg / Henze, Hans Werner, *Briefe einer Freundschaft*, Piper, München / Zürich 2004

Bachmann, Ingeborg / Celan, Paul, *Herzzeit. Der Briefwechsel*, Suhrkamp, Frankfurt a. M. 2008

Bajohr, Frank, »*Unser Hotel ist judenfrei*«. *Bäder-Antisemitismus im 19. und 20. Jahrhundert*, S. Fischer, Frankfurt a. M. 2003

Bauer, Wolfgang, *Über das Meer. Mit Syrern auf der Flucht nach Europa*, Suhrkamp, Berlin 2014

Beckmann, Max, *Briefe im Kriege. 1914/1915*, Piper, München / Zürich 1984

Beiderbeck, Sabrina, *Gedruckte Strandwelten. Mallorquinische Strände als Sehnsuchtsträger und Projektionsflächen kultureller Wertigkeiten in deutschen Reisekatalogen (1956–1990)*, Waxmann, Münster 2019

Bielefeldt, Christian, *Hans Werner Henze und Ingeborg Bachmann: Die gemeinsamen Werke. Beobachtungen zur Intermedialität von Musik und Dichtung*, Transcript, Bielefeld 2003

Blom, Philipp, *Die Welt aus den Angeln. Eine Geschichte der Kleinen Eiszeit von 1570 bis 1700 sowie der Entstehung der modernen Welt, verbunden mit einigen Überlegungen zum Klima der Gegenwart*, Hanser, München 2017

Bourdieu, Pierre, *Die feinen Unterschiede. Kritik der gesellschaftlichen Urteilskraft*, aus dem Französischen von Bernd Schwibs und Achim Russer, Suhrkamp, Frankfurt a. M. 1982

Brecht, Bertolt, *Arbeitsjournal 1938–1955*, 2 Bde., Suhrkamp, Frankfurt a. M. 1973

Brenner, Peter J. (Hg.), *Reisekultur in Deutschland. Von der Weimarer Republik zum »Dritten Reich«*, De Gruyter, Berlin / Boston 1997

Brockes, Barthold Heinrich, *Irdisches Vergnügen in Gott. Erster und Zweiter Teil*, herausgegeben von Jürgen Rathje, Bd. 2, Wallstein, Göttingen 2013

Buchner, Paul, *Gast auf Ischia. Aus Briefen und Memoiren vergangener Jahrhunderte*, Imagaenaria, Ischia 2003

Bülow, Ulrich von / Seemann, Hellmut (Hg.), *Intelligenzbad Ahrenshoop*, Zeitschrift für Ideengeschichte XII/2, C. H. Beck, München 2018

Capa, Robert, *Slightly Out of Focus*, Modern Library, New York 2001

Capote, Truman, *Auf Reisen. Reportagen*, aus dem Englischen von Marcus Ingendaay, Kein & Aber, Zürich 2010

Carey, George Saville, *The Balnea. Or, an Impartial Description of All the Popular Watering Places in England*, J. W. Myers, London 1799, https://archive.org/details/b28738445

Chirbes, Rafael, *Krematorium*, aus dem Spanischen von Dagmar Ploetz, Kunstmann, München 2008

Chirbes, Rafael, *Am Mittelmeer*, aus dem Spanischen von Thomas Brovot, Stefanie Gerhold, Christian Hansen und Dagmar Ploetz, Kunstmann, München 2001

Churchill, Winston S., *Der Zweite Weltkrieg. Mit einem Epilog über die Nachkriegsjahre*, aus dem Englischen von Eduard Thorsch, S. Fischer, Frankfurt a. M. 2003

Cibulka, Hanns, *Ostseetagebücher*, Reclam, Leipzig 1991

Clarke, Gerald, *Truman Capote. Eine Biographie*, aus dem Englischen von Brigitte Stein, Kein & Aber, Zürich 2007

Corbin, Alain, *Meereslust. Das Abendland und die Entdeckung der Küste 1750–1840*, aus dem Französischen von Grete Osterwald, Wagenbach, Berlin 1990

Diderot, Denis, *Over Holland, een journalistieke reis 1773–1774*, aus dem Französischen von Eef Gratama, Contact, Amsterdam 1994

Elytis, Odysseas, *Ausgewählte Gedichte*, ausgewählt und übertragen von Barbara Vierneisel-Schlörb und Antigone Kasolea,

Suhrkamp, Frankfurt a. M. 1980 © Suhrkamp Verlag, Frankfurt a. M. 1979

Enzensberger, Hans Magnus, *Einzelheiten I: Bewußtseins-Industrie*. Suhrkamp, Frankfurt a. M. 1964

Erwitt, Elliott, *On the Beach*, aus dem Englischen von Rudolf Hermstein, R. G., Le Mont-sur-Lausanne 1991

Fabian, Sina, »Massentourismus und Individualität. Pauschalurlaube westdeutscher Reisender in Spanien während der 1970er- und 1980er-Jahre«, in: Zeithistorische Forschungen / Studies in Contemporary History 1/2016, S. 61–85

Ferrante, Elena, *Die neapolitanische Saga*, 4 Bde., aus dem Italienischen von Karin Krieger, Suhrkamp, Berlin 2020

Forster, Georg, *Ansichten vom Niederrhein, von Brabant, Flandern, Holland, England und Frankreich im April, Mai und Juni 1790*, Die Andere Bibliothek, Berlin 2016

Foucault, Michel, »Andere Räume«, aus dem Französischen von Walter Seitter, in: Barck, Karlheinz (Hg.), *Aisthesis. Wahrnehmung heute oder Perspektiven einer anderen Ästhetik*, Reclam, Leipzig 1992, S. 34–46

Foucault, Michel, *Die Ordnung der Dinge. Eine Archäologie der Humanwissenschaften*, aus dem Französischen von Ulrich Köppen, Suhrkamp, Frankfurt a. M. 1971

Frank, Anne, *Das Hinterhaus – Het Achterhuis: Die Tagebücher von Anne Frank*, S. Fischer, Frankfurt a. M. 2019

Gellhorn, Martha, *Das Gesicht des Krieges. Reportagen 1937–1987*, aus dem Englischen von Hans-Ulrich Möhring, Dörlemann, Zürich 2012

Gerhardt, Ida, *Verzamelde gedichten*, Athenaeum-Polak & Van Gennep, Amsterdam 2016

Hein, Christoph, *Der Tangospieler*, Aufbau, Berlin 1989
Heym, Stefan, *Nachruf*, C. Bertelsmann, München 1988
Holert, Tom / Terkessidis, Mark, *Fliehkraft. Gesellschaft in Bewegung – von Migranten und Touristen*, Kiepenheuer & Witsch, Köln 2006
Holz, Martin, *Die »Aktion Rose« 1953 an der Ostseeküste*, in: Rugia: Rügen-Jahrbuch, Putbus 2004, S. 28–34
Hörner, Unda, *Auf nach Hiddensee! Die Bohème macht Urlaub*, 2. Aufl., Edition Ebersbach, Berlin 2004
Jakubowski-Tiessen, Manfred, *Sturmflut 1717. Die Bewältigung einer Naturkatastrophe in der Frühen Neuzeit* (Ancien Régime, Aufklärung und Revolution, 24), Oldenbourg, München 1992
Kaufmann, Jean-Claude, *Frauenkörper – Männerblicke. Soziologie des Oben-ohne*, aus dem Französischen von Daniela Böhmler, 2. Aufl., UVK, Konstanz 2006
Keßler, Emil, *Osterreise 1930, Brüssel-Ostende*, Bildungsausschuss der Arbeiterunion, Bern 1930
Keun, Irmgard, *Das Werk*, 3 Bde., herausgegeben von Heinrich Detering und Beate Kennedy, Wallstein, Göttingen 2017
Keun, Irmgard, *Ich lebe in einem wilden Wirbel. Briefe an Arnold Strauss 1933–1947*, herausgegeben von Gabriele Kreis und Marjory S. Strauss, Claassen, Düsseldorf 1988
Kimpel, Harald / Werckmeister, Johanna, *Die Strandburg. Ein versandetes Freizeitvergnügen*, Jonas, Marburg 1995
Kirsch, Sarah, Auswahl Moritz Kirsch (Poesiealbum 330), Märkischer Verlag, Wilhelmshorst 2017
Knottnerus, Otto S., »Eine gefahrvolle Existenz: Zur inhärenten Ambivalenz der frühneuzeitlichen Küstengesellschaft«, in: Fischer, Norbert / Müller-Wusterwitz, Susan / Schmidt-Lauber,

Brigitta (Hg.), *Inszenierungen der Küste*, Reimer, Berlin 2007, S. 107–149

Lahme, Tilmann / Pils, Holger / Klein, Kerstin (Hg.), *Die Briefe der Manns: ein Familienporträt*, S. Fischer, Frankfurt a. M. 2016

Lapp, Peter Joachim, *Grenzbrigade Küste. DDR-Grenzsicherung zur See*, Helios, Aachen 2017

Lichtenberg, Georg Christoph, »Warum hat Deutschland noch kein großes öffentliches Seebad?«, in: *Georg Christoph Lichtenberg's vermischte Schriften*, nach dessen Tode gesammelt und herausgegeben von Ludwig Christian Lichtenberg und Friedrich Kries, Bd. 5, Dieterich, Göttingen 1803, S. 93–115

Longus, *Daphnis und Chloë*, aus dem Griechischen übersetzt von Arno Mauersberger, Insel, Leipzig 1976

Mann, Klaus, *Der Wendepunkt. Ein Lebensbericht*, Rowohlt, Reinbek 2006

Mann, Klaus, *Die Tagebücher 1931–1949*, 6 Bde., Rowohlt, Reinbek 1995

Mann, Thomas, *Der Tod in Venedig*, S. Fischer, Frankfurt a. M. 1992

Mann, Thomas, *Die Buddenbrooks. Verfall einer Familie*, Aufbau, Berlin 1963

Melville, Lewis, *Brighton. Its history, its follies, and its fashions*, Chapman & Hall, London 1909

Michelet, Jules, *Das Meer*, aus dem Französischen von Rolf Wintermeyer, Campus, Frankfurt a. M. / New York 2006

Mühlhausen, Walter, *Im Visier der Fotografen. Reichspräsident Friedrich Ebert im Bild*, Stiftung Reichspräsident-Friedrich-Ebert-Gedenkstätte, Heidelberg 2009

Müller-Wusterwitz, Susan, »Das Bild der Küste in der niederländischen Kunst des 16. und 17. Jahrhunderts. Facetten eines nationalen Motivs«, in: Fischer, Norbert / Müller-Wusterwitz, Susan / Schmidt-Lauber, Brigitta (Hg.), *Inszenierungen der Küste*, Reimer, Berlin 2007, S. 46–86

Nugent, Thomas, *The Grand Tour – containing an exact description of most of the cities, towns and remarkable places of Europe*, 4 Bde., S. Birt, London 1749

Parr, Martin, *Life's a Beach*, Schirmer / Mosel, München 2013

Pastoureau, Michel, *Des Teufels Tuch. Eine Kulturgeschichte der Streifen und der gestreiften Stoffe*, aus dem Französischen von Marie Luise Knott, Campus, Frankfurt a. M. / New York 1995

Richter, Dieter, *Das Meer. Geschichte der ältesten Landschaft*, Wagenbach, Berlin 2014

Roth, Josef / Zweig, Stefan, *»Jede Freundschaft mit mir ist verderblich«. Briefwechsel 1927–1938*, Wallstein, Göttingen 2011

Russell, Richard, *A Dissertation on the Use of Sea water in the diseases of the Glands*, 5. ed., W. Owen, London 1769

Sagan, Françoise, *Bonjour Tristesse*, aus dem Französischen von Helga Treichl, Volk und Welt, Berlin 1965

Salinger, J. D., *Der Fänger im Roggen*, aus dem Englischen von Eike Schönfeld, Kiepenheuer & Witsch, Köln 2003

Salinger, J. D., *Neun Erzählungen*, aus dem Englischen von Eike Schönfeld, Kiepenheuer & Witsch, Köln 2012

Schubert, Dietrich, »Max Beckmanns Strand- und Meeres-Gemälde bis zur Emigration nach Amsterdam 1937«, in: Zeitschrift für Kunstgeschichte 60, Deutscher Kunstverlag, Berlin / München 1997, S. 90–114

Seiler, Lutz, *Kruso*, Suhrkamp, Berlin 2014

Shields, David / Salerno, Shane, *Salinger. Ein Leben*, aus dem Englischen von Yamin von Rauch, Droemer, München 2015
Spode, Hasso (Hg.), *Goldstrand und Teutonengrill. Kultur- und Sozialgeschichte des Tourismus in Deutschland 1945 bis 1989*, Moser, Berlin 1996
Sterne, Laurence, *Leben und Ansichten von Tristram Shandy, Gentleman*, aus dem Englischen von Michael Walter, Galiani, Berlin 2015
Tricot, Xavier, *James Ensor. Kroniek van zijn leven 1860–1949*, Mercatorfonds, Brüssel 2020
Ummen, Conrad Joachim, *Die Mit Thränen verknüpffte Weynachts-Freude Jeverlandes*, Bremen 1718
Urbain, Jean-Didier, *At the Beach*, aus dem Französischen von Catherine Porter, University of Minnesota Press, Minneapolis / London 2003
Walton, John K., *The British Seaside. Holidays and resorts in the twentieth century*, Manchester University Press, Manchester / New York 2000
Walton, John K., *The English Seaside Resort. A Social History 1750–1914*, University Press, Leicester 1983
Withey, Lynne, *Grand Tours and Cook's Tours. A History of Leisure Travel*, William Morrow and Co., New York 1997
Zweig, Stefan, *Die Welt von Gestern. Erinnerungen eines Europäers*, S. Fischer, Frankfurt a. M. 1982

Bettina Baltschev,
geboren 1973 in Berlin, studierte Kulturwissenschaften, Journalistik und Philosophie in Leipzig und Groningen. Sie ist Geschäftsführerin des Sächsischen Literaturrats, Autorin und Redakteurin beim MDR und pendelt zwischen Leipzig und ihrer zweiten Heimat Amsterdam. 2016 erschien bei Berenberg »Hölle und Paradies. Amsterdam, Querido und die deutsche Exilliteratur«

3. Auflage im April 2022

Konzeption|Gestaltung: Antje Haack | www.lichten.com
Satz|Herstellung: Büro für Gedrucktes, Beate Zimmermanns
Abbildungen: Einbandfoto von Uwe Weil.
Frontispiz von akg-images: Les bains à Ostende, James Ensor, 1890,
S. 16, 80, 116 und 210 von akg-images, S. 46, 150 und 180 von ullstein bild,
S. 236 von Bettina Baltschev
Reproduktion: Frische Grafik, Hamburg
Druck|Bindung: Beltz Grafische Betriebe, Bad Langensalza
Printed in Germany
ISBN 978-3-946334-85-9